中國語言文字研究輯刊

八 編

許錟輝 主編

第 17 冊

《山門新語》音韻研究

李柏翰 著

花木蘭文化出版社

國家圖書館出版品預行編目資料

《山門新語》音韻研究／李柏翰 著 -- 初版 -- 新北市：花木蘭
文化出版社，2015〔民104〕
目 6+242 面；21×29.7 公分
（中國語言文字研究輯刊 八編；第 17 冊）
ISBN 978-986-322-988-9（精裝）
1. 漢語　2. 聲韻學
802.08　　　　　　　　　　　　　　　103026721

ISBN-978-986-322-988-9

9 789863 229889

中國語言文字研究輯刊
八　編　　第十七冊　　　　　ISBN：978-986-322-988-9

《山門新語》音韻研究

作　　者　李柏翰
主　　編　許錟輝
總 編 輯　杜潔祥
副總編輯　楊嘉樂
編　　輯　許郁翎
出　　版　花木蘭文化出版社
社　　長　高小娟
聯絡地址　235 新北市中和區中安街七二號十三樓
　　　　　電話：02-2923-1455／傳真：02-2923-1452
網　　址　http://www.huamulan.tw 信箱 hml810518@gmail.com
印　　刷　普羅文化出版廣告事業
初　　版　2015 年 3 月
定　　價　八編 17 冊（精裝）　台幣 42,000 元

《山門新語》音韻研究

李柏翰　著

作者簡介

李柏翰，一九八一年生，高雄師範大學學士、碩士，目前就讀清華大學中國文學系博士班。研究領域是漢語音韻學，主要從漢語音韻史探索佛教對於中國古代語言學的影響，方向為明清等韻學、悉曇學、梵漢對音。主要著作有〈韻圖形制的重現——《音學秘書》的編撰理念及其音韻現象〉、〈從承繼到實踐——梵漢對音研究的開展與成果〉、〈競奇與清麗——大小謝山水詩音韻風格之異同〉等。

提　要

　　《山門新語》成書於清同治年間，為清人周贇的等韻學著作，作者主張以「琴律」作為切音分韻之法，故其書又名《周氏琴律切音》。本書所記載的語音材料主要收於書後韻圖〈琴律三十韻母分經緯生聲按序切音圖說〉與依據韻圖收字加以擴大的同音字表〈琴律四聲分部合韻同聲譜〉中，而特別的是在書前更有大篇幅的〈十二圖說〉、〈十音論〉兩個部分，闡述自己的韻學觀點。

　　歷來關於《山門新語》的研究，多著重在本書的音韻特徵上進行探討，然而經過前賢的研究後，對於本書基礎音系的瞭解並沒有一個明確的結論產生，甚而和書中某些音韻特點是相互排斥的。另外，書中除了記載語音材料的韻圖、同音字表以外，更是大篇幅的援引了易理象數與樂律概念，作為全書音韻體系的說明，而前賢研究中也大多摒除不談。因此，本文嘗試融合書中所言易理象數與樂律等概念，勾勒出作者主觀的音韻體系，解析韻圖形制的由來，並逐一整理韻圖收字與配合同音字表之大量例字，對本書的音韻特徵進行說明，最後更將所得之音韻特徵與皖南各方言相互比對，目的在於探討《山門新語》一書的音系性質究竟為何。

　　全文共分為八章，本文進行的程序，首先瞭解作者生平與此書的背景條件，並闡述其撰寫的動機與目的；其次梳理書中所援引的易理象數與樂律等概念，歸納出音學理論和韻圖體例，藉此說明「琴律切音」的概念，並闡釋此一現象對該書韻圖形制的影響；第三則透過統計歸納，逐一論述書中聲母、韻母、聲調的音韻特點，也進而構擬其讀音；最後則將所得的音韻特點與皖南各方言相互比對，詳細分析其基礎音系為何。

目
次

第一章 緒 論

本章的寫作目的在於說明研究主題的相關背景，藉此瞭解過去前賢成果、研究過程中可能遭遇的困難與研究的目的、價值，作為說明本研究的意義。其內容主要包含：研究主題的形成、研究的目的與價值、相關文獻的探討、研究方法的說明。

第一節　研究主題的形成

在漢語音韻學的研究中，若以研究範疇來區分，約略可分為古音學、今音學、等韻學三個方面，其中「等韻學」的討論內容，主要藉著歷代韻圖中所記載的語音現象作為歷時語音演變的映證。本研究則以等韻學為範疇，以下分作引發動機與題材介紹兩方面作為說明：

一、探究的動機

明清等韻學與宋元等韻學一脈相承，其理論基礎大多從此發展而來，但由於社會條件、語言環境、學術背景等等的改變，明清等韻學又有著自己獨特的發展面貌。其中備受後代學者質疑的，即是一些為尋求語音生成本原而利用陰陽、五行等術數思想來作為詮釋音理的韻學著作，對於這種附會思想，在傳統音韻學中所造成的術語玄虛、含混、附會等弊病，羅常培（1956：24～25）曾指出：

> 曩之治韻學者，憑臆立說，每多遺失：論平仄則以鐘鼓木石為喻，
> 論清濁則以天地陰陽為言，是曰玄虛；辨聲則以喉牙互淆，析韻則
> 以縱橫為別，是曰含混；以五行五臟牽合五音，依河圖洛書配列字
> 母，是曰附會；依據《廣韻》反切以推測史前語言，囿於自身見聞
> 而訾議歐西音學，是曰武斷；凡此訛失，並宜祛除。

又如唐作藩、耿振生（1998：4～5）也提到：

> 傳統音韻學取得過巨大的成就，這無疑是因為它包含正確的方法，
> 有正確的方向；但不容否認的是傳統音韻學也有十分明顯的缺陷，
> 如觀念上的神秘主義，認為語音現象代表「天地萬物之理」，把語音
> 的系統性跟陰陽、五行、四象、八卦之類生硬牽連，用一些玄虛荒
> 誕的說法去解釋聲母、韻母、聲調的分布規律和結合規則，這對於
> 音韻學的進步與普及起消極的作用。

可知，語音系統中所附會的陰陽五行等思想，在傳統音韻學的發展中，多被認為是阻礙學術發展進步的絆腳石，而玄虛荒誕的說法也被視為造成文獻上含混與錯誤的最大因素，應予以全面掃除才是。

然而，在等韻學的研究中是否也應如此呢？韻圖的探索主要是為了構擬出所呈現的某一音系，但在創作韻圖的過程中，作者免不了將其主觀概念摻入，因此想要理解韻圖的形制、符號時，就不應忽略這些主觀的思想概念。且在明清等韻學的文獻中，更多則是充斥著附會陰陽、五行、術數⋯⋯等思想的語音材料，故開始引發筆者對此類文獻進行探究的動機。

二、題材的確立

明清等韻學著作中，涉及上述現象的文獻，可以宋人邵雍（1011～1077）的《皇極經世・聲音唱和圖》作為開端，大略分為「雜糅《易》理象數」與「比附律呂」兩大支系流傳，而本文研究則將以「比附律呂」之現象做為探討範圍。〔註1〕

〔註 1〕王松木（2000：294～297）則依照韻圖的社會功能與文化屬性，對明代等韻學著作
　　　　進行分類，其中「哲人證成玄理的象數圖式」則分為「雜糅《易》理象數」與「比
　　　　附律呂」兩大支系。

明清兩代的等韻學文獻中，則以明代吳繼仕《音聲紀元》（1611）、葛中選《太律》（1618）；清代都四德《黃鍾通韻》（1744）、龍爲霖《本韻一得》（1750）、周贇《山門新語》（1863）等書，最爲著名。又根據李新魁（1983：112～119）「從音律的角度來研究等韻」一節裡，提及明清時代共有四本等韻著作，分別爲：明代葛中選《太律》、清代龍爲霖《本韻一得》、都四德《黃鍾通韻》、周贇《山門新語》，其中較爲突出者，可以明人葛中選和清人周贇爲代表，而本文則擬以清人周贇《山門新語》一書作爲研究的題材。

第二節　研究目的與價值

以下分作文本語料、音韻材料、進行程序三個方面說明本研究的目的與價值爲何。

一、語料的詮釋

本研究主要的目的，在於先梳理歸納《山門新語》一書中所援引易理象數或樂律等概念，再分析此一現象對該書韻學內容有何影響，並進而解析該書語音材料呈現出何種觀點。如前文所述，傳統音韻學研究者從事語料分析的相關研究時，並不太重視韻學著作中所雜糅的易理象數或樂律概念，甚而給予負面的評價與批駁，如趙蔭棠（1957：259）就曾在所歸類「明清等韻之北音系統」的類型中，指出：「此派多注意聲韻的實況，審音辨韻遠不及前派（存濁派即南派），……。至巴郡之龍爲霖，寧國之周贇，乃墜入魔道者也。」因此，客觀瞭解過去被賦予負面評價的原因，進而解析文獻的內容，是本研究首要進行的議題。

當然也有學者對於這些援引易理象數或樂律概念，以詮解音韻學內容的現象，提出了不同的看法，如薛鳳生（1992：22）對中國式的音韻理論與方法，從宋代開始所引起穿鑿附會五行、術數及宮商角徵羽等問題，指出：

> 自邵雍的《皇極經世聲音唱和圖》起，都常把聲韻跟所謂「天聲地音」等術數的觀念牽強地配在一起，或以「天龍地虎」等湊成十二個數目，引起不少糾葛，也加深了聲韻學的神祕性。這是很不幸的。
> 但從另一角度看，他們這樣做，既有可理解的原因，也有相當大的

用處。音位結構有一個通性，即總是簡約的、對稱的、系統化的。
當古人研究他們自己的語言時，自然會隱約地感覺到這個對稱結構
的存在，驚詫之餘，自然便以爲這是『天造地設』的神物，是與四
時萬物相表裡的，因此作出了許多玄學性的臆測。然而他們留下的
著作，如果我們能善加利用，卻是幫助我們理解各該時代之音系的
好資料。

該文認爲此現象雖造成音韻學文獻的神祕性，但若能藉此橋樑進而分析語料文
獻，必能作爲研究者理解音系的最佳資料。

《山門新語》受到前人批駁而有所爭議的原因即在於其附會了天文、地
理、易理、象數、樂律等思想，然而如竺家寧（1998a）所云：「趙氏指爲附會
之談的部分，並不致掩蓋其中反映實際語音的資料，完全在於用者如何去抉
擇罷了。」該書與其它等韻著作最大的不同處，在於經由「十二圖說」、「十
音論」等內容，闡述其創作該書的動機，所以若要客觀詮解韻圖所呈現的意
涵，勢必不可忽略其編撰的動機和目的，因此這些原本造成文獻的神祕、複
雜等思想，反而成爲研究中重要的一環，這也是本研究與大部分的等韻學研
究方向不同之處。

二、音系的複雜

綜觀過去前人對於《山門新語》音系特徵的討論，其實可發現並沒有一致
明確的結論，甚至還有相異的意見同時存在，其主要的原因除了上文所言雜揉
易理象數、樂律的思想混雜以外，另一個重要的因素則是語音材料本身所反映
的複合性質。由於作者周贇爲清代安徽寧國人，所以前人認爲本書所呈現的基
礎音系應該與安徽方言有密切的相關性，然而安徽方言本身的形成就存在著複
雜的成分，因此在解析《山門新語》的語音材料時，難免就會遭遇到無法理解
的音韻現象，甚至還有部分音韻現象根本與安徽方言相互排斥。耿振生（1992：
126～132）就曾提出關於「等韻音系的複合性」觀念，指出：

明清等韻著作裡的音系構成情況比較複雜，它們往往不是一種單純
的音系，而包含著從不同的語音系統裡取來的材料，以兼顧不同的
方言和古今音爲特色。

因此當《山門新語》的語音材料存在著複雜的音系現象時，就有必要進行詳細的語料分析，以探究其音系組成的來源爲何，這是本研究值得探索的意義所在。

此外，《山門新語》書後除了附有記載音韻材料的韻圖〈琴律三十韻母音經聲緯按序切音圖〉以外，更特別的是還有專爲傳統作詩用韻取字，而以韻圖收字爲主歸納的同音字表〈琴律四聲分部合韻同聲譜〉，可算是一部小型簡略的詩韻韻書，這對於研究《山門新語》所呈現之音系，無非是深入瞭解音韻現象的有力證據，所以若能同時搭配韻圖與同音字表兩項材料，相信能對於本書的音系特徵有更多的認識、成果，這也是本研究的價值所在。

三、研究的程序

本文先將研究重點放在單一語料文獻上，經由作者編撰動機與韻圖形制的層層分析，用以詮釋該書所呈現的語音特徵；其次排除傳統音韻研究時玄虛荒誕的批評，參照王松木（2000：37～56）提出的「等韻圖詮釋模式」，即所謂詮釋時應兼顧「作者的主觀意念、韻圖的形式框架、音系的複合性質」三方面的相互關係，以較客觀的「作者 — 韻圖 — 音系三要項相互參照」爲原則，討論此一現象所具備等韻學史的相關學術意義與價值，藉以得出較具實證價值的研究成果。其目的主要有二：（一）對該書所闡發的音學觀點進行論述與探討，並試圖將此觀點與前人概念進行歷時串聯，以綜觀音學思想的傳播與影響；（二）剖析該書音學概念之後，進而對該書所呈現的音韻系統（聲母、韻母、聲調）進行構擬，並對前人音系的觀點進行評述，藉以探求本書在近代音史上的地位，展現本研究的價值所在。

第三節　相關文獻的探討

對於《山門新語》一書的研究，就筆者目前所見似乎尙未有專門的論著出現，不過在重要的明清等韻學專著當中，都曾被著錄介紹。以下分作直接介紹與間接徵引兩方面說明。

一、專著及單篇論文

下文主要依照發表年代先後順序，羅列前賢的研究概況，並扼要敘述其研究成果。

（一）趙蔭棠（1956）

本書將《山門新語》歸於「濁音清化的北音系統」中，是最先對《山門新語》一書作介紹的專著。書中簡述作者生平、著錄《山門新語》聲母十九、韻母三十、聲調六的名稱，並指出書中其餘多為附會之說，全不贅錄。此外，在韻母方面，趙氏則認為關於「加、佳、機」三韻，應分別擬作「ia、a、ï」才是。

（二）應裕康（1972）

本書以帶有「濁音清化」和「無–m韻尾」兩項特點，將《山門新語》歸於「北音系統之韻圖」中。若與前者相比，書中已經更為深入論述《山門新語》的作者與內容體例，最後更依序構擬出十九聲母和三十韻母的音值。

（三）李新魁（1983）、李新魁、麥耘（1993）

李新魁（1983）將《山門新語》歸於「表現明清口語標準音的等韻圖」中，強調周贇「以琴律為切音分韻之定法」的觀點，除概述了《山門新語》聲母、韻母、聲調的內容外，特別的是另立「從音律的角度來研究等韻」一章節，介紹《山門新語》如何以「音律」觀點作為分析等韻的指導原則。而李新魁、麥耘（1993）則仍是略述其聲、韻、調的內容，與前者大致相同。

（四）耿振生（1992）

本書將《山門新語》歸於「化濁入清的混合型音系」中，並且是首次明確指出其韻圖音系為：「徽州音與官話音互相夾雜」。且認為其聲母系統較「早梅詩」少一個日母，而有微母。

（五）竺家寧（1991a）、（1998a）、（1998b）、（1999a）、（1999b）、（2000a）

竺家寧（1991a）將《山門新語》歸為「北音系統」，相對於「濁音系統」的分類。而之後發表的五篇文章裡，是歷來首次為該書所呈現的多項語音特徵做出論述，並均有突破性的見解，其目的在彰顯該書於近代語音演變過程中的地位，文中指出：

1、濁上歸去的現象由齒音開始，但尚未完全演變，全濁上聲字仍然保留於上聲；

2、舌尖韻母尚未發展完全，正處於過渡階段；

3、濁音清化的規律幾乎都為送氣音；

4、庚經韻中幾個語音特色；

5、入聲韻尾應無–p、–t、–k的區別，已演變為收喉塞音–ʔ的現象；

6、《山門新語》的音系特徵應與今日江淮官話區徽語績歙片方言相近，
　　除帶有安徽話的成分還有客家話的痕跡。

（六）樋口　靖（2002）

本文對《山門新語》的內容作一簡單論述，指出：見系1、2等沒有特定區別方式、姬璣兩韻有區別等音韻特點。另外，並從作者籍貫地屬江淮官話與聲調為六類的條件，推論《山門新語》的基礎方言，有很大的可能性是徽州方言的反映。

（七）高永安（2004a）、（2004b）

高永安（2004a）將《山門新語》視為反映清代徽州方音「寧國型」的文獻材料，並以今日徽州績溪方言為基準，逐一詳細探究聲、韻、調的各項音類、音值。而高氏（2004b）則是藉以徽語績溪方音與該書音系的對照，以中古音系作為基準，試圖與此方音進行聯繫，構擬其音系，與前者大致相同。

二、其他徵引資料

下文說明曾徵引《山門新語》一書的資料，作為研究過程的定位參考。

（一）羅常培（1941）、（1956）

羅常培（1941）描述音韻學史上有一件巧合的事，即四聲五聲六聲八聲似皆為姓周的所發現，突顯了《山門新語》聲調為六的特殊現象。而羅氏（1956：39）則列有「聲母發音部位異名表」，將傳統九類聲母名稱與多家韻學著作的聲母名稱相比較，可作為對照周氏所自定的五正音與傳統分類情況。

（二）鄭再發（1965）

文中「音變錐頂考察」表，乃是根據趙蔭棠《等韻源流》一書的研究，對《山門新語》進行考察，所反映的音變項目共有：「唇音的分化」、「非、敷的合流」、「莊、章系的合流」、「莊、章、知系的合流」、「于、以的合流」、「于、以、影的合流」、「濁聲母的清化」、「微母的消失」、「疑母的消失」；「i韻的產生」、「–m韻尾的消失」；「平聲的分化」等十二項。

第四節　研究方法的說明

　　以下先介紹本文研究的方法為何，作為研究程序的說明，其次再指出幾項重要的觀點作為研究的準則。

一、研究的方法

　　馮蒸（1989：13～33）曾論述漢語音韻學的學科方法論，將其大略分作：1、求音類法；2、求音值法；3、求音變法等三大類，並在文中詳細說明各類方法的理論、內容，而耿振生（1992：133～138）則是專立「研究等韻音系的基本途徑」一節，以實際材料為例，提出五種研究方法的使用途徑。由於本文係以《山門新語》一書作為文獻材料，再進而探求其音系的內容，所以下文則以耿氏所列的五種方法作為綱要，再參考馮蒸（1989）的看法，闡述如何實踐在本文寫作的過程當中。

（一）內部分析法

　　內部分析法即將一部等韻著作的材料全部聯繫起來，用以考察其呈現的音系為何。而綜觀《山門新語》全書，可發現書中除了記載語音材料的韻圖、同音字表外，更有「十二圖說」和「十音論」陳述作者主觀的音學理論和觀點。因此，本文在進行研究時，除了以韻圖例字作為考察音系的證據外，也梳理「十二圖說」和「十音論」的觀點，闡述作者如何將此主觀意念投射於創制韻圖的過程中，當然也有助於考察本書音系的研究。

（二）歷史串聯法

　　歷史串聯法是結合歷史上不同時期的材料來考察等韻音系，往上與中古的韻書、韻圖相互對照比較，往下與現代漢語的語音（包括普通話和方言）互相對照比較。本文的研究則著眼於語音的歷時演變，往上主要以中古《切韻》系韻書作為參照點，逐一翻查〈三十韻母分經緯生聲按序切音圖說〉所收之例字，從中觀察各聲、韻類分化、歸併的情況，並對其特徵之處進行解說；往下則從作者籍貫地與生平事蹟的線索，參照今日皖南各方言語音特徵，最後則利用兩方已知線索，確立《山門新語》所處之定位，進而構擬其音值。

（三）共時參證法

共時參證法是把一個等韻音系與另外一些時代相同或相近的音韻資料（如韻圖，韻書及其他）互相比較，從其相關程度來考察那個音系的性質。而從〈琴律四聲分部合韻同聲譜〉的編排中，所言：「凡韻府所無之字，而爲《廣韻》所有之音，則採補以備音次，非妄增也。」則可以大略明白，作者編撰目的主要在於成爲文人塡詩的依據，所以《山門新語》一書的語音歸類應與「平水韻」的詩韻系統相似。因此，本文在探究韻部的分合情況，也與清代詩韻《佩文韻府》106 韻相互比較，以作爲觀察各韻部語音分合的參照。

（四）音理分析法

音理分析法就是審音法，這一方法就是根據語音學的一般原理和語音演變普遍規律來分析等韻音系。本文研究時，也將依循著語音規律的途徑，試圖描寫其音系的地位，值得注意的是《山門新語》一書的音系特徵，並非只是純粹單一音系的反映，如：書中「去聲分陰陽」的六聲情況，一般都被前人視爲是反映安徽方言的重要特徵，但是書中卻也呈現「n–l–完全分立」的北方官話特色，所以在釐清其音系內涵時，就必須特別留意。如楊耐思（1993：254）所云：

> 由此可見，宋元明清的一些韻書、韻圖等的這種在一個音系框架之中，安排兩個或兩個以上的音系的作法，是造成音系「雜糅」性質的眞正原因。根據這種情況，我們就有了一種新的研究方法，這種方法可以稱作「剝離法」，把各個音系逐一從中剝離出來，加以復原，就再也不會感到困惑和處理上的束手無策了。

因此，應該將這種形成音系「雜糅」性質的眞正原因找出來，才能更爲貼近地解釋《山門新語》一書的音系反映。

（五）歷史比較法

歷史比較法主要用於構擬音值，因《山門新語》成書於清末，所以拿今日的方言材料來相比，應該不會有太大的差異。然由於本書呈現出混合型的音系特徵，因此本文則將皖南各方言（皖南徽語績歙片、皖南寧國湖北話、皖中江淮官話、皖南吳語宣州片、皖西贛語懷岳片）都列爲考量，以作爲構擬上的參照。

二、研究的觀點

　　研究過程中的觀點不同，也將影響對於各項資料的取材和關注焦點的轉移，耿振生（1993）曾對產生於宋元明清時期，並反映這一時期語音現象的韻書、韻圖材料，提出了一些研究看法，主要為下列五點：

> 1、研究近代漢語書面音系，對它們的「複合性」特點需要予以足夠的重視。

> 2、對於近代書面音系，應該注意從方音史的角度去研究它們，而不要把注意力侷限於所謂「官話」或「通話」範圍之內，也不要孜孜於尋找所謂「標準音系統」。

> 3、研究近代書面音系應強調方音觀念，同時也應重視現代方音材料。

> 4、文獻材料的比較互證是研究書面音系的又一重要手段。

> 5、研究複合性書面音系有時要涉及到辨別、剔除虛假音類的問題。

對於本文來說，前賢對於《山門新語》一書的語音特徵，並沒有一致性的看法，且多為歧異和不確定性的結語，可見該書「複合性」的特點是存在的，而若再從可能反映本書的皖南方音來看，該方音由於地理環境的影響，本身就呈現出摻雜了多種方言的語音現象。因此，在探究本書音系就必須更為小心釐清各項語音現象，才能客觀貼近原本的語音特徵。此外，竺家寧（2000b：188～189）也提出在近代音研究中，對某一部語料的研究時需特注意的現象，分別為：「1、非文字符號的詮釋；2、語料編排的整齊化觀念；3、南北音的混雜；4、古今音的混雜」等四點，這也是本文研究時需要留意的觀點。

第二章　《山門新語》的背景概述

　　本章的主旨在於對《山門新語》一書的相關資料進行概說與評述，藉此作為探究本書的基礎。其內容主要包含：作者生平事蹟的介紹及其著述大要、《山門新語》一書的成書動機與目的、全書的編排結構與內容簡介。

第一節　作者生平及其著述

　　下文先探求周贇的生平概況與事蹟，並且釐清其出生籍貫地與旅居地點究竟為何，其次再辨正《山門新語》一書的書名，另介紹各著作之大要。

一、生平事蹟

　　《山門新語》的作者周贇，為清末安徽寧國人，由於其生平並未載於各清史傳記當中，所以下文藉由梳理《安徽通志》、《民國寧國縣志》兩部方志所記載的資料，再加以「寧國檔案史志網」〔註1〕所錄周贇之生平介紹作為補充，以求瞭解周贇生平大要。

　　周贇（1835～1911？）〔註2〕字子美，又字蓉裳，號山門，清末安徽寧

〔註 1〕參見寧國檔案史志網（http://www.ngdaj.com）「寧國人物（一）」，內有周贇的生平介紹。

〔註 2〕周贇生卒年記載並未見於史傳、方志之中，就筆者目前所見資料，共有兩種說法：其一見於寧國檔案史志網中，記其生卒年為西元 1835 至 1911 年，但並未說明出處

國人，咸豐辛酉（1861 年）拔貢、同治甲子（1864 年）舉人。〔註3〕清朝誥授予奉政大夫賞戴花翎同知銜，曾歷任青陽縣訓導兼理教諭、宿松縣訓導和徽州府教授，並參與過編纂《宿松縣志》、《青陽縣志》、《寧國縣志》和《九華山志》。咸豐同治年間，太平軍入境寧國時，曾率鄉民參與地方團練與之對抗。

關於周贇的籍貫所在地，自趙蔭棠（1893～1970）之後的研究學者，皆以「安徽寧國」爲周贇的籍貫，然筆者所見周贇落款資料則有兩種：一爲《山門新語》書前題爲「甯國周贇」〔註4〕；二爲《重修青陽縣志序》中，題爲「宛陵周贇蓉裳」〔註5〕。清代區域劃分採取「省、府、州、縣」的方式，根據《清代地理沿革表》所載道光年間安徽省共有八府、四州，〔註6〕所以「安徽寧國」即指安徽省寧國府，而《民國寧國縣志》卷一〈輿地志下、宗祠〉【周氏宗祠】一條則記：「二十六都、中川村、山門周贇族」；又高永安（2004b：175）據《宣城地區志》的介紹，指出周贇的出生地爲「安徽寧國的胡樂鄉」，故可總結得知：周贇籍貫乃爲「安徽省寧國府寧國縣胡樂鄉中川村」。然而「宛陵」

來源：其二則爲高永安（2004a：175）所云：「光緒丙戌（1886 年）作青陽縣訓導。次年周氏六十歲。依此推算，周氏應該出生於道光丁亥（1827 年）。」筆者則從《山門新語》中所言加以推斷，在《山門新語》書前黃容保所寫〈山門新語序〉頁 2 右中，云：「咸豐庚申三月，賊自旌竄甯，甯義民舉義攻城，……次年遺民十存二三，始幡從山人計，……今山人年未三十方，環山爲城，立石爲兵，鶉衣玉立，指揮如意於懸崖。」；又《山門新語・六聲圖說第十二》「附記六聲事蹟」頁 88 右中，云：「青人士以贇於來歲甲子年屆六旬，立六聲堂匾於講舍以爲余壽。」若如上文所說，咸豐庚申次（1861 年）周贇年未三十與光緒甲午（1894 年）周贇年六十。由此推證，周贇應該約生於西元 1835 年（清道光年間）左右，乃與第一種說法年份大略相同，故本文暫且從之。

〔註3〕參見《中國地方志集成》編輯指導委員會：《民國寧國縣志》卷九〈選舉志・科甲〉，頁 165 與〈選舉志・正貢〉，頁 170。（南京：江蘇古籍出版社，1998 年）

〔註4〕原落款作「花翎同知銜揀選知縣、青陽縣訓導甯國周贇著」。

〔註5〕原落款作「誥授奉政大夫賞戴花翎同知銜保陞知縣、前廬江縣教諭管青陽縣訓導事、宛陵周贇蓉裳并書」。

〔註6〕該書表六所載清道光年間，安徽省的八府四州分別爲：「安慶府、徽州府、寧國府、池州府、太平府、廬州府、鳳陽府、廣德州、和州、滁州、六安州、泗州、穎州府」。

（參見趙泉澄：《清代地理沿革表》，臺北：文海出版社，1979 年。）

一地又是指何處呢？筆者查找《中國古今地名大辭典》【宛陵縣】言：「即今安徽省宣城縣治」，〔註7〕所以宛陵為今日安徽宣城的古地名，而今日宣城縣治之地則為清代安徽寧國府；又從寧國檔案史志網「寧國建置」論其寧國縣建置沿革的情況中，可以發現「寧國」、「宣城」兩地歷代來分合不斷。因此，可推論周贇所題「宛陵」一詞應仍是泛指「寧國府」地區，與上文所言並無不合。

　　周贇生平經歷可見於《民國寧國縣志》所載，曰：

> 西鄉小桃源人，字子美，號山門，花翎同知銜由舉人揀選知縣大挑廬江縣教諭未到任，在籍興二十六都義倉捐田立保嬰堂，常為人主譜稿必推還潤筆置產興保赤堂，立約永禁溺女，復選青陽縣訓導兼理教諭。光緒庚寅主修青陽縣志，潤筆百金全數捐興育嬰堂，次年復與同寅興掩埋局學使錢桂森，保奏學有根柢守潔才優。……嘗遭誣訐撤任青邑，文武士紳代為雪誣，力求回任，稟凡七上，調署宿松縣訓導，到任三月即捐修育嬰堂……。所著周氏琴律條下增書，是書於光緒庚子為兩江總督部堂鹿芝軒制軍所賞識，奉批覽稟及所著書，該員於聲韻之學殫精渺慮闢古來未之有，經其以琴律切音旁通博證，均由好學深思而得，與牽強掇拾自誇絕學者不同，洵堪嘉許，惟此理精微知之者鮮，所送刊本雜以題辭評點亦非著述體裁，該員有志問世，仰即另備寫本呈候咨送察核進呈可也，著山門新語、史學驪珠行世。（卷十一〈人物志上·宦績〉，頁196）

可知周贇生平反對封建禮教和溺嬰、纏足，並以稿酬捐資辦保嬰堂、保赤堂和育嬰堂。而周贇精通韻學，曾著《周氏琴律切音》二卷，不但為兩江總督部堂鹿芝軒（？）制軍所賞識，更於光緒甲午年間，受到相國李鴻章（1823～1901）稱其「韻學高妙通乎天文」，卻因適逢甲午戰爭爆發，未及進呈。〔註8〕此外，

〔註7〕　參見臧勵龢：《中國古今地名大辭典》（臺北：臺灣商務印書館，1931年），頁456【宛陵縣】。

〔註8〕　參見《民國寧國縣志》卷十二〈藝文志上·著作〉，頁228【周氏琴律切音二卷】條所云：「光緒甲午北上，齎千部揭帖九衢，變價捐賑合肥。相國李鴻章稱其韻學高妙通乎天文，適以東藩告急未及進呈，然海內巨眼共知為不朽慧業矣。」

周贇生平所作之文，後有《蓉裳文稿》一卷留存，現收於民國汪定執（？）所輯《慕雲集存》一書當中。〔註9〕綜合上文所述作者籍貫地與生平事蹟，可大略推知周贇返鄉後，一生旅居的範圍幾乎都在今日的安徽南部地區，與出生地寧國都相距不遠。

周贇在韻學研究方面的淵源，根據《山門新語》書前黃容保序所云：

> 祖、父皆通韻學，教以五聲遂悟去聲有陰陽，因集平去兩音之字爲六聲圖。十齡鳳岡沒，德音於苦塊中遭奇變，山門憂憤成疾，德音授以丹訣數月，精神反倍於平昔，韻學六氣即由此分。（《山門新語·黃容保序》，頁1）

可見周贇「六聲說」與「韻學六氣說」等韻學思想乃承繼於祖、父兩人，進而加以闡發。然經過查找方志中所記有關其祖鳳岡〔註10〕、父德音〔註11〕兩人的生平事蹟後，並未發現有關韻學著作或韻學思想方面的記載論述，所以並無法從其家學淵源方面進行解析。因此，本文在探析周贇的韻學思想上，仍僅以《山門新語》書中的內容爲主，儘量找尋書中所援引其他著作的觀念，藉以作爲研究上的輔助和佐證。

二、著述大要

周贇生平著作依據《民國寧國縣志》卷十二〈藝文志上·著作〉所錄，共

〔註9〕 據上海圖書館所編《中國叢書綜錄》（上海：古籍出版社，1986年，頁1106～1107）一書中所記載得知，今大陸首都、上海、安徽等圖書館，現藏有汪定執所輯《慕雲集存》（民國二十年排印本）一書。

〔註10〕 《安徽通志》卷二百六十〈人物志·隱逸〉，頁2940，云：「周啓楷，字殖庭，寧國歲貢，七歲執父喪，哀毀如成人，弱冠爲邑經師，家小桃源有鳳岡林壑之勝，搆草堂藏書數千卷，講學其中，選教諭不就，飲酒賦詩，蕭然物外，三十年不入城市。」（臺北：京華書局，1967年）；又《民國寧國縣志》卷十〈武備志·兵事〉，頁182，云：「周垂璿，號啓楷，有學術隱小桃源之鳳岡三十年，號鳳岡先生，素喜清靜澹泊其俗。」

〔註11〕 《民國寧國縣志》卷十一〈人物志下·孝友〉，頁208，云：「周垂珩，字德音，周啓楷子，生有痼疾，仁孝多慧，父隱居愛宣石癭木靈藥奇卉，珩皆多方力致之，母病需眞术，珩入山兩宿而得，父歿遺命珩子讀書，遂盡質田產爲從師資卒成子名爲父志，妻胡氏亦慈惠自損以濟人。道光己酉水災，典衣簪賑飢。同治初，避賊困山谷中，絕糧五十餘日，餌松花粉竟無恙。」

有：《周氏琴律切音》二卷、《說文說》一卷、《有極圖經解》一卷、《觀象袪疑》一卷、《史學驪珠》四卷等五部書籍。〔註12〕

（一）書名的辨正

關於《山門新語》一書的書名，歷來研究該書的學者，大多認為《山門新語》一書亦名《周氏琴律切音》，然而兩名稱是否真能完全相等呢？下面將以《民國寧國縣志》、《販書偶記》、《明清等韻學通論》等相關著錄資料作為論證，闡明其原有的書名名稱。

首先根據《民國寧國縣志》卷十二〈藝文志上・著作〉【周氏琴律切音二卷】條所記：「故名周氏琴律切音，為贇所著山門新語之一。」〔註13〕與卷十二〈藝文志中・記〉【周贇　六聲堂記】條所記：「刊周氏琴律切音二卷，為生平所著《山門新語》之一種，尚有天、經、史、字諸編未脫稿而年六十矣。」〔註14〕；其次又據《販書偶記》卷十（藝術類・琴譜之屬）所著錄：「山門新語五種五卷，宛陵周贇撰，光緒丁未刊。經學、史學、天學、字學即首一卷，琴律切音四卷。」〔註15〕與耿振生（1992：253）所云：「（《山門新語》）書中內容很雜，有音學四卷，題為《周氏琴律切音》，此外《經學》、《史學》、《天學》、《字學》各一卷。較早的版本可能沒有後面這些內容。」；最後就今日所存《山門新語》一書的內容來看，在各葉版心處，上欄皆為「山門新語」四字，中欄則為「周氏琴律切音」。

由以上種種著錄資料顯示，兩名稱所涵蓋之內容並非完全等同，所以「《山門新語》一書又名《周氏琴律切音》」的看法可能有所不妥。故由上文可推論得知：《周氏琴律切音》本僅為《山門新語》的一部份，但可能因《周氏琴律切音》之內容受到音韻學界的關注，或《山門新語》一書中，這一部分流傳的較廣，所以後來才會產生以《山門新語》一名指稱《周氏琴律切音》一書。然而由於

〔註12〕　參見《民國寧國縣志》卷十二〈藝文志上・著作〉，頁 228。此外，「寧國檔案史志網」則著錄為：《山門新語》、《史學驪珠》、《周氏琴律切音》、《二十四史詩韻集》、《說文說》、《觀象袪疑》、《有極圖經解》、《六聲堂讀書要訣》、《山門詩史》等書，較《民國寧國縣志》所著錄資料多出四書。

〔註13〕　引自《民國寧國縣志》卷十二〈藝文志上・著作〉，頁228。

〔註14〕　引自《民國寧國縣志》卷十二〈藝文志中・記〉，頁271。

〔註15〕　引自孫殿起：《販書偶記》，頁252。（臺北：漢京文化事業公司，1984年）

使用上的習慣，本文仍將沿用《山門新語》一名來指稱《周氏琴律切音》一書，
後文則不再特別說明。

　　《山門新語》一書最早的版本著錄，可根據馮蒸（1996：413）所整理趙蔭
棠音韻學藏書目錄，乃題爲：「《山門新語》二卷二冊　清周贇撰　清光緒十九年
六聲草堂刊本」，而原書封面則題作「光緒癸巳年新鐫六聲草堂原版」（見〔附
圖 2-0〕），兩者應爲同一版本。該書目前則存於臺灣、大陸、日本三個地區，〔註
16〕版本皆爲相同，故本文亦將以此版本作爲研究材料。此外，關於本書的成書
日期，書前黃容保題序的時間，則爲同治癸亥（1863 年），而《山門新語》的
周贇自序則題爲光緒十九年（1893 年），可知本書應初成於 1863 年左右，而約
至 1893 年時正式完成。至於《販書偶記》所云：「光緒丁未刊」（1907 年），則
應是指整部書完成後的刊刻時間。

（二）各書著述大要

　　《山門新語》一書當中，由於摻雜運用了許多周贇主觀的思想概念，所以
若能在針對《山門新語》的韻學內容進行探究的同時，加以其他著作內容作爲
輔助，相信必能有助於研究的深入。然而經筆者檢索臺灣、大陸、日本地區等
圖書館後，目前僅知《山門新語》、《史學驪珠》兩書尚存，其餘則不知存佚。《史
學驪珠》則僅存於北京中國國家圖書館中，取得不易，且又與本研究主題關聯
較遠，所以暫不列入閱讀範圍之中。

　　下文首先引用《民國寧國縣志》卷十二〈藝文志上・著作〉中，所著錄各
書大要之文，〔註 17〕其次再輔以《山門新語》中曾論及各書之內容，〔註 18〕藉
以闡述《說文說》、《有極圖經解》、《觀象袪疑》三書之內容大要，以補苴未見

〔註16〕　三個地區所藏地分別爲：1、臺灣：中央研究院傅斯年圖書館、臺灣大學圖書館、
　　　　　臺灣師範大學圖書館；2、大陸：中國國家圖書館；3、日本：東京外國語大學附
　　　　　屬圖書館。

〔註17〕　《民國寧國縣志》卷十二〈藝文志上・著作〉中，所著錄《周氏琴律切音》、《說
　　　　　文說》、《有極圖經解》、《觀象袪疑》、《史學驪珠》等五書中，《史學驪珠》一書僅
　　　　　有目錄，並無內容大要。

〔註18〕　筆者翻閱《山門新語》全書，僅發現《說文說》、《有極圖經解》兩書內容，於《山
　　　　　門新語》中略有提及，分別見於卷二〈三十韻分六氣圖說〉頁 16～18 與〈琴律分
　　　　　氣說〉頁 67～69；而《史學驪珠》、《觀象袪疑》兩書內容則未見。

原書之缺憾。至於《山門新語》著書的動機與目的，則將於下節說明，這裡暫且不談。

1、《說文說》一卷

周贇作《說文說》一書的目的，旨在於批駁朱駿聲《說文通訓定聲》一書（後文簡稱《定聲》），指出：《定聲》以十八個卦名來代表十八個韻部，並用它們來統領所有的文字，取代了許慎《說文解字》以五百四十部首來安排文字的體例，而才有「定聲」之名。〔註19〕然而該書十八卦名卻僅視作十八個古韻部的代稱，並無一字論及卦音為何，因此與周贇「字之聲有其深意」的看法不同，故另作《說文說》以駁斥《定聲》。

周贇「字之聲有其深意」的看法，乃來自於以琴律分三十韻後的見解，其云：

> 竊嘗以琴律分三十韻因而見古聖人之作六書，道通乎天地萬物，序合乎日月四時，其理原五行八卦，其聲中五音六律，而其氣則具於吾身而無庸外假，此即羲皇易象之外編，而為作樂之原。（〈三十韻分六氣圖說〉頁16）

周贇以為聖人所作六書之字，聲皆中五音六律，故每字之聲皆有其本意。而於《說文說》所作之由，又云：

> 贇因作說文說辨作書不始於倉頡，而干支之名尚在作書以前……不但四以下形聲皆合五行卦理大有深意，即二三之長短次序亦大有深意……不但十數之形合乎五行卦理大有深意，即十數之聲亦大有深意。如：一為斂氣定口中舌之音，氣斂則不分口，定則不移舌，中則不合皆專一之氣，一為天為圓，一之所以函三也。（〈三十韻分六氣圖說〉頁17）

可知周贇《說文說》之作，在於強調不可僅觀其字之外形而忘其字之本聲，每字之聲皆有其本意，且其聲應合天文、地理、八卦、五行，如《民國寧國縣志》著錄其內容大要，所云：

〔註19〕 朱駿聲《說文通訓定聲》一書中，其「定聲」之義應為：「把文字按古韻重新加以分類排列」，與周贇所認定的「定聲」有所不同。

本以闢《說文通訓》而作，然其解《說文》所未説之字，皆本天文、
地理、八卦、五行，卓識精心，實足擴人見解。（頁228）

因此，周贇《說文說》乃在於補《說文》未說「字之聲有其深意」之缺，辨正
後人之誤，而字之聲能應合天文、地理、八卦、五行的概念，與《山門新語》
中提出以「琴律切音」能應合自然之數的理念相似。

2、《有極圖經解》一卷

根據《民國寧國縣志》著錄其書之內容大要，云：

以伏羲六十四卦內方外圓圖爲有極圖，而以孔子繫辭下傳第八章爲
有極圖經，乃從而爲之解其說，以外圓像天，內方象地，而人生其
間。洪範會其有極，歸其有極，皇建其有極，在天日月之交爲會，
在地四夷內附爲歸，在人與天地參爲建，此有極所以與繫辭三極之
義合，乃知六虛指地之上下東西南北六方而言，地體雖圓要必分此
六方，六方有極亦原始要終之定理也。（頁228）

周贇將伏羲六十四卦的「內方外圓圖」改定爲「有極圖」，另以繫辭下傳第八章
爲有極圖經爲其解說，此爲作《有極圖經解》的目的。而周贇所創的「有極」
概念則是從前人「太極」的概念中轉化出來的，其云：

有象之氣始於太極，太極即一也，其氣渾而象全以一象包孕萬象，
分之爲兩儀，兩儀即乾坤也，兩儀分爲四象，四象分爲八卦，八卦
分爲六十四卦、三百八十四爻，即所以合兩卦爲一卦，而分六爻也，
然後合六十四卦，員之而成一乾，合三百八十四爻；方之而成一坤，
即合兩儀天包地外，地凝天中而成一有極之象，太極爲未分之乾坤，
有極爲既合之乾坤也，此象之分合也。（〈琴律分氣說〉頁67～68）

可知所謂太極與有極的差別，乃在於象的分合不同，爲萬物自然變化的道理，
且其象乃是循環返覆不斷，如：

自太極而有極分，而又分合而又合分，合者陰陽之理而天地萬物之
終始也。无極而太極，太極而有極，有極而无極，分中有合，合中
有分，方分方合，方合方分，陰陽未使分合，天地萬物未始有終始
也。（〈琴律分氣說〉頁68～69）

因此，《有極圖經解》一書，旨在於解說陰陽自然之象分合不斷，從前人提出的太極觀念上，再進而推究出有極的概念，主要目的還是在於闡發天地萬物爲一自然之象。

3、《觀象袪疑》一卷

目前所知《觀象袪疑》一書內容，僅能從《民國寧國縣志》所著錄之內容大要，其云：

> 參中西天學爲訣而各附辨論於中學，歷釋前人所存疑義於西學，則力闢地繞日行之謬，以北極出地各有定度爲地體不動之確據，以西法重歸地心爲地體不動之定理，以地日行萬萬里則前面必爲疾風所閉，後面必爲疾風所落，而以五大洲海面皆不閉不落，爲地體不動之旁證也。（頁228）

第二節 成書動機與目的

《山門新語》一書過去不但鮮少受音韻學家的矚目，甚而還備受批評，如趙蔭棠（1957：248）所云：

> 是書亦云《周氏琴律切音》，昔與半農先生共詆爲附會之談。現在只錄其聲母、韻母及聲調三端，其於附會之說，全不贅錄。

應裕康（1972：624）又云：

> 是書除分聲母爲十九，韻母爲三十，聲調爲六以外，其除皆穿鑿附會，不值一提之說，如十二圖說中，琴律三十韻母在天成象圖說，以三十韻母附會天象；琴律三十韻母在地成形圖說，則以三十韻母附會地理。清人等韻諸作中，實以此書最爲無稽焉。

可知由於周贇藉著附會天文、地理、易卦等方式，來論證該書所創的「琴律切音」之法，因而才被前人批駁其附會之說爲無稽之談。然而在這樣的思考模式下，又會對其書的音系安排造成怎麼樣的影響呢？筆者以爲書中所謂附會天文、地理、易卦等方式，應是當時周贇編撰《山門新語》一書時的概念所在，乃爲探究該書內容不可或缺的重要一環，若能先了解其成書的動機背景，相信能更有助於該書的探究。因此，本節擬從自序〈周氏琴律切音序〉與《民國寧

國縣志》中所錄《周氏琴律切音二卷》著作之語等兩方面著眼，剖析其編撰的動機與目的。可分作三部份來看：

一、「琴律」為切音分韻之定法

　　《山門新語》以「琴律切音」為其書獨特之處，然而周贇這樣的概念是從何而來呢？乃在於周贇認為古來音韻與琴律兩者實本為同一物，主張應以「琴律」作為切音分韻之定法，並認為歷來「切音之法」模糊不明，所以首先欲探求古人識音的準則，自序云：

> 夫字生於音，音生於氣，上古聖人以氣無象而天下無由見也，於是畫卦以象之；以音無形而後世無由傳也，於是作書以傳之。而音之出於天下後世人之口者，不能齊也，則又造律呂以齊之，其統律呂之全而為音韻[註20]之準則者莫如琴，故有琴均。（頁1～2）

可知古人乃以「律呂」作為聲音的準則，並視為全天下奉行的標準，而能統律呂之全者，又僅有「琴」之樂器。因此，周贇以「琴律」切音不但是為能尋求能正確辨音之標準，其最終目的更想要不改動古人之原音。又云：

> 然則古之無韻學非無韻學也，夫人而精於韻學也；古之無韻書非無韻書也，古人以樂經為韻書也；古之無韻字非無韻字也，琴均之均字即古韻字也。自遭秦火，古樂淪亡，士大夫能琴者少，而音韻與琴律遂分為二事。世之言韻學者，類皆論聲不論氣，離琴律以切音，則切之不得其法，論聲不論氣，則昧乎生之本原而審音不精。（頁2）

前人將「音韻」與「琴律」劃分為二，因此談論音韻之學時，並無法真正應合古音，也造成了切音之法的繁雜不正。另外，周贇又認為氣乃為聲之本源，若僅論聲不論氣則審音不精，故該書特以「琴律」作為切音分韻之定法，既論聲亦兼論氣。

二、「切韻之法」應為琴律而非等韻

　　周贇採用「琴律」作為切音分韻之定法，指出等韻之學乃為梵音，而琴律才是真正中國本有的學問，其序云：

〔註20〕　該字《山門新語》書中原作「韵」，本文皆將其改作「韻」字代替。

有謂梵音別有妙理，釋氏學由聞入，其聰慧非中國所能及者，傎也。

聲音之妙不外乎律呂，律呂之制出於中國，以中國得天地之中氣也，

梵音之妙不過能通歐音耳。（頁6）

認為聲音之妙乃是「律呂」之變化所致，為中國本有的制度，即周贇所主張的「琴律」切音分韻之定法。因此，周贇又指出等韻（梵音）與中國之音不同之處，其序云：

以琴律分五正四變十九音，梵音牙與齒分為二，而齒之斜正又分為二，舌與脣又以舌頭、舌上，輕脣〔註21〕、重脣各分為二，合之喉音與半脣半齒為九音，則較中國尚少十音，而九音之讀法又與中國不合。……論者謂此三十六字母為古今之音異，而不知實中外之音殊耳。（頁7～8）

等韻（梵音）之音與代表中國之音的「琴律」相比，尚少十個音且相對九個音的讀法也與中國無法符合，這些都是中外之音方法上的不同所造成的隔閡，並非古今不同。而這些不同又是如何造成的呢？序又云：

然則學等韻者，必於此三十六字畢肖梵音而後可以切音，又必於一切音皆肖梵音而後其音乃得，而切今圖中所列見溪羣疑乃中國之字也，而當日神珙口中所讀見溪羣疑，則天竺之音也，傳等韻者既以六書之字譯反舌之音；學等韻者又以中華之音求旁行之韻，其音齟齬而不合，其法扞格而不通，不待試驗而後見也。然終以為妙理而姑信之，於是多設名目以強求其合；廣開門徑以曲求其通，而音和類隔反覆支吾，卒至轇轕糾紛而莫可究詰，此以梵音切韻者也。（頁9）

因此，若仍沿用傳統等韻三十六字母作為切音分韻之法，實為以梵音來切中國之音，所切之音仍然無法精確描述，故此為周贇《山門新語》一書中，將傳統等韻三十六字母切韻之法改為「琴律切音」所分之十九音的主要原因。

三、音經聲緯皆有定序──總括天下一切音

　　周贇以「琴律」作為切音分韻之定法，除了要達成精確切音的目的外，周

〔註21〕　《山門新語》一書中的「脣」皆寫作「脣」，本文引述時不更動原文仍作「脣」，僅在正文論述時作「唇」。

贊更指出唯有「琴律」切音才能完全體現天地自然之音，其序云：

> 夫琴之音律本夫天地陰陽之氣，口之聲音本乎一身陰陽之氣，人之
> 一身本天地陰陽之氣，所結而成者也。（頁13～14）

因此以琴律切音模式所營造的語音系統，最終目的乃在於應合天地陰陽之氣，這也是書中爲何要附會天文、地理、易卦、樂律的原因所在。下列先說明書中所提自來切韻者的缺失，進而再以「琴律切音」之法的不同，相互比較。

（一）自來切韻者之失

周贇首先對過去切韻的方法進行討論，其序云：

> 自切韻者不立韻母而音無定序，不論開闔而字無定韻，不分正變而
> 韻無定音，不辨陰陽而音無定聲。……蓋自來切韻者，失在論形不
> 論聲，論形不論聲但知聲之隨形而分，不知形之因聲而亦合，故不
> 當分而分。而自來論音者，失又在論聲不論氣，論聲不論氣，但能
> 於同氣之中辨聲之不同，不能於同聲之中辨氣之不同，故當分而不
> 分。（頁23～24）

認爲由於自來切韻者由於不立韻母，所以形成音無定序、字無定韻、韻無定音、音無定聲的雜亂情況，而其根本原因，則在於切音時論形不論聲、論聲不論氣，故分合不當。

（二）琴律切音分韻之定法

周贇認爲各音要能各得其序，就要先立其韻母，並有明確的經緯劃分，其序云：

> 夫惟琴律切音，以呱字應黃鐘之宮生五音六律三十音爲韻母，而後
> 音有定序，三十韻聲應氣求兩兩交互，而後字有定韻，每韻以五正
> 四變分十九經聲，而後韻有定音，每音以四母六子分八緯聲，而後
> 音有定聲，以經緯分每韻百有四音，而後切音有定法，以三十韻分
> 三千一百二十音，而後可切之音有定數，……而後所切之音始確。（頁
> 25～26）

提出以五正四變之十九音爲經聲，四母六子爲緯聲，則三十韻所分出的三千一百二十音則皆有所定序。這種以「琴律」作爲切音分韻之定法，讓音皆能有序、

有名，且使天下之音能包羅無遺，故認爲其韻圖形式即是體現出總括天下一切音的情況，在〈琴律切音百四次圖說第十一〉中，又云：

> 贇竊以琴律切音始立音母，分去聲之陰陽以定六聲，於是乎音有定序，乃得以其次名知，以三十韻母統一切音而音無或遺，以百四次貫三十韻而音無不攝，其法以韻統音，以音統聲，以聲統散按泛及兩合，平去則加陰陽不出五字，舉語言文字之三千一百二十音遂皆有定名，凡知是圖者但舉其名不待反切而即能知其音，其相似之音皆得即名次辨之，是名次固與切法相表裏也。（〈琴律切音百四次圖說第十一〉，頁 83）

在以「琴律切音」的總括下，各音不但能有名、有序，且後人見其圖位亦能準確讀出，故能解決前人韻學著作中「切音」不正所造成的問題。此外，周贇更強調經由「琴律切音」的過程，天下一切音皆能括於該書之中，因此該書所呈現的語音特質應是一種混合性的理想語音。而在《民國寧國縣志》【周氏琴律切音二卷】條所記，也有如此論述，其云：

> 祖教以當求其法於琴，乃仰觀俯察內視外推以闡發琴理，然後知琴律之通乎天地萬物者，即爲切音定法。……而後人人皆知切音以五正三分四變兩合貫三十韻之三千一百二十音，則每音皆有讀法，而後字音不至爲鄉音所歧，其法不特與卦象時憲相通，而且上通天文、下通地理、中通人道。（卷十二〈藝文志上‧著作〉，頁 228）

因此琴律切音這種音經聲緯皆有定序的形式，不僅要能使各音能有名、有序，其目的還在於體現理想中的「正音觀」〔註22〕，而或許這也是書名題爲「新語」的原因之一。〔註23〕

〔註22〕 耿振生（1992：123～126）指出：「等韻學家所說的『正音』就是理論上的標準音、語音的最高規範。而各家對於『正音』的觀點約有下列幾種：1、從方言地理的角度推論正音；2、折衷方言、參酌古今；3、符合古音的音類；4、遵照欽定官韻之字音。根據以上所述，可得出結論：『正音』是文人學士心目中的標準音，它純粹是一種抽象的概念，沒有一定的語音實體和它對應，因此，它只存在於理論上，而不存在於實際生活中。」

〔註23〕 本文認爲《山門新語》一書的基礎音系，極可能是作者依主觀意念的需求所「雜糅」後的成果，將於第七章《山門新語》的基礎音系中，再詳細探究此一問題。

第三節　全書內容簡介

　　下文先將《山門新語》二卷的編排情況羅列成表，再對全書內容略作綱要式介紹，作為研究中引用文本資料時的基礎。

一、編排結構

　　《山門新語》共有二卷，其書前先有《山門新語》序（黃容保序）與諸家題詞，[註24]目錄後則有全書的例言與周贇自序。該書正文可分作兩部份來看，一為闡發自己韻學主張的「十二圖說」與「十論」[註25]；二則為韻圖與同音字表，並附有「六氣圖說」與「分氣合聲說」等文字說明。原書目錄與內文標目略有出入，下面〔表 2-1〕乃為求明白全書的編排結構，故將先以目錄標題為主，並加註辨明與內文標目的異同，之後本文所言則將多採以內文標目為準。全書篇目可如下表所示：

表 2-1：《山門新語》全書編排結構表

大標題		內　　容	備　註
山門新語序			黃容保序
山門新語題詞			共八人題詞
山　門　新　語　目　錄			
周氏琴律切音例言			二十四條
卷一	周氏琴律切音序		全書總序
	十二圖說	琴律三十韻母在天成象圖說第一 琴律三十韻母在地成形圖說第二 琴律三十韻母應五音六律相生圖說第三〔註26〕 琴律三十韻母四聲一氣殊途同歸圖說第四〔註27〕 琴律三十韻母同聲相應同氣相求圖說第五〔註28〕	

〔註24〕　共有八人為該書題詞，分別為：周璳（朗山）、黃容保（竹民）、周文吉（藹庭）、朱蘭（久香）、劉崑（韞齋）、李文森（樹堦）、孫翼謀（穀庭）、邵亨豫（汴生）等人。

〔註25〕　由於「十論」內容為闡述周贇的韻學觀點，所以本文以「十音論」來稱呼。

〔註26〕　內文標目作〈三十韻母應五音六律三分損益隔八相生圖說第三〉，無「琴律」兩字，並加入「三分損益隔八」之字，本文從此。

〔註27〕　內文標目作〈三十韻母四聲一氣殊途同歸圖說第四〉，無「琴律」兩字，本文從此。

〔註28〕　內文標目作〈三十韻母同聲相應同氣相求圖說第五〉，無「琴律」兩字，本文從此。

		韻母三聲圖說第六 四母六子原於卦象圖說第七〔註29〕 四時卦氣生音有分合多寡圖說第八〔註30〕 琴律圖說第九 周氏琴律切音經緯指掌圖第十 周氏琴律切音名次圖說第十一〔註31〕 六聲圖說第十二（附記六聲事蹟）	
卷二	十論	一論沈約以吳音切韻 二論讀法 三論音母 四論韻有開闔 五論五音 六論三分音 七論聲有陰陽 八論兩合音 九論六聲為雙聲疊韻之原 十論琴律切音分韻之法	
	切音分氣圖說	三十韻母音經聲緯按序切音圖〔註32〕	韻圖
		三十韻分六氣圖說	
	琴律切音	四聲分部合韻同聲譜〔註33〕	同音字表
		琴律分氣合聲說	

二、內容介紹

　　書前部分，友人黃容保為該書作序，簡要說明了周贇的生平事蹟，並指出其韻學思想承繼於祖父兩人，而後才有《山門新語》的成書，另外也提及周贇所著《說文說》、《有極圖經解》、《觀象袪疑》等書皆為天下奇文。題詞方面，則有周珺等八人為該書題詞，特別是對周贇韻學「六聲說」提出的讚美。

　　全書正文方面，共可分四個部份來看：

　　首先，周贇對該書列出二十四條例言，內容分別有三：1、二十二始（六氣分音之始、韻學分六聲之始、六律分五音之始……等等）；2、兩不言（琴律不

〔註29〕　內文標目作〈切音四母六子原於卦象圖說第七〉，多「切音」兩字，本文從此。

〔註30〕　內文標目作〈四時卦氣生音有分合多寡圖第八〉，疑漏「說」字，本文從目錄標題。

〔註31〕　內文標目作〈周氏琴律切音百四名次圖說第十一〉，多「百四」兩字，本文從此。

〔註32〕　內文標目作〈琴律三十韻母分經緯生聲按序切音圖說〉，本文從此。

〔註33〕　內文標目作〈琴律四聲分部合韻同聲譜〉，多「琴律」兩字，本文從此。

言通、不言轉）；3、三不顧（舉分韻切韻之舊法而不顧、舉韻學名家盡闢之而不顧、任當世之駭異而不顧）。

其次，周贇爲該書所作一總序〈周氏琴律切音序〉，詳細說明該書編撰的起因與動機，並闡發書中所融合的琴律、易卦等概念，用以呈現自己的韻學思想。

第三，爲「十二圖說」與「十音論」，「十二圖說」（見〔附圖 2-1〕至〔附圖 2-12〕）導其源頭，附會天文、地理、樂律、易卦等概念，尋其語音之源；「十音論」則通其流，以文字說明該書韻學術語的認定與琴律切音的結構。

最後，則爲韻圖與同音字譜，韻圖（見〔附圖 2-13〕）以琴律切音的概念而形成，以「五正三分四變兩合」的形式，共分三十韻；同音字譜（見〔附圖 2-14〕）則以韻圖中的列字作爲「小韻」〔註34〕，進而以「字形」相似的原則依序增其同音字，並以四聲分立，三十韻合爲十四部的形式呈現。此外，韻圖與同音字譜後面，分別附有「六氣圖說」（見〔附圖 2-15〕）與「分氣合聲說」等文字，乃是對三十韻分六氣之音與琴律分氣合聲的源流過程進行詳細解說。

〔註34〕 〈琴律四聲分部合韻同聲譜〉中，每個小韻字都以「陰底字」標示。

第三章 《山門新語》的音學理論與韻圖體例

　　本章旨在詮解《山門新語》一書的音學理論與韻圖體例，首先從周贇以「琴律切音」的創作動機切入，對其「琴律切音」的概念進行闡釋，並以此為基礎，瞭解書中的術語涵義；其次再從作者所建構的主觀概念觀察韻圖形制的特殊之處；最後則評述周贇改定切語的方式，並與前人略作比較，以明其觀念上的承繼。

第一節　「琴律切音」的概念

　　明清時代的部份等韻學家，另從音律的角度來闡明等韻學理，將本來用於樂理的音律概念作為等韻分析的原則，如：吳繼仕《音聲紀元》（1611）、葛中選《太律》（1618）、都四德《黃鍾通韻》（1744）、龍為霖《本韻一得》（1750）、周贇《山門新語》（1863）等書，都是此種類型的著作。因此，當面對此類型的等韻文獻時，就得先理解內在的音律概念，才能更進一步評述其語音體系的架構，而《山門新語》一書則是採以「琴律」的模式作為其音學理論的闡釋，故下文擬對該書「琴律切音」的概念進行探究，首先對於音韻與樂律產生聯繫的原因和過程進行說明，其次再對「琴律切音」的概念如何運用於其音學理論進行解釋，冀以展現該書語音體系的架構。

一、音韻與樂律

音韻與樂律兩項看似不同的學科，其實其中卻有一定的關連性，如在音韻學的學科當中，不難發現本爲音樂上所使用的術語或概念，常常被引入音韻學之中使用，甚而有些術語已失去原來在音樂學科中的定義，而成爲音韻學中專用的術語。下面就專對音韻與樂律兩者相互交融演變的情況做出說明：

（一）語音與音樂——本質上的相同

人類所發出的語音，從物理學的角度來看，是由樂音和噪音兩部分構成；而從發音生理的角度來看，語音結構則又是由元音和輔音構成。又語音中的元音即爲樂音，而音樂基本上都是由樂音所組合而成，因此可說語音與音樂兩者有著部份相同的關係。

若從使用的層面來看，語音指的是人類發音器官發出來、具有一定意義、能起社會交際作用的聲音。而音樂則是人類群居生活所產生的文化內容。古時稱語音爲聲，稱音樂爲音，以音樂的角度來看，兩者之間略有區別，如《禮記‧樂記》中所云：

> 凡音之起，由人心生也。人心之動，物使之然也。感於物而動，故
> 形於聲。聲相應，故生變；變成方，謂之音。比音而樂之，及干戚、
> 羽旄，謂之樂。（《禮記‧樂記十九》）

可知古人對於「聲」與「音」的認定有著層次上的不同，戴念祖（1994：4）則透過觀察古籍文獻上的記載，[註1] 指出了「聲」與「音」的差別，云：

> 古代人認爲，由於物體的運動或者人們爲了表達某種情感而發出的
> 都是聲；在這些聲中，凡舒疾快慢、高低變化有一定的規律和節奏，
> 彼此有一定數理關係的，才是音，或者叫樂音。

聲主要指的是一般的概念，常與響相併，而音則是突顯具有清濁變化、一定節奏和規律的系統。然而，語音和音樂兩者著重的層面雖有所不同，但若就其外在所表現的情況，則仍有許多相似的地方，如張清常（1944：209）曾提出語音和音樂相同之處有六：

[註1] 戴氏所觀察的古籍文獻包括：《禮記‧樂記》、《史記‧樂書》、許慎《說文解字》、
　　　陳暘《樂書》等。

都有高低抑揚，都有強弱輕重，都有長短舒促，都有快慢疾徐，都
有節奏頓挫，都注重音色。

因此，兩者的分別主要在於發音振動體的不同，語音強調爲人類發音器官所發、
具有一定意義、能起社會交際作用的聲音；而音樂則是由樂器的振動來發聲。
若是廣義的來看，也將人類發音器官看作樂器的一種，那麼語音和音樂就可視
作是同源而一貫的。

（二）音樂術語的借用

由於語音和音樂有許多本質上的相似，所以音樂術語借用於語音學中就不
無道理可言了。在周朝末年已經有具體地教授唱歌的方法，其中有一種方法是
訓練調音，以「宮徵」爲標準，以疾徐爲條件。[註2] 到了西漢末年時，便有所
謂的「五音之家」借了這種方法來「引字調音」，以口有張歙，聲有外內，並利
用音樂方面的「宮商角徵羽」來審辨字音，[註3] 因此造成後來音韻學著作中常
借用音樂的術語，來審音辨字。在張清常（1944）一文中，對於中國音韻學中
借用音樂術語的過程及其所產生之變化或意義之轉變有詳細的討論，指出「聲、
音、韻、調、清濁（輕重）、轉」六種本爲音樂之術語，後來被音韻學借用以後
幾乎失去原本的意思。可將此內容列表如下：

表 3-1：術語概念的轉變

	聲	音	韻	調	清濁（輕重）	轉
音樂涵義	聲音	樂器	調和音律	和協聲律	高低音	咏誦佛經
音韻涵義	韻部韻母聲調 聲母	全部字音	韻母	聲調	代表韻母和聲調 聲母形容字	韻圖內外轉

如：「清濁（輕重）」兩字，清本指高音，濁指低音，或曰「輕與重」[註4]，當

〔註 2〕 《韓非子・外儲說右上》：「夫教歌者，先使呼而詘之，其聲及清徵者乃教之。一曰：
　　　　教歌者先揆以法，疾呼中宮，徐呼中徵。疾不中宮，徐不中徵，不可謂教。」

〔註 3〕 王充《論衡・詰術篇》：「五音之家用口調姓名及字，用姓定其名，用名正其字。口
　　　　有張歙，聲有外內，以定五音宮商之實。」，可參見張清常（1956）一文，文中有
　　　　詳細的論述。

〔註 4〕 張清常（1944：211～212）指出：「『輕』『重』即調鐘律時之『細』『大』。鐘之體
　　　　積小者聲音高而份量輕，故曰『輕』曰『細』；鐘之體積大者聲音低而份量重，故
　　　　曰『重』曰『大』。」

這四字被音韻學所借用時，最初只用於代表韻母和聲調，也表示其高低升降的大致情況，這還略微保留了音樂的味道，但等到後來被借作聲母的形容字時，便失去音樂中的意義，成爲音韻學中特定的用法。從音樂術語借用的情況可知，語音和音樂不但有著密切的關係，且當音樂與音韻的概念互相疊置時，音韻學的發展過程也深受其影響而產生變化。

（三）音韻與樂律的合流

《山門新語》一書中所提出音韻與琴律本爲同一物的想法，在等韻學的學科當中其實是淵源流長的。而等韻與樂律概念合流的情況究竟爲何呢？平田昌司（1984：182）指出：「樂律思想與術數家的合流，主要分三個階段：（1）《周易》重視「數」的觀念（2）樂律和「數」的搭配（3）樂律和時間的搭配。」第一階段中，由《周易》系統卜筮思想所演算的「數」之概念，受到相當大的重視，且又與天地一年循環周期三百六十日與「萬物之數」一致，所以從《周易》導出來的「數」就可以解釋宇宙間一切的事物、現象和時間變化；第二階段時，樂律理論由於推算上的需要，五音、十二律體系依靠「三分損益法」，故以「數」爲媒介，也跟五行、十二月相配而成立了一個樂律象數思想，且在西漢時發展成爲一種利用聲音的占卜方法；第三階段時，隨著陰陽家思想的發展，「五音十二律」跟一年十二月循環的秩序有了整齊的對應關係，時間的遷移循環和萬物的生成消滅，都可利用樂律干支和聲音分析的手段，說明時間和萬物的變化，故有關語音的神祕思想便在兩漢之交完成。

之後當佛教傳入中國時，密教高僧附會《周易》的術數體系解釋曆法，且唐宋時期的術數家往往又有兼習等韻學的傾向，所以音韻與數術之間又有越來越深切的關係。因此，樂律思想主要表現於等韻學學科當中，平田昌司（1984：191）爲等韻學與傳統術數家特別密切之因提出總結，其云：

> 律曆術數和音韻學在東漢時期開始交流，形成了所謂「五音之家」。佛教東傳，推動了中國音韻學和語言神祕思想的發展。在密教悉曇學的影響之下出現的等韻學，以闡明語音爲核心目的，把語音現象歸納成一套極有規律的系統。密教認爲語音系統代表神祕意義，這思想促使等韻學與傳統術數家相靠近。

因此，等韻學與樂律的合流有其內容與思想上的相應，可將上述發展的關係列表如下：

表 3-2：等韻學與樂律的合流〔註5〕

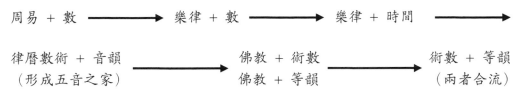

大致來說，最早開啓附會陰陽術數思想以闡述語音的起源，應可首推宋人邵雍《皇極經世‧聲音唱和圖》，該圖利用《易》理象數建構出一套闡釋宇宙生成、變化的模式，故當後世要將音韻結構比附易理象數思想時，則多以此書作爲效法的模範。

王松木（2000：289）一書中，則著眼於發生學的角度，依照韻圖中的社會功能與文化屬性，以明代韻圖爲範疇將其歸類爲：1、僧徒轉唱佛經的對音字圖；2、士人科舉賦詩的正音字表；3、哲人證成玄理的象數圖式；4、西儒學習漢語的資助工具等四項，其中「哲人證成玄理的象數圖式」一項的開創者則爲邵雍《皇極經世‧聲音唱和圖》。該圖又依等韻圖中所雜糅的學科類型，將此項細分爲兩個支系，分別爲：雜糅《易》理象數與比附律呂風氣等兩類，而《山門新語》一書則可歸屬於「比附律呂風氣」一類型，當然書中也不可避免地雜糅了《易》理象數等概念。因此，這也是爲何在關注所展現的語音體系過程時，還需藉由書中所雜糅的象數、樂律等概念作爲輔助的主要原因。

二、語音體系的架構

《山門新語》一書之所以又名《周氏琴律切音》，乃在於周贇主張以「琴律」作爲切音分韻之法，並指出琴律與切音之法息息相關，如〈十論琴律切音分韻之法〉中所云：

> 夫乃知易所謂同聲相應、同氣相求者，爲琴律切音之定法，而即爲
> 琴律分韻之定法，蓋六聲之分原於琴律，而贇之於琴律則從六聲入
> 門，此先大父所以謂切音當求其律於琴也，琴律以「五正三分四變

〔註5〕本表首先依據平田昌司（1984：181～191）一文所述之內容進行整理，其次再參考陳梅香（1993：33）所列的發展表加以增補改定。

兩合分十九音」爲經，而音有定序；以「四母六子陰陽分八聲」爲
緯，而聲有定序，音經聲緯皆有定序，按序縱橫切之而自得其本音，
吾無所容心也。（頁 20）

可知該書以琴律切音的概念作爲語音系統的劃分依據，因此若能釐清概念如何
展現於書中語音系統的情況，就能對於音系的探究更爲深入。下文從兩個方面
來闡釋其概念：

（一）琴者理原於象數、氣應乎天時

《山門新語》一書將「琴」樂器視爲能掌握聲音原音的象徵物，所以乃用
此樂器作爲範疇加以闡釋，下文則說明爲何選特別取「琴」樂器及其文化意涵
與書中所展現的聲音本原思想。

1、琴的象徵性

琴是中國一種歷史悠久的彈弦樂器，現代稱爲古琴或七弦琴。琴的出現，
史籍上有多種說法，其中以伏羲造琴說影響最大，傳說琴這種樂器創始於伏羲，
成形於黃帝，並取法天地之象，暗含天下妙道，以內涵天地間靈氣，而能發出
九十多種聲音。關於最早琴形制的說法，大致從本有的五根弦，至周文王後又
增加兩根弦，變成了今日的七根弦。由於先人造琴時有著爲擬天地萬物內涵的
目的，所以就容易在琴的形制上有所反映，如殷偉（2001：3）所云：

上方渾圓取形於天，下方方正效法大地；長三尺六寸五分，模仿周
天三百六十五度，一年三百六十五天；寬六寸，和天地六和相比附；
有上下，借指天地之間氣息的往來。琴底的上面叫池，下面叫沼，
池借指水，是平的，沼借指水的暗流，上面平靜，下面也跟隨平靜。
前端廣大，後端狹小，借喻尊卑之間有差異。龍池長八寸，會通八
風；鳳沼長四寸，和合四時。琴上的弦有五條，來配備五音，和五
行相合。

所以從琴的形制七弦、十三徽就可對應律呂的五正二變音、六律六呂，因此當
彈奏這樣的樂器時，就好像能將天地萬物的各種聲音都包含在其中，可見琴象
徵的是一種代表能記錄天地原音的樂器，故《山門新語》一書中才會有琴律乃
最早音韻準則的想法出現。

2、象數與天時的展現

周贇又進而將琴之音爲天地萬物展現的想法，溯源至「象數」〔註6〕與「天時」，藉以拓展自己的觀點，如其自序所云：

> 夫琴者理原於象數而氣應乎天時者也，嘗觀伏羲先天八卦乾坤離
> 坎，以順逆不易之象居四正位，文王既以三索男女平列爲乾坤六子
> 圖，而後天八卦遂以離坎代乾坤之位，以二曜爲兩儀之大用也，竊
> 推三圖轉移之理，以默參律呂相生十二卦陰陽消息之機，而悟琴律
> 四時生音之本焉！（頁11）

認爲琴之理應從象數和天時等萬物規律中來觀察，所以當透過象數和天時的觀察時就能導引出琴律生音的法則與規律，如透過先天八卦、乾坤六子圖、後天八卦等三圖的觀察，再參照律呂、易卦的演變，周贇提出了語音分合長短的規律和安排乃與四時天然變化相同的觀點。

（二）聲音本原論的思想

《山門新語》一書特以「琴律」作爲切音分韻之法，其中最主要的目的就是要確認經由琴律所切之音皆能顯現古之元音，因此周贇將琴律切音的體系附會陰陽、三才、五行等思想，以論證其語音系統爲古來本有。誠如耿振生（1992：97）所云：

> 等韻圖是分析語音系統的，但是明清很多學者在編制韻圖時，附會
> 上許多玄虛的理論，諸如陰陽、五行、干支、卦象、時令、曆法、
> 律呂等內容，其中心思想，就是把語音說成是先驗的神祕體系。……
> 從等韻作者來說，是想解釋人類語言與宇宙生成規律之間某種必然
> 的關係，想找出語音系統的本質、本原。

〔註6〕在鄢良（1994：3～4）一書中，對於象數的定義，乃先從本身字義的探究，再經由源流傳播的考察，將「象數」之定義分作客觀與主觀抽象兩方面。客觀定義爲：「『象』指表象，包括客觀事物一切可爲人感知的表現形式，『數』指度數，包括事物存在和發展變化過程中的一切量度和次序關係。」；主觀抽象則爲：「一切由人所做的摹擬或概括天地萬物存在和運動變化方式的各種象徵性圖形、符號以及其中的數目和次序關係及其由這些圖形和符號所代表的事物及其量度次序關係等均爲『象數』。」而有關等韻學中所雜糅的象數觀念，由於多爲作者主觀意念所營造，因此其所指「象數」定義多屬主觀抽象一類。

可知明清等韻學家在編制韻圖時，為了將抽象無形的語音闡述為具體的事物，並論證其語音生成的本原規律，因此語音體系中常採用陰陽、五行等神秘思想來進行論述，而《山門新語》一書中，主要則有三種特殊的規律安排：

1、陰陽之說（平上去入——老陰少陽老陽少陰）

書中的「陰陽」思想，可作為劃分氣與聲兩方面來說明：

（1）氣之開闔

周贇除將各韻部的闔闢視為劃分陰陽的依據之外（如：韻之闔為陰、韻之闢為陽），又指出四聲各分陰陽為六聲的語音系統，乃應合卦、爻各有陰陽的情況，如〈七論聲有陰陽〉云：

> 諸韻既以氣之闔闢分陰陽，而韻中之四聲又各分陰陽而生六聲者，
> 猶卦有陰陽而爻又有陰陽也。（頁13）

可知周贇藉以卦、爻各有陰陽的規律，為自己四聲分陰陽為六聲的語音體系尋求規律。

（2）聲之剛柔

除此之外，周贇又為了證明「陰陽」的概念能區別出平上去入四聲的不同，以及分為六聲後的差異，則指出平上去入四聲的語音特徵，乃應合卜筮中「老陰、少陽、老陽、少陰」的情況，其云：

> 然平聲和平為老陰之聲；上聲抗直為少陽之聲；去聲清遠為老陽
> 之聲；入聲短促為少陰之聲，此四母聲皆氣足而音全者也。平之
> 陰聲幽而深，平之陽聲溫而舒；上子為陽勁而急；去之陽聲矯而
> 厲、去之陰聲淒而落；入子亦陰斂而潔，此六子聲較母聲則毅然
> 而壯、六子所生子聲則婉然而稬，但以聲之剛柔分之，雖童子亦
> 瞭然矣。（頁13）

因此，辨別平上去入四聲剛柔的不同，則成為辨別聲之陰陽的途徑。這樣的說法，都是周贇為尋求聲有陰陽說的內在規律，而附會了易卦的哲學思想。

2、五行之說（喉舌唇齒齶——土金木火水）

周贇指出《山門新語》中依發音部位（喉、舌、唇、齒、齶）所分的五正

音，其支配原理乃是依據五行之氣的劃分，〔註7〕如〈五論五音〉所云：

> 夫五音者五行之氣也，六聲即六律所以宣節五音者也，故五音之分
> 在六聲之先，而音生於氣，則喉舌脣齒齶之分五行，尚在五音未發
> 之先，喉下通丹田內統攝五臟六腑、而外為舌脣齒齶之氣主信也、
> 故屬土；脣納氣主養、吐氣主風、仁也、故屬木；五者惟齒質最燥、
> 其體外實內虛、內外以別、行列有序、禮也、故屬火；五行之音金
> 聲最長、土生金、故舌根附喉主辨聲別味、以成脣之功用、義也、
> 故屬金；齶為上池、津液之所從出、深葳（按：應為藏）不露而氣
> 順下、智也、故屬水，此喉舌脣齒齶五行之分也。（頁11）

藉由描述五正音發音時的特徵，分別與哲學思想的五德、五行聯繫對應，其目
的在於展現五正音乃順應自然包羅一切之音，其對應情況可如下表所示：

表 3-3：五正音對應表

五正音	喉 音	舌 音	脣 音	齒 音	齶 音
五 德	信	義	仁	禮	智
五 行	土	金	木	火	水

3、三才之說（散按泛——天地人）

《山門新語》書中將依發音部位（喉、舌、脣、齒、齶）所分的五正音，
再分作「散、按、泛」三類，「散、按、泛」三種方法本為古琴在演奏時取音的
方式，〔註8〕周贇則藉此作為劃分語音條件的依據。此外，更重要的是在周贇心
中，這三類取音的方式乃是展現包羅天地人自然之音的架構，如〈六論三分音〉
所云：

> 今按琴律以求切音之法，不得不謂字音之三聲出於琴律之散按泛，

〔註7〕據魯國堯（1994：357）指出：「盧書（四）『三十六字母五音旁通圖』將切韻五音
與樂律五音和五行相配。就現有文獻言，切韻五音和五行掛鈎似以盧書為最早。」
可知目前已知最早將五音和五行相互結合的文獻可上推至北宋《盧宗邁切韻法》一
書作為開端。

〔註8〕童忠良等著（2004：51）指出：「琴上取音有散、按、泛三種方法，散聲是空弦音；
按聲也叫實音，是左手按弦、右手彈弦所發出的音；泛音是左手當徽位處虛觸琴弦、
右手彈奏促使琴弦分段振動，而產生的音。」

> 而推羲皇制作之原，則琴律之散按泛，實出於口音之三聲。以天地
> 生人之始，莫不有此三聲也，三聲本三極之道，乃一氣之所分：第
> 一聲大而虛、第二聲重而實、第三聲輕而秀，乃肉聲之天然散按泛
> 也。（頁 12）

周贇認為古人以琴律作為語音劃分的基準，所以「散、按、泛」三聲的語音特
徵，則能與自然世界中「天、地、人」三音相互應合，因此藉由琴律「散、按、
泛」所架構的語音體系，即能展現天地之音。

　　該書援引陰陽、五行、三才之說，乃是為了體現宇宙生成規律與自然現象
的運行，而在明清等韻學家的主觀概念中，則常常藉著數目上的偶合情況，把
這種規律性的理論運用於等韻學理論之中，就如耿振生（1992：100）所指出：
「他們把陰陽五行等一套概念用來分析語音，就是想證明那套理論確乎是主宰
萬物的普遍規律，聲音現象莫逃乎其外，而且語音的系統性也使得他們主觀認
定其中包含著神秘性。」

第二節　重要術語的解析

　　明清等韻學家在其韻學著作中所使用的術語，大都含有相當濃厚的個人色
彩，其主要的目的仍在於展現各自所認定的音學體系。《山門新語》一書中，因
作者以琴律概念作為切音的準則，所以採用了部份古琴樂器中的術語加以挪用
改定，此外書中更陳述十項音學理論，藉以闡發其主觀的音學思想，進而能詮
解、創造出獨特的音韻術語。誠如耿振生（1992：29）對於明清等韻學中術語
的創造與使用的情況，指出：

> 明清等韻學家一方面大量沿用古代等韻學的術語概念。同時也不斷
> 創造出新的術語。新的術語名詞有的完全代表著新出現的概念，在
> 從前的等韻學裡沒有與之相應的詞語，如開齊合撮四呼即屬此類；
> 有的只是為舊有的等韻概念換一個名稱，如關於聲母部位的一些術
> 語。

可知明清等韻學家對於術語的使用上並沒有統一的規範，甚而出現同名異實、
同實異名的情況發生。下面就針對書中重要的術語進行解析：

一、聲、音、氣──氣主聲說

　　聲與音的概念過去常爲傳統音韻學家所談論，而在《山門新語》一書中，由於以「琴律」概念作爲全書切音之法，所以對於聲、音等名詞更是特別重視。周贇在自序談到：「字生於音，音生於氣」（頁1），因而認爲在每個聲、音背後，都有「氣」作爲主宰，故提出「以氣主聲」的理論藉以作爲闡發其音理的方式。

　　周贇認爲過去韻學之所以審音不精，乃在於僅止論其字之聲，而不知聲之後更有氣作爲主宰，所以要論其字之聲，就應以其氣爲準則，故指出「以氣分音而音理乃見」的看法。而氣又是從何而來呢？且與聲的關係又爲何呢？如其自序與〈三十韻分六氣圖說〉所云：

> 夫琴之音律本乎天地陰陽之氣，口之聲音本乎一身陰陽之氣，人之一身本天地陰陽之氣所結而成者也。人之身內有心肝肺脾腎，而外有喉舌脣齒齶，一身之氣孕乎丹田而周乎腑臟以出於喉，故氣爲音母。（〈自序〉，頁13～14）

> 如琴律所分三十韻三千一百四十音，切之者律，而所切者非律也，夫律以度聲，樂之聲本乎人之聲，聲生於氣，氣發於五臟六府（按：應爲腑），而聲成於喉舌脣齒齶，五臟六府喉舌脣齒齶皆陰陽五行之精氣所結而成者也。五臟心肝肺腎脾，以神言心爲主，以氣言脾爲主，故天王天倉上應列宿三焦爲六府之一，而膽、胃、大小腸、膀胱之氣皆攝焉，故三焦爲氣之終始。（〈三十韻分六氣圖說〉，頁18）

從口中所發之聲，乃是由體內五臟六腑孕育而出的陰陽之氣（音母），經喉舌脣齒齶等發音器官發出於口，周贇認爲五臟六腑之氣正可應五音六律之聲，所以聲能各有定序不相繁雜，且五臟六腑之氣又爲陰陽之氣所結，也與琴律切音的自然之音理念相應（見〔附圖2-15〕）。而五臟六腑之氣總有呼、噓、呵、呬、吹、嘻等六氣，分別爲心、肝、脾、肺、腎、三焦所孕育，因此該書以此六氣來作爲辨韻標準，如書前〈周氏琴律切音例言一〉所舉之例：

> 是書以六氣分韻，每韻以正宮爲音表，以變宮爲氣表，每出一音不論有字無字皆可定其氣之出於何臟。如言天字，天之正宮爲堅，堅之變宮爲軒，軒爲唏氣則知天爲肺聲，爲古來以六氣分音之始。（周氏琴律切音例言一）

而為何須藉由「變宮」之音作為辨氣的準則，周贇則在〈三十韻分六氣圖說〉提出說明：

> 蓋切音以正宮一音定五正四變之音，而變氣則以變宮一音之氣定三分兩合之氣，以五正音錬氣出聲分一氣為三聲，其氣純而聲清，故聞聲而不聞氣，非變音無以辨其氣之所由出；四變音聲隨氣出合兩氣為一聲，其氣雜而聲濁，故聞聲而兼聞氣，非正音無以辨其聲之所由生，審聲分氣二法以互勘而明，此琴律所以論聲必兼論氣也。（頁20）

由於四變音為五正音兩兩相合而成，所以其氣雜而聲濁，易於辨析，故要確認各聲由何臟所發之氣，則從變音部份著手。因此，當聲之氣能一一確定後，各聲則皆能有所序，審音易能夠精確，此為周贇的「氣主聲說」之理論。

二、陰陽

「陰陽」兩字自《中原音韻》以來被當為平聲調的劃分後，進而成為聲調歸類上的依據，如：陰平、陽平……等等。在《山門新語》一書中，除了將「陰陽」作為聲調劃分的依據外，[註9] 更將其視為韻部開闔的別稱，如〈四論韻有開闔〉所云：

> 凡聲生於氣，聲可聞而氣不可見，其可見者，開闔而已，古人所謂咶哖也，夫闢戶為坤、闔戶為乾，故以氣論音，必以開闔分陰陽，同聲相應者，論聲不論氣，如呱居皆闔，交高皆開，昆根一開一闔也；同氣相求者，論氣不論聲，如光闔則昆亦承之而闔，根開則加亦承之而開也。呱為大闔之音以統諸闔韻，高為大開之音以統諸開韻，凡韻母開則全韻皆開，韻母闔則全韻皆闔，陰陽純淨，並無一音混雜，惟其不雜，所以三十韻母生音圖內，有無字之音位也。（頁9~10）

由於周贇主張「氣主聲說」，而氣又僅見於開闔，加上與易卦的「乾坤」相配合後，遂以「陰陽」來當作韻部開闔的別稱。「陰陽」本為中國古代哲學的用語，而在等韻學學科當中使用的相當普遍，如耿振生（1992：97）曾指出《類音》中的陰陽，就用來指示聲母的區別特徵；《等韻一得》中的陰陽，用來指示主要

〔註 9〕如〈七論聲有陰陽〉所云：「諸韻既以氣之闔闢分陰陽，而韻中之四聲又各分陰陽而生六聲者，猶卦有陰陽，而爻又有陰陽也。」

元音的弇侈，都是借用這對概念來指稱某一對語音範疇。

從該書以「開闔」分三十韻部的情形來看，呱與居皆爲闔，則合口、撮口兩呼歸爲闔也；交與高皆爲開，則齊齒、開口兩呼歸爲開也，應裕康（1972：631～632）指出：

> 其三十韻內，闔則皆闔，開則皆開，故其界限，與諸家之「韻」，相
> 比爲窄，蓋主要元音以下相同，而介音不同者，諸家以爲同韻，而
> 周氏必分爲兩韻也。周氏又有合韻者，以三十韻合爲十四部，其十
> 四部之界限，則與諸家所稱之「韻」相同。

由於周贇以「開闔」作爲劃分三十韻的標準，因此原本主要元音以下相同可歸爲一韻者，皆都分作不同韻，而在韻圖之後的合韻同聲韻譜，則再將這三十韻併合爲十四部，以說明韻與韻之間的相同性。

三、五正、三分、四變、兩合

《山門新語》一書中，將聲母分爲十九個，建構一個「五正三分四變兩合之十九經」的聲母體系。書中所謂「五正」就是依發音部位所分的五音，指的是喉、舌、脣、齒、齶，周贇更將此五正音與五德、五行、五律相配合，其配合情況上文已有說明，不再贅述。他認爲中國語言應由琴律分五正四變音而總有十九聲母，不應以外來的等韻九音三十六字母作爲聲母的形式，而十九聲母的分類與等韻九音的對照則如自序所云：

> 今按唐韻切法，見溪羣疑與影喻皆喉音也而以爲牙音；端透定與娘
> 皆舌音也而以娘與知徹澂（按：代表中古澄母）並爲舌上音；知徹
> 澂與照穿狀（按：代表中古牀母）〔註10〕審皆齶音也而一以爲舌上，

〔註10〕 關於《山門新語》將中古澄、牀兩字分別改寫爲「澂、狀」，在《康熙字典・字母切韻要法》中也有類似情況。如吳聖雄（1985：158）曾對此改寫情況提出解釋：「《要法》（按：《要法》指《康熙字典・字母切韻要法》）一系，於聲類採三十六字母之名，唯改字母『群』爲『郡』、『牀』爲『狀』，所以如此者，本篇二章三節指出：《總錄》（按：《總錄》指《大藏字母九音等韻總錄》）於併韻之時，將《五音集韻》屬平聲群、定、澄、並、從、牀六母之字分別併於次清溪、透、徹、滂、清、穿六母，而仄聲全濁聲母之字，仍依《五音集韻》之聲類，則「群」、「牀」二字，據《要法》一系之分類，當歸次清，不得作全濁之字母，因取字形相近，

一爲正齒；非敷奉爲齒脣合音而與喉音之微並作清脣音；來爲舌喉
合音、日爲齶齒合音，則又並列半脣半齒之音，其與唐韻合者，惟
幫並明之爲脣音與精清從心之爲齒音耳。（頁8）

而羅常培（1956：39）則將傳統類別聲母的九類名稱〔註11〕與多家聲母名稱相
比較後，列有「聲母發音部位異名表」，下面則將周贇所自定的五正音與傳統分
類對照如下：

表3-4：聲母部位對照表

舊　名	脣音		舌音		齒音〔註12〕		牙音	喉音	半舌	半齒
	重脣	輕脣	舌頭	舌上	齒頭	正齒				
五正音系統	脣音角	脣齒合音變徵	舌音商	併入齶音及舌音	齒音徵	齶音羽	喉音宮	喉齒合音變徵（影喻併入喉音）	舌齶合音變商	齒齶合音變羽

五正音之所以與傳統分類不相同，乃在於周贇認爲五音爲五行之氣的顯現，因
而才以發音時氣的個別特徵別立五音之說。

依《要法》一系聲類又屬全濁之『郡』、『狀』二去聲字以代之。」可知《康熙字
典‧字母切韻要法》改寫的目的在於使全濁字母仍表現出全濁音的特色。而《山
門新語》的改寫原因又是爲何呢？由於全書當中並沒有對此改寫情況進行說明，
且十九聲母當中也未有全濁聲母獨立存在的情況（全濁聲母不論平仄多已清化爲
送氣音），所以應該也不是爲了突顯全濁聲母而作的改寫，故此問題還有待解決。

〔註11〕 羅常培（1956：36）指出：「等韻家之類別聲母者，以《玉篇》前〈五音聲論〉及
《廣韻》末〈辨字五音法〉所分脣、舌、齒、牙、喉五類爲最古。……於脣、舌、
齒、牙、喉之外益以半舌、半齒定爲七音，而脣分重脣、輕脣，舌分舌頭、舌上，
齒分齒頭、正齒；實係九類。」所以羅氏所劃分的傳統聲母舊名即爲：脣音（重
脣、輕脣）；舌音（舌頭、舌上）；齒音（齒頭、正齒）；牙音；喉音；半舌、半齒
等九類。

〔註12〕 羅常培（1956：39）中的齒音部份：齒頭音作「齶音徵」、正齒音作「齒音羽」；
而張世祿（1965：39）亦錄有此圖，該書乃引自羅常培《中國音韻沿革》（清華大
學講義）第一冊〈聲母發音部位異名表〉，其中齒音部份：齒頭音作「齒音徵」、
正齒音作「齶音羽」，與羅常培（1956）一書正好相反。藉由上文《山門新語‧自
序》的比對與五音和五行應有的配合之觀察，可知此處應以張世祿引錄羅常培〈聲
母發音部位異名表〉所言才是。

　　「三分」是借用琴律上的散、按、泛三種彈法作爲分類,將五個正音各自又分作散、按、泛三類,指出散聲大而虛、按聲重而實、泛聲輕而秀的音響特徵,作爲語音劃分上的三個依據,也藉由散、按、泛三種彈法爲自然之音,突顯周贇欲建構天然元音的最終目的。〔註13〕「四變」則是以喉、舌、唇、齒、齶等五個正音,彼此互相搭配而合成出四種變音,分別爲:喉齒合音、舌齶合音、唇齒合音、齒齶合音等,而因爲這些變音都是由兩個正音所合成的,所以又稱爲「兩合音」。

　　此外,周贇在十論中的〈八論兩合音〉對自己所建構的聲母體系作出總結:

> 正音之餘氣合兩氣而得一音爲變音,正音分之而各有其三,天員之陽數也;變音合之而共成爲四,地方之陰數也,三五一四所以合天地成數之極而成十九經聲也。(頁15)

再次點出十九經聲的聲母體系的建構,乃是爲了應合天地自然之數,如此才能包羅天地之音。下面以一呱韻韻圖平聲中所收之字爲例,羅列出十九經聲的聲母體系:(原韻圖爲直式,今更爲橫式)

表 3-5:十九經聲的聲母體系

一呱韻 平聲	五正音															四變音			
	喉音			舌音			唇音			齒音			齶音			喉齒合音	舌齶合音	唇齒合音	齒齶合音
	散	按按	泛泛	散	按按	泛泛	散	按按	泛泛	散	按按	泛泛	散	按按	泛泛				
	呱	枯刳	烏吳	都	菟徒	駑奴	逋	鋪蒲	摸模	租	粗殂	蘇鷹	朱	初鉏	疎殊	呼胡	攄盧	敷扶	濡儒

四、同聲相應、同氣相求

　　《山門新語》一書中,主張以氣主聲、以氣分音,列有〈四聲一氣殊途同歸〉、〈同聲相應同氣相求〉兩圖說,而兩圖說即在針對三十韻母系統分類的方

〔註13〕就筆者所見《山門新語》一書中,對於「散、按、泛」三音的語音特徵,並未有特別清晰的說明,本文將留於第四章再進行討論。現僅引錄〈周氏琴律切音序〉中對其三者的描述內容,略知其分類依據,其序云:「贇嘗著琴論,以散聲出於自然,其音渾全無限,高大而虛,虛則清,當爲天音;按聲位卑聲實而重,重則濁,乃爲地音;泛聲高不及散,低不及按,其聲在虛實之間而最小,則人音也。」(頁13)

式進行說明，並闡述其聲與氣的要求。「同聲相應同氣相求」一詞，出於《周易‧乾卦》，〔註14〕本用來說明同類事物、聲音能自然互相感應互相聚集，周贇則借用此語作爲該書聲、氣說的依據。在〈四聲一氣殊途同歸圖說第四〉當中，周贇先指出辨別「聲」與「氣」的方式，其云：

> 於以知分韻母之陰陽，是韻學第一關，毫釐千里之差實由於此，能定韻母之陰陽而後能得眞入聲，每一音之平上去入協之，以天然之六律於口之開闔，……所謂四聲一氣也，豈東董凍德云爾哉。每韻各得眞入聲，乃有一平一入者、有兩平一入者、有三平一入者，平之同入協以天然之六律，其度皆同而韻不同，爲同氣不同聲之音，所謂氣者陰陽清濁也，所謂聲者東冬江支相韻之聲也，故陰母則全韻皆陰，陽母則全韻皆陽，斷無兩氣而同一入之平聲，亦斷無一韻而同一入之平聲，如水流同向相值則合，所謂殊途同歸也，豈陰陽互紐云爾哉。（頁67～68）

周贇與前人分類方式不同的地方，乃是根據韻母的陰陽（開闔）作分類的依據，平上去三聲相承時，必須符合三聲同開同闔的規定，如此每韻才能得到所謂的「眞入聲」，該入聲則可作爲各韻的統協，並可共用一入聲，因而有一平一入、兩平一入、有三平一入等三種情況。因此該書所謂的「同聲」的劃分，則爲是否可歸爲相同韻部與否；「同氣」的劃分，則爲是否可同用一入聲，故言：「所謂氣者陰陽清濁也，所謂聲者東冬江支相韻之聲也」。

依上述同聲、同氣的原則進行劃分之後，該書三十韻母則以此方式作爲各韻編排次序的模式，如〈同聲相應同氣相求圖說第五〉所云：

> 竊嘗按之於音韻而益明夫同聲相氣之理焉，蓋音韻者以聲與氣爲分合者也，如呱之與居、宮之與公，聲本合也，而其氣則分，何以見其氣之分，於入聲之不同見之也，氣不同而聲同，故爲同聲之相應，三十韻兩兩相偶，如璧之合夫婦之義也；公之與呱、居之與宮，氣本合也，而聲則分，何以見其聲之分，於聲之不相韻見之也，聲不

〔註14〕 《周易‧乾卦九五》曰：「飛龍在天，利見大人」，何謂也？子曰：「同聲相應同氣相求：水流濕，火就燥；雲從龍，風從虎；聖人作而萬物覩；本乎天者親上，本乎地者親下，則各從其類也。」

同而氣同，故爲同氣之相求，三十韻兩兩互交，如珠之聯兄弟之情
也。（頁 70～71）

三十韻母依據同聲、同氣的歸類進行次序的編排，如；呱與居、宮與公爲同聲，
公與呱、居與宮則爲同氣。而所分之同聲，總併爲十四部（兩韻同聲十二個、
三韻同聲兩個），即爲合韻同聲譜中，平上去三聲皆爲十四部的劃分；而其所分
之同氣，總併爲六部，即爲合韻同聲譜中，入聲爲六部的劃分。此爲該書所謂
「同聲相應、同氣相求」的意涵。

第三節　韻圖的形制

　　《山門新語》一書除了十二圖說、十音論等文字說明外，其語音紀錄的呈
現則在書後的韻圖（三十韻母分經緯生聲按序切音圖說）與同音字表（四聲分
部合韻同聲譜）當中。因此，該節則先對書後的韻圖與同音字表所呈現之形制
進行解說，再進而以書中「十二圖說」、「十音論」等文字說明作爲輔助，針對
《山門新語》韻圖形制的設計進行剖析，以利於之後探索其語音現象。

一、琴律三十韻母分經緯生聲按序切音圖說

　　〈切音圖說〉依三十韻目（呱、居、江……宮、公）分圖，共計有一呱、
二居……三十公等三十張韻圖。以「一呱」韻（見〔附圖 2-13〕）爲例，其韻
圖體例可分述如下：

　　該圖縱分六欄，前五欄爲五正音，後一欄爲四變音，以「五正四分」的型
態呈現，五正音中每音又各依「散、按、泛」次序分作三類，四變音中則每一
音皆爲正音兩合而成，共列四個變音，故總計有十九格，即爲十九個聲母。橫
列依平、上、去、入分作四大行，其中平與去又各分陰、陽爲陰平、陽平、陽
去、陰去，故總爲六個聲調，其中平去兩列五正音中，則每音散聲仍爲一字，
而按、泛聲則各作陰陽兩縱列；四變音中，則仍是分作陰、陽兩縱列。〔註15〕

〔註15〕　有關「散、按、泛」三聲，在韻圖中的排列方式，李新魁（1983：117）曾指出：
　　　　「他（按：指周贇）把不送氣清音叫作散，送氣清音和擦音（讀爲陰調者）叫做
　　　　按，把原全濁音字（讀爲陽調者）叫做泛。這三者與聲調有相互交錯之處，散、
　　　　按之音屬陰調字，泛音屬陽調字。它們在韻圖中分行排列，上聲與入聲無陰陽調
　　　　之分，也就不分散、按、泛，所以只排作一行；平聲和去聲有陰陽調之分，則按

每圖最右側第一行皆爲標題，如第一圖標爲「闔音、一呱、音首一百四字」，「闔音」指該圖所收之字皆同韻目「呱」字爲闔音；「一呱」指第一張韻圖呱韻；「音首一百四字」則指該圖中共收有一百零四個有音之字。而在每圖陰平縱列的第六欄四變音處，則爲展現周贇所言「三十韻之聲皆此六氣所分」的三十韻分六氣圖說，其四變音的第一字上方，皆依照第一字所屬種類加以註記，作爲該韻之音出於何氣的說明，如第一圖「呼」字則註記爲「脾土」。〔註16〕此外，各圖所收之字，右旁皆注有一反切，該切語上下字爲依周贇主觀概念所自定。

　　韻圖中特殊符號的安排共有兩種：一爲無字之音、一爲各圖裡重複使用的入聲字，如〈琴律三十韻母分經緯生聲按序切音圖說〉所云：

> 凡無字之音平散用●，去散用⊙，陰聲用●，陽聲用○，合音之陰陽則以◐①別之。無字之音有三，一曰不成音，二曰有音無字，三曰與他韻并合。入聲之喉音開與開合，闔與闔合，固爲同氣之相求，至舌音以下開闔兩音又相并合，此音韻之始分而終合也，凡并合之字再見，字外加圈，庶一目瞭然。（頁1）

以「六昆」韻（見〔附圖3-1〕）爲例，無字之音方面，韻圖中依其位置不同分別以●、⊙、●、○與◐、①等六種圖示，作爲代表不同位置的無字之音。重用入聲字方面，該圖入聲處「國、窟、物、惑、覆」等六字，特加以方框記

照散、按、泛三音分列的格式編排。」又李新魁、麥耘（1993：535）也說：「但這種分法只與聲調分陰陽的平、去字有關，與上、入字無關，所以這又是與聲調相糾纏的。」由上述內容可知，李新魁認爲散、按兩聲與陰聲調同行相配、泛聲則與陽聲調同行相配，因上入無陰陽聲調，故不分散、按、泛三聲。但此說法與〈周氏琴律切音百四名次圖說第十一〉所羅列各音之名稱卻有所不同！〈名次圖說〉則將平上去入四聲每正音中皆分作上、中、下三列，分別配以散、按、泛三聲，而當平、去兩聲調有陰陽之分時，散則不注陰陽，按與泛則各有陰按、陽按、陰泛、陽泛。因此，各韻圖中「散、按、泛」三聲的排列方式，應如〈名次圖說〉所列才是。

〔註16〕　周贇將五臟六腑所出之氣總歸爲：呼、噓、呵、呬、吹、嘻等六氣，藉此作爲韻圖三十韻的判斷標準，成其「六氣分音」的理論，其圖可參見〔附圖2-15〕。周氏則將陰平四變音第一字作爲判斷依據，多註記爲呼氣、噓氣、呵氣、呬氣、吹氣、嘻氣等標記，但若遇該字已爲此六字，則另註記爲出於何臟、五行爲何？如第一圖「呼」字則註記爲「脾土」、第十一圖「呵」字則註記爲「心火」……等等。

號，乃說明此六字已先於「五光」韻圖中出現，此處爲重用再見，故加以方框表示，其餘各圖亦是如此，部分韻圖除上述內容外，於最左側還加有圖中特殊字之補充注釋。

在韻圖編排版面方面，爲求應合同聲之準則，凡三韻爲同聲者（如三江、四岡、五光與二十六姬、二十七圭、二十八機），特別將此並列於同一版面上，如韻圖頁三則將三江、四岡、五光三韻合爲一面（見〔附圖 3-2〕）；頁十四則將二十六姬、二十七圭、二十八機三韻合爲一面。

二、琴律四聲分部合韻同聲譜

〈琴律四聲分部合韻同聲譜〉爲韻圖之後羅列同音字的字表，該字表將三十韻目依同聲原則，平、上、去聲各合爲十四韻部（如平聲有呱居合韻、江岡光合韻……等等）、入聲則合爲六韻部，先按聲調平、上、去、入四聲統韻，把同音之字彙集在一起，以韻圖中所收之字爲小韻，各小韻字則用黑底陰字作爲記號。

周贇對同聲譜所收之字的來源，則云：「凡韻府所無之字，而爲廣韻所有之音，則採補以備音次，非妄增也。」〔註17〕可知同音字表主要作爲作詩押韻時使用，而周贇在音論部分也曾提及這個自制的同音字表，其云：「是則琴律切音諸圖大有關於切法，尤大有關於詩法也。」（〈七論聲有陰陽〉，頁14）與「各韻以切音之字爲音首，而同音之字以類相附，故爲同聲譜。」（〈十論琴律切音分韻之法〉，頁21），因此《山門新語》一書除了對於傳統的切法進行改造外，更希望在呈現其所建構的語音系統後，將此用於作詩押韻上，故才於韻圖之後又彙集同音字羅列成一合韻同聲譜，其功用亦如李新魁（1983：300）所云：「把同音的字歸在一起，是一個同音字表，也是一個『詩韻譜』，表示作詩者可用合韻的字來押韻。」

三、聲、韻、調形制的展現

《山門新語》韻圖形制的展現，實爲應合琴律切音概念後的成果，所以下文將從書中「十二圖說」、「十音論」等文字當中，羅列關於聲母、韻母、聲調形成的主觀理據，作爲闡明其韻圖形制展現的原因。〔註18〕

〔註17〕　此說明見於〈琴律四聲分部合韻同聲譜〉首頁標題下方的小字（頁30）。

〔註18〕　下面依照書中原有的順序（先圖說後音論）羅列原文，括號內則爲筆者對原文的補充，最後則註明原文出處及頁數。

（一）聲母體系

以下聲母體系，依照十九之數、五正音、四變音、三分音的順序羅列。

1、聲母十九之數

（1）十九經河圖天地之成數也。（天一、地二……、天九、地十）〈圖十，頁 28〉

（2）正音之餘氣合兩氣而得一音為變音，正音分之而各有其三，天員之陽數也；變音合之而共成為四，地方之陰數也，三五一四所以合天地成數之極而成十九經聲也。〈八論，頁 15〉

2、五正四變音

（1）然琴律五正二變而切音有四變者，黃鐘之數九應洛書五正四隅，則琴律固有五正四變。〈八論，頁 15〉

3、喉、舌、唇、齒、齶五正音

（1）夫五音者五行之氣也，六聲即六律所以宣節五音者也，故五音之分在六聲　之先，而音生於氣，則喉舌唇齒齶之分五行，尚在五音未發之先。（先五行之分，後五音之分）〈五論，頁 11〉

4、四變音

（1）喉齒合音——少宮（變宮）；舌齶合音——少商（變商）；唇齒合音——清角（變徵）；齒齶合音——清徵（變羽）〈八論，頁 15～16〉

5、散、按、泛三分音

（1）琴律之散按泛，實出於口音之三聲。以天地生人之始，莫不有此三聲也，三聲本三極之道，乃一氣之所分。（天、地、人音）〈六論，頁 12〉

表 3-6：聲母體系的概念

《山門新語》		琴律／易卦／其他概念	
聲母十九之數		河圖	天地之成數
五正音	喉舌唇齒齶	五行 五音	土木火金水 宮商角徵羽
四變音	喉齒、舌齶、 唇齒、齒齶合音	四變音	變宮、變商 變徵、變羽
三分音	散按泛	三極之道	天地人

（二）韻母體系

以下韻母體系，依照三十之數、形成的理原、同入聲、開闔韻、入聲韻數的順序羅列。

1、韻母三十之數

（1）三十韻母按之琴律皆爲天音，故能上應天象，呱字爲眾音之母，其音闔之極是爲北極，高字與呱相對，其音開之極，故爲南極。非特於南北，離坎之象皆合，且與北極有星，南極無之象亦合。三十韻母升兩大音而平列二十八音，乃與二十八宿數適相符。〈圖一，頁 31〉

（2）切音以呱字生三十韻母，三十者、河圖之數也，地數何以三十？坤用六，故地分六方，土居五，故每方各分五方，共三十方也。〈圖二，頁 52～53〉

（3）河圖數生於一成於十，五六天地之中合，故音有五而律有六，以五乘六其數三十。〈圖三，頁 59〉

（4）此三十韻所由分陰陽以應一月之日也。〈圖五，頁 71〉

（5）此三十韻之部，分原於陰陽生合自然之數，而非人之肊見所得妄爲增減者也。〈圖五，頁 73〉

2、三十韻母的理原

（1）三十韻母——五音相生之序；六律相生之序；分陰分陽；分五行；分八卦；分四時。〈圖三，頁 59～65〉

（2）竊嘗以琴律分三十韻，因而見古聖人之作六書，道通乎天地萬物，序合乎日月四時，其理原五行八卦，其聲中五音六律，而其氣則具於吾身而無庸外假，此即羲皇易象之外編，而爲作樂之原。〈三十韻分六氣圖說，頁 16〉

3、三十韻母的形成

（1）其三十韻母應五音六律一氣相生，於讀法皆爲喉之天音，以其皆應琴律之散音，故爲天音，惟其爲天音，故爲韻母三十字無一字同音。〈二論，頁 7〉

（2）呱字，按五音六律三分損益隔八相生，得三十音而爲韻母，則能包孕全韻之音以是爲中國之音母也。〈三論，頁 9〉

（3）切音以呱字爲母，即琴律黃鐘之宮也。〈自序，頁 15〉

4、三十韻母的合聲（合為十四部）

（1）平聲三十而入聲十有四者，[註19] 琴之體段也，琴體十三徽合散聲爲十四，以是爲琴之限，入聲爲四（按：應爲十四）聲之限，如琴之有體段也。〈圖四，頁 68〉

（2）然琴以暉爲體段，切音以入聲爲體段，暉止十三而入韻有十四者，段爲體之界、體爲段之疆，暉爲界而音爲疆，焦尾主散聲，故入聲有十四韻也。〈自序，頁 17〉

5、同入聲者的安排

（1）一平一入者一，陽數之始也；三平同入者九，陽數之終也；二平同入者二十，陰數之始終也。〈圖四，頁 68〉

6、開闔音之數

（1）開音十有七韻者，琴均五音六律六呂之合數絃之數也；闔音十有三韻者，徽之數也。〈圖四，頁 68〉

表 3-7：韻母體系的概念

《山門新語》		琴律 / 易卦 / 其他概念
韻母三十之數	陰陽生合自然之數	
	天象	二十八星宿＋南北極星
	河圖	地數三十（坤用六、土居五）
		其數三十（天五地六之中合）
	月	一月之三十日
三十韻母的理原	琴律易卦	五音、六律相生之序：分陰分陽、分五行、八卦、四時
三十韻母的形成	琴律	呱字按五音六律三分損益隔八相生，得三十音而爲韻母
三十韻母的合聲	琴徽	琴體十三徽合散聲爲十四
同入聲 一平一入者 三平同入者 二平同入者	河圖	陽數之始也（一） 陽數之終也（九） 陰數之始終也（二十）
開闔韻 開音十七韻 闔音十三韻	琴均	五音六律六呂之合（十七） 琴徽之數（十三）

〔註19〕 就本文的瞭解，〈圖説四〉所云：「平聲三十而入聲十有四者」，應是指平聲三十韻母又因同聲的關係分別合爲十四部，與入聲韻沒有關係。

（三）聲調體系

以下聲調體系，依照聲調六類、平聲分陰陽與六聲排序的順序羅列。

1、聲調六類

（1）嘗以四色線分六方之界於以驗四聲之分六聲，正由於四方之分六方也，…，夫以四色之線分六方，各方皆具四色而無一雷同，因而悟四之與六為陰陽交合之機也，蓋易數九陽而六陰，以四六乘之，四九三十六，而六六亦三十六，是陰陽之數以四六而合也。〈圖二，頁 53〉

（2）以四聲之分六聲以應乎地形者言之，平聲應高山、上聲應平地、去聲應江湖、入聲應海，高下之序也，而音母四聲字義亦皆相應。〈圖二，頁 54〉

（3）然則四聲之分原於先天之理，而六聲之分成於後天之象。〈圖七，頁 76〉

2、平、去聲分陰陽與六聲排序

（1）夫聲之分由於氣之有陰陽，平聲為陰變陽而上為少陽；去聲為陽變陰而入聲為少陰，陰陽交變者其生音必分陰陽，陰陽不變者，其生音不分陰陽。〈圖七，頁 75〉

（2）正月之卦為泰，外坤內乾，為陰中陽，故平聲之母為老陰，聲其生音先陰後陽；七月之卦為否，外乾內坤，為陽中陰，故去聲之母為老陽，聲其生音先陽而後陰；上應離為少陽；入應坎為少陰，皆不變。〈自序，頁 17〉

表 3-8：聲調體系的概念

《山門新語》	琴律／易卦／其他概念	
聲調六之數 （四聲分六聲）	四、六為陰陽交合之機	
	地理	四色之線分六分之界
	地形	平上去入四聲應高山、平地、江湖、海高下之序也，而音母四聲（呱、古、固、谷）字義亦皆相應
	易卦	四聲先天之理，六聲後天之象
平、去聲分陰陽與六聲排序 （陰平、陽平、上、陽去、陰去、入）	陰陽之氣	平聲為陰變陽、去聲為陽變陰 （陰陽交變者其生音必分陰陽）
	易卦	老陰（先陰後陽）、少陽、 老陽（先陽後陰）、少陰

（四）其他——切音與琴律息息相關

切音以五正四變爲經聲，即琴律五正二變之經聲也；切音以四聲分六聲爲緯聲，即琴律以四時分六律爲緯聲也；切音每音自分天地人三聲，即琴律每位分散按泛三聲也；切音五正三分周而復始，即琴律五音三分損益而相生也；切音平去皆分陰陽兩聲而上入皆一聲，即琴律春秋皆兩律而多夏皆一律也；切音三聲之母聲皆一聲而子聲之陰陽各有二聲，以琴律散聲易位不易音、按泛易位即易音也；切音以二字之音切一字之音，即琴律撮兩弦之音以切一弦之音；切音上字雙聲爲經、下字疊韻爲緯，即琴律撮法散聲取經、按聲取緯也；切音者取經緯二聲迴環往復讀之，即琴律長鎖之音節也，此切音之與琴律息息相關者也。〈自序，頁 16～17〉

表 3-9：切音與琴律的概念

切音之法	琴　　律
五正四變爲經聲	五正二變之經聲
四聲分六聲爲緯聲	四時分六律爲緯聲
每音自分天地人三聲	每位分散按泛三聲
五正三分周而復始	五音三分損益而相生
平去皆分陰陽兩聲而上入皆一聲	春秋皆兩律而冬夏皆一律
三聲之母聲皆一聲、 子聲之陰陽各有二聲	散聲易位不易音、 按泛易位即易音
以二字之音切一字之音	撮兩弦之音以切一弦之音
上字雙聲爲經、下字疊韻爲緯	撮法散聲取經、按聲取緯
取經緯二聲迴環往復讀之	長鎖之音節

四、切語的改定

以下先對所選用的切語之字進行說明，以瞭解其來源，其次再對選用的目的進行說明。

（一）切語上下字的挑選

在〈琴律三十韻母分經緯生聲按序切音圖說〉各圖中，所收之字右旁皆注有一反切，其切語爲周贇所自定。反切上字方面，其選用的特點在於平上去三聲之字，多選用相應的入聲字作爲反切上字，〔註 20〕而入聲之字，則多以相應

――――――――――――――――――――
〔註20〕　若沒有相應的入聲字時，則以其他韻的入聲字來代替。

的平聲字作為反切上字，但並非全為相應的平聲字，亦有另外用字者；反切下字方面，則選用韻圖中所收同聲調同部位（散用散、按用按、泛用泛）的字。

以「一呱」韻（見〔附圖 2-13〕）為例，平、上、去三聲之喉音散聲處「呱谷逋、古谷補、固谷布」三字，皆以相應的入聲字「谷」作為反切上字，但入聲「谷公不」字，所用之反切上字「公」卻未見於平聲字之中；平聲之喉音散按泛聲處的「呱谷逋、枯酷鋪、烏屋摸」三字，則以平聲之脣音散按泛聲處的「逋、鋪、摸」三字作為反切下字。

在反切上字的安排上，李新魁（1983：300）對此作出評論：

> 他的反切上字頗有特點：陰聲韻、陽聲韻字用入聲字為切上字，入
> 聲韻用陽聲韻字為切上字，與呂坤《交泰韻》的作法大體相同，這
> 是為了體現「同聲相應、同氣相求」的道理。

然而李新魁所言「入聲韻用陽聲韻字為切上字」之語，恐有再商榷之處！在「一呱」韻韻圖之中，入聲「谷公不、酷空孛、屋翁莫」等字，的確誠如李氏所說「入聲韻皆用陽聲韻字作為切上字」，但若綜觀《山門新語》各韻圖之入聲處，可以察覺各圖之入聲字並非全以「陽聲韻」作為切上字，而是多以相應的「平聲字」作為切上字的情況（僅有少數未用相應之平聲字），因此與呂坤《交泰韻》（1603）改定切語的作法〔註21〕仍有歧異之處。

（二）選用的目的

不過周贇選用平上去三聲相應的入聲字作為切上字的作法，應就如李新魁所言，是為了應合其「同氣相求」的理念。如周贇在〈十論琴律切音分韻之法〉中，則對於過去的切法提出意見，其云：

> 故其切法但取雙聲而已，不論同氣不同氣也，以不分音之陰陽故也；
> 但取叠韻而已，不論同聲不同聲也，以不分聲之母子陰陽故也，如

〔註21〕　呂坤改定切語的作法如李新魁（1983：103）所云：「他取用此義並進一步說明道：
　　　　　『始于平為天，終于入為地。平韻用入為子，地氣上交；入韻用平為子，天氣下
　　　　　交，地天泰；母是平上去入，順而下行。子是入上去平，逆而上行，亦地天泰。
　　　　　故謂之交泰韻。』總之，『韻名交泰，以上下呼應也』。這個『平韻用入為子』與
　　　　　『入韻用平為子』，指的就是他改用切語新法，平聲字以入聲字為切上字，入聲字
　　　　　以平聲字為切上字。」

> 東字以德紅切，德爲開音、東爲闔音，是以不同氣之陽聲爲雙聲而
> 切陰聲也，東字以德紅切，通字又以他紅切，東爲母聲、通爲字聲，
> 是以一紅字爲疊韻而切不同聲之母子二音也；通字以他紅切，同字
> 仍以徒紅切，通爲陰聲、同爲陽聲，又以一紅字爲疊韻而切不同聲
> 之陰陽兩聲也，惟其然故同此一音也。（頁19）

周贇以爲過去切法之所以混亂不堪，在於只取其雙聲、疊韻，而不分其母子陰陽（開闔），可見周贇對於切法的制定，仍是要求遵守「同聲相應、同氣相求」的理念，故其切語上下字的採用，則改與被切字同開同闔，這即是造成其切語上下字選用的重要因素。

明清等韻學者鑑於古代原有反切常常與現實的讀音不合，且未能順利拼切出應有的讀音，因而有改定切語的想法，其目的就誠如耿振生（1992：79）所云：

> 學者們改良反切的目標不外乎三條：其一，要使切上字與被切字的
> 聲母一致，切下字與被切字的韻母和聲調一致，符合時音而不是因
> 循古音；其二，反切上下字用字要有統一規則，消除用字的混亂紛
> 繁現象；其三，選用的反切上下字要易於拼切，即容易把兩字連讀
> 成一個音節。

而周贇改定切語的目的又爲何呢？《山門新語》書中雖未明確說明改定切法的目的爲何，但主要仍如上文所說，切上下字選用乃爲應合琴律切音「同聲相應、同氣相求」的理念。[註22] 此外，由於切語都採以韻圖所收之字，所以與過去相比，不但大大減少了切語上下字的數量，更使其能整齊而劃一，以求其切音之便利，當然也滿足了周贇強調雙聲、疊韻之字的目的。

[註22] 如〈十論琴律切音分韻之法〉所云：「故琴律之切音非特雙聲也，必同氣之雙聲而後所切之音始確。」

第四章 《山門新語》的聲母

　　本章旨在探究《山門新語》的聲母體系，首先論述周贇因其主觀意念的預設，所以取消傳統的三十六字母轉而建構十九母的聲母體系；其次著眼於聲母中語音的歷時演變，以中古《切韻》系韻書作爲參照點，逐一翻查〈琴律三十韻母分經緯生聲按序切音圖說〉所收之例字，從中觀察各聲類分化、歸併的情況，並對聲母音系的特徵之處進行解說；最後則確立各聲類在音韻結構中所處之定位，進而分別構擬十九聲母的音值。

第一節　聲母的描述

　　本文在進行聲母、韻母、聲調的探究時，除力求分析所蘊涵的音系特徵之外，更參酌王松木（2000：37～56）所提出「等韻圖的詮釋模式」，兼顧「作者的主觀意念、韻圖的形式框架、音系的複合性質」三方面的相互關係，冀能從多元視野的觀點出發，對該書聲母、韻母、聲調有更深的闡述。故下文進行聲母、韻母、聲調的寫作時，都先闡述其建構歷程，進而再探究語音方面的特徵爲何。

　　以下先說明聲母體系的建構歷程，再論述十九聲母的歸併情況。

一、聲母體系的建構

　　以下分作「作者主觀意念」與「韻圖形式展現」兩方面說明：

（一）作者主觀意念

下文先說明主觀「琴律切音分韻之法」所營造的聲母體系，再以此觀點理解部分術語的意涵爲何。

1、琴律切音分韻之法

從《山門新語》成書的動機得知，由於周贇主張「琴律」爲切音分韻的定法，所以「切韻之法」應爲琴律而非傳統三十六字母。因此，如〈三論音母〉所云：

> 蓋惟中國之音韻通乎律呂，故中國之音母必原於琴，所謂在昔詞人累千載而不悟，而獨得胸衿、窮其妙旨者，非琴律切音之謂歟！若夫神珙三十六字乃西域之音母非中國之音母也，夫中國車書一統而音韻必協以中州，至於音母反問諸言語不通之西域，不亦遠乎！（頁9）

於是周贇取消以傳統三十六字母來描述聲母的音類，而主張將琴之律呂的準則，轉換用於聲母體系的建構上，故以律呂中本來描寫音高特色的五聲音階「宮、商、角、徵、羽」作爲語音歸類的範疇，將其聲母劃分爲「喉、舌、唇、齒、齶」與「喉齒、舌齶、唇齒、齒齶」的五正音、四變音體系。周贇對於此語音上的描述，則可如〈五論五音〉、〈八論兩合音〉所云：

> 喉音運中氣而出，雖音有開闔，但以氣爲張翕，而舌唇齒齶皆不覺其動，其氣厚而靜、其聲洪大、其音最濁、故爲宮、其韻于喁，如扣瓦盂邕邕喈喈是也；舌以舌尖輕點齒根而取音，其氣凝而涼、其聲圓遠、其音次濁、故爲商、其韻丁東，如調鐸銅煇煇焞焞是也；唇音合唇而出，其氣散而溫、其聲和平、其音清濁半、故爲角、其韻蓬勃，如木板拍旁旁廳廳是也；齒音透齒而出，其氣急而燥、其聲瑣碎、其音次清、故爲徵、其韻參差，如撒散絲濟濟蹌蹌是也；齶音聳氣於齶而下，其氣斂而降、其聲潤而輕、其音最清、故爲羽、其韻深沈，如水出聲振振繩繩是也，此喉舌唇齒齶五音之分也。（頁11～12）

> 四變者，喉與齒合應少宮；舌與齶合應少商；唇與齒合應清角；齒與齶合應清徵，故曰兩合音。（頁15）

可知周贇乃從各發音部位著眼，藉由觀察語音形成的過程、發音時的特色，與「宮、商、角、徵、羽」等律呂觀念相互比附，以應合其琴律切音的概念。〔註1〕此外，在五正音當中，周贇又引入演奏琴樂器時，「散、按、泛」三種取音的方式，作爲細分五正音的分類標準，如此則形成周贇所建構「五正三分四變兩合之十九經」〔註2〕的聲母體系。可將其律呂與聲母體系的對應關係列如下表：

表4-1：律呂與聲母體系對照表

律呂	宮	商	角	徵	羽	少宮（變宮）	少商（變商）	清角（變徵）	清徵（變羽）
	最濁	次濁	清濁半	次清	最清				
聲母	五正音					四變音			
	喉音	舌音	唇音	齒音	齶音	喉齒合音	舌齶合音	唇齒合音	齒齶合音
	散按泛	散按泛	散按泛	散按泛	散按泛				

2、術語的理解——「清濁」、「純雜」

在律呂術語方面，周贇則又以「清濁」一標準來陳述五聲音階的特色，然而這裡的「清濁」是否能與語音學上的術語等同看待呢？應裕康（1972：627）曾對此問題提出看法：

> 以聲母配五音、五德、五行、五律，前儒往往有之。唯以五音配清濁，以齶音爲最清，喉音爲最濁，與往昔以聲帶顫動與否，爲清濁之標準者不同，此亦周氏之異說也。

筆者認爲若從上述周贇欲以律呂準則取代傳統三十六字母的觀點來看，就可明白這裡的「清濁」應不能直接從語音學上的特徵標準來檢驗，〔註3〕如自序所云：

〔註1〕該書劃分聲母歸類的「五正音」架構，除與「律呂」觀念相比附外，也跟「五德、五行」等概念相比附，可參見前文第三章第一節「聲音本原論的思想」的討論。

〔註2〕參見前文第三章第二節重要術語的解析「五正、三分、四變、兩合」，對其聲母體系有深入闡述。

〔註3〕這裡涉及了「傳統等韻學文獻的論述」與「現代語音學的觀點」兩者之間的差異性，誠如薛鳳生（1992：22）所言：「自邵雍的《皇極經世聲音唱和圖》起，都常把聲韻跟所謂『天聲地音』等術數的觀念牽強地配在一起，或以『天龍地虎』等湊成十二個數目，引起不少糾葛，也加深了聲韻學的神祕性。這是很不幸的。但從另一角度看，他們這樣做，既有可理解的原因，也有相當大的用處。音位結構有一個通性，即總是簡約的、對稱的、系統化的。當古人研究他們自己的語言時，自然會隱約地感覺到這個對稱結構的存在，驚詫之餘，自然便以爲這是『天造地設』的神物，是

> 故口音必以中氣相生之序分五音，氣生於喉而齒而舌而齶而脣，即
> 五音之自宮而徵而商而羽而角也；以清濁高下爲序則爲喉舌脣齒
> 齶，即宮商角徵之序也。（頁16）

在中國古代傳統音樂中，「宮、商、角、徵、羽」本分別指不同的「聲」名，而當五聲組織起來時，就可形成按照高低順序的規律排列的五聲音階（宮最低、羽最高），〔註4〕因此周贇此處的「清濁」標記，應理解爲音階上音高差異的層次辨別，而與語音學上的「清濁」定義，乃爲同名異實的情況。

另外，在〈一呱韻〉韻圖首處，周贇又自注云：「五正，鍊氣出音，聞聲而不聞氣，純也。四變，聲氣並出，聞聲而兼聞氣，雜也。」應裕康（1972：625）則認爲：

> 若謂係清濁之不同，則正聲十五母中有濁者；而四變四母中亦有清
> 者。若謂送氣與否，則正聲十五母中，有送氣，有不送氣，而四變
> 四母亦然。若揆之以發音部位與方法，正變之中，亦不能斷然有別，
> 故周氏之言，實令人費解耳。

可知從語音學上的觀點來看，所謂的「純」與「雜」，似乎無法有任何區別的標準。然若從其主觀的意念思想來看，或許不難猜想「純、雜」兩類之差異爲何！由於周贇主張「氣主聲說」，所以各音之中皆有一氣存乎其中，而觀「四變音」都藉由「五正音」兩兩相合所組成，因此「純、雜」兩類之差異應是就其「氣主聲說」的觀點來判定才是。

（二）韻圖形制展現

以下先說明韻圖形制的融合形成，其次再對框架的承繼進行考察。

與四時萬物相表裡的，因此作出了許多玄學性的臆測。然而他們留下的著作，如果我們能善加利用，卻是幫助我們理解各該時代之音系的好資料。」可知從宋代開始，韻圖的創制者就已常將五行、術數及宮商角徵羽等概念，附會於傳統等韻學文獻當中。因此，筆者認爲當進行等韻學文獻內容的探究時，應將作者主觀意念的思想列爲考量因素，藉以釐清各術語的眞正涵義，進而再參酌現代語音學的觀點作爲衡量，而非孤立地僅從單一方面來評述。

〔註4〕關於中國古代傳統音樂「宮、商、角、徵、羽」五聲音階的內涵，可參見童忠良（2004：6～10）。

1、形制的融合

在取消傳統三十六字母的安排，轉以套用主觀琴律意念後，周贇進而將此概念融會於韻圖形制的創造中。可將其過程約分作兩階段說明：首先，周贇心中先有古琴樂器形制「七絃」、「十三徽位」作為藍圖基礎，接著在藍圖的經緯縱橫處，分別添加律呂音階名（五音、十二律）、四時（春夏秋冬）與古琴樂器的三種取音方式（散按泛），於是就疊置合成出獨特的韻圖形制。下面對照〈古琴圖制〉、〈琴律圖說第九〉兩圖，藉以明其韻圖形制的創造來源：

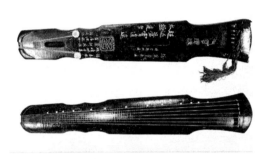

圖4-1：古琴形制〔註5〕

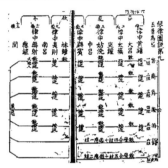

圖4-2：琴律圖說第九

其次，在這樣的概念成形後，接著就將此形制轉化成傳統韻圖的框架，於是才創制出〈琴律三十韻母分經緯生聲按序切音圖說〉，也就是韻圖蘊涵著音各有定序、定名的形制框架。下面列出〈琴律切音百四名次圖說第十一〉、〈一呱韻韻圖〉兩圖作為說明，以明其韻圖創制的成果：

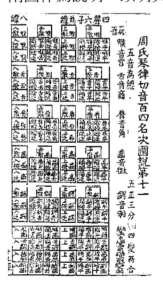

圖4-3：切音百四名次圖說第十一

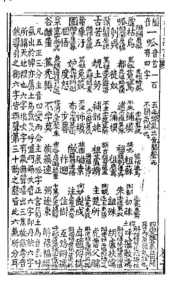

圖4-4：〈切音圖說・一呱韻〉

〔註 5〕該圖取自 http://www.china.org.cn/images/34018.jpg。此古琴名為：九霄環佩琴（唐代、伏羲式），現藏於北京故宮博物院。

2、框架的承繼

關於這樣的韻圖形制框架，究竟是周贇憑主觀意念獨自營造而成，亦或有所參考、有所承繼呢？經由翻查《山門新語》全書之後發現，周贇儘管對於韻圖形制的創造過程論述詳細，但似乎完全沒有提及任何其他相關性的韻學著作，因此對此一問題的考察，或許就僅能從韻圖框架的形制來論述。相較《山門新語》與傳統宋元韻圖的制作體例（縱列聲調、橫列聲母），其實有著相當大的差異，如：韻圖框架部分，該圖則作縱列聲母、橫列聲調的安排，而傳統四等區別部分，也已經泯滅不見於韻圖形制當中。〔註6〕這樣巨大的改變其實應可溯源自明代《韻法直圖》〔註7〕一書（見〔圖4-5〕），該書是最早捨棄宋元韻圖「四等二呼」的分類而改以別立各式呼名的著作。李新魁（1983：249～273）就已指出，該書的流行範圍很廣泛，對後代的音韻學界有重要的影響，形成所謂《韻法直圖》一系的等韻圖。

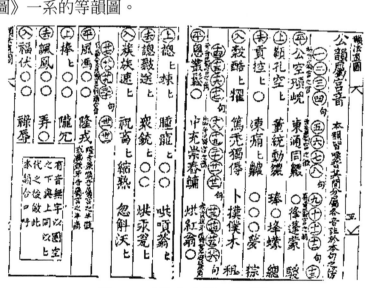

圖4-5：《韻法直圖·公韻》

〔註6〕鄭再發（1966：644）認爲《山門新語》尚未有「四等泯滅」的語音特徵產生，然就筆者的觀察，鄭氏所言應是僅從韻圖形制上只有「開闔」二呼之分而未有「開齊合撮」四呼名稱的出現來作考慮，筆者則認爲該書中對於中古四等的安排，應視爲雖無四呼之名，但卻有四呼語音分辨之實的情況才是，將於第五章韻母的部份再進行詳細論述。

〔註7〕《韻法直圖》不知何人所撰，梅膺祚則取之附於《字彙》。梅膺祚《字彙·序》云：「壬子（1612年）春從新安（安徽歙縣）得是圖，乃知反切之者，人人可能者。圖有經有緯，經以切韻，緯以調聲，一切一調，彼此合湊。蓋有增之不得，減之不得，倒置之不得，出自天然，無所思索，稍一停思，竟無聲續矣。圖各三十二音，上下直貫，因曰《韻法直圖》。」

然而李氏文中主要關注的焦點，則多爲《韻法直圖》所帶動影響的讀書音層面，目的在於探究後來一系列模仿而成的等韻圖，與《韻法直圖》本身的語音特徵有否承繼性。〔註8〕但由於本文主要是要觀察《山門新語》的韻圖形制框架的來源，所以則將觀察的重點轉向爲「韻圖形制的相似性」方面，故以《韻法直圖》的韻圖框架：縱列三十二聲母、橫列平上去入四聲、以見組字作爲聲母起始等三項特徵作爲標準。下表列出有此三項特徵的數十種明清等韻圖，〔註9〕藉以觀察此種類型的源流與開展之情況：

表4-2：《韻法直圖》形制的流傳

明清韻圖	成書年代	著書者	籍貫	特徵一 縱列聲母		特徵二 橫列聲調		特徵三 見組字始
韻法直圖	～1612	？	安徽新安	v	32	v	4	v
韻通	1621～1644	蕭雲從	安徽蕪湖	v	20	v	5	v
太古元音	～1716	是奎	江蘇武進	v	28	v	3	v
詩韻析	1723	汪烜	安徽新安	v	32	v	4	v
本韻一得	1751	龍爲霖	四川巴郡	v	24	v	5	v
五聲反切正均	1763	吳烺	安徽全椒	v	20	v	5	v
增補韻法直圖	1769	王日恭	安徽臨溪	v	32	v	4	v

〔註8〕 李新魁（1983：249～273）所言《韻法直圖》一系的韻圖，包括：《太古元音》、《韻切指歸》、《聲韻圖譜》、《韻宗正派》、《五音正韻萬韻圖》、《增補韻法直圖》、《韻譜》、《等韻法》、《翻切指掌》、《四聲括韻》、《切韻考》、《等韻易簡》、《字學呼名能書》、《天籟新韻》、《韻學指南》、《反切直圖》等書。其中由於部分書籍已無法見得原書，僅見於李氏文中著錄，故只能從該書文中所論述的內容來觀察，再參考耿振生（1992）作爲補充資料，而若是著書者姓名、籍貫或成書年代有不詳者，則暫不列入討論。

〔註9〕 本表中所列舉的數十種明清等韻圖，乃是依據表中三項特徵作爲檢驗標準，並透過三個考量因素整理出來。首先，檢驗李氏文中所列舉《韻法直圖》一系的韻圖；其次，則以《韻法直圖》的「四等泯滅」作爲考量，檢驗鄭再發（1966：643～645）錐頂考察表中，凡是在《韻法直圖》之後，且又標記爲「四等泯滅」的明清韻圖；第三，則以《韻法直圖》和《山門新語》的成書地同爲「安徽」作爲考量，檢驗所有明清韻圖中，作者籍貫爲「安徽」的著作，故最後能挑選出這數十本密切符合三項特徵的明清韻圖。當然本表所列舉的這數十本明清韻圖，僅爲筆者目前不完全的初步彙整，並不能視爲對明清全部相關韻圖作一窮盡式蒐羅，然而本文乃著眼於《韻法直圖》和《山門新語》兩書間的關係，故並不會影響其結論。

示兒切語	～1780～	洪榜	安徽歙縣	✓	20		✕		✓
音泲	1817	徐鑑	河北大興	✓	19	✓	5		✓
等韻易簡	1837	張恩成	河北天津	✓	32	✓	4		✓
翻切簡可篇	1837	張燮承	安徽含山	✓	21	✓	5		✓
山門新語	1863	周贇	安徽寧國	✓	19	✓	6		✓
字學呼名能書	1874	張仲儒	關中	✓	32	✓	4		✓
等韻學	1878	許惠	安徽桐城	✓	22	✓	5		✓
空谷傳聲	1881	汪鎏	安徽全椒	✓	20	✓	5		✓

註 1：表中的明清韻圖分別依成書時代先後排序，而聲母、聲調特徵中的數字，即爲
　　　韻圖上所劃分的情況，但並不一定爲實際的聲母、聲調數量。

註 2：進行特徵觀察時，部分參酌趙蔭棠（1957）、應裕康（1972）、林平和（1975）、
　　　李新魁（1983）、耿振生（1992）、王松木（2000）等人的研究成果。

　　從上表可發現，大體來看符合三項特徵的十種韻圖，著書者多數則爲安徽
人，而從《韻法直圖》和《山門新語》兩書的著書地又同爲「安徽」的情況來
看，不禁讓人猜想《山門新語》的韻圖形制應是沿襲於《韻法直圖》一書而來
才是。另外，王松木（2005：271～272）在考察《五聲反切正均》一書韻圖形
制的過程時，也曾提出：「《五聲反切正均》的韻圖形制及其理據，應該是擷取
方以智《切韻聲原》的音學觀點、仿效《韻法直圖》的形式框架等兩者而成」
之觀點，並對吳烺（安徽全椒）、方以智（安徽桐城）、梅膺祚（安徽宣城）三
人關係密切的原因，歸結於「地緣上極爲接近，而凝聚出一種知識共同體──
皖派」。

　　綜上所述，筆者認爲周贇儘管在《山門新語》全書當中，沒有論述任何有
關模仿其他韻學著作的觀點，然其韻圖形制框架，恐怕並非周贇單憑主觀意念
獨自營造而成，應該是有所參考、承繼《韻法直圖》一系的等韻圖才是。當然
在融合古琴形制與律呂的韻圖創制過程中，難免會發生稍許無法吻合的情況，
例如：以古琴五正二變音的七絃，來象徵琴律切音的五正四變音，在變音處就
出現了稍許的不合之處。但周贇仍是對此加以做出詮解，其自序云：

　　然琴律五正二變而切音有四變者，黃鐘之數九應洛書五正四隅，則
　　琴律固有五正四變，此唐太宗所以有九絃之議也，古人正用其全，
　　而變用其半，周人七絃已無遺音，況二變或用少宮少商或用變宮變
　　徵，是文武兩絃亦可謂之四變矣。（頁16）

可見作者主觀琴律的意念，對於整個韻圖形制的創造過程，有著相當大的支配力量，在釐清韻圖內涵時，更是必須加以參酌考慮。

二、十九聲母的形成

以下先說明十九聲母歸併的依據，其次再與三十六字母相互對照。

（一）歸併的依據

在主張以琴律切音取代傳統三十六字母後，周贇認爲應將聲母總數歸併爲十九個，然而是否有何歸併的依據或原則呢？可先從其自序來看：

> 切韻雖不分正變，綜計二百六韻切音之雙聲輾轉相通者，凡十有九類即琴律五正四變之十九經聲也，是特混出其聲未嘗理其緒而分之耳。（頁25）

可知周贇經歸併206韻的雙聲而輾轉相通後，最後將聲母歸納成十九類。然而其「雙聲輾轉相通」的標準又是什麼呢？應裕康（1972：624）認爲：

> 是知周氏十九聲母，乃整理切韻二百六韻之雙聲而得。切韻雙聲之字可約爲十九類，周氏之前，實所未聞，周氏所用何法？如何整理？周氏雖未予說明，觀其『輾轉相通』一語，亦可以思過半焉！蓋周氏心目中，必有一聲母若干之概念，然後曲爲之通，輾轉至十九而後已。

在《山門新語》一書中，周贇並未對其歸併的原則多作說明，因此目前也僅能如應氏所言，必有其一若干概念而能將聲母總歸爲十九聲母。筆者認爲若依照「中古聲類爲歸納反切上字的結果」之觀點來思考，所謂歸併206韻的雙聲而輾轉相通的方式，應可視作周贇本身對於傳統三十六字母語音演變的體會，或許也與其心中預設的方音有關。若再從周贇將聲母取十九之數應合於易卦「河圖天地之成數」的情況來看，應可推論得知，其最終目的都是爲了營造出一套代表天地自然的「正音」體系。

（二）三十六字母歸併的情況

周贇以琴律作爲切音分韻的定法，所以將主觀的琴律概念投射至聲母體系的建構上，故才將傳統三十六字母改造爲「五正三分四變兩合之十九經」的聲

母體系。因此，若要探究十九聲母的來源內涵，則可著眼於周贇將三十六字母歸併爲十九聲母的過程，其中歸類的情況，如其自序中所言：

> 以琴律分五正四變十九音，梵音牙與齒分爲二，而齒之斜正又分爲二，舌與脣又以舌頭舌上輕脣重脣各分爲二，合之喉音與半脣音，半齒爲九音，則較中國尚少十音，而九音之讀法又與中國不合，今按唐韻切法，見溪羣疑與影喻皆喉音也而以爲牙音；端透定與娘皆舌音也而以娘與知徹澂並爲舌上音；知徹澂與照穿狀審皆齶音也而一以爲舌上，一爲正齒；非敷奉爲齒脣合音而與喉音之微並作清脣音；來爲舌喉合音、日爲齶齒合音，則又並列半脣半齒之音，其與唐韻合者，惟幫並明之爲脣音與精清從心之爲齒音耳。（頁7～8）

可再將上文周贇歸併傳統三十六字母所建構的十九聲母，對照列如下表：（原韻圖爲直式，今更爲橫式）

表 4-3：十九音與傳統三十六字母的對應

十九音	五正音															四變音			
	喉音			舌音			脣音			齒音			齶音			喉齒合音	舌齶合音	脣齒合音	齒齶合音
	散	按	泛	散	按	泛	散	按	泛	散	按	泛	散	按	泛				
三十六母	見溪羣疑影喻			端透定娘			幫滂並明			精清從心			知徹澄照穿牀審			（曉匣）	來	非敷奉	日

註1：喉齒合音部分，周贇自序中並未論及，據本文的瞭解應爲曉、匣兩母，故以（ ）標示，藉以避免誤認爲是「虛位」的情況。

從表中所知，周贇並未完全論及所有三十六字母歸併爲十九聲母的情況，但還是可以略爲明白其歸併的情況。然而若要探究聲母體系的音系，其自序中所言三十六字母歸併爲十九聲母的情況，亦僅止能作爲次要參考，如要真正確立《山門新語》音系中所含攝的聲母，探究語音演變的規律，仍應以〈琴律三十韻母分經緯生聲按序切音圖說〉所收之字作爲主要依據才是。

第二節　聲母的討論

要確立《山門新語》在聲母方面所表現出來的實際狀況，可藉由代表中古音的《廣韻》來與〈琴律三十韻母分經緯生聲按序切音圖說〉[註10] 的聲母作對照，從中討論《山門新語》所反映出關於聲母的一些問題。下文以統計的方式，先瞭解十九聲母的中古來源為何，其次再對聲母的語音特徵進行討論。

一、十九聲母的歸類

以下先分別統計十九聲母的來源，再依據統計的結果，對「散、按、泛」的區別特徵進行闡釋。

（一）聲母的統計

下表即為筆者查考〈切音圖說〉中所收錄 2277 個例字與中古三十六字母的對應關係，將所得數據統計如下，以瞭解其語音歸併的規律所在。

表 4-4：〈切音圖說〉與《廣韻》聲母分析統計表

		陰平	陽平	上聲	陽去	陰去	入聲	總計
喉音	散	見$_{30}$		見$_{30}$	見$_{30}$		見$_{30}$	120
	按	溪$_{26}$羣$_2$見$_2$	溪$_7$羣$_{17}$見$_1$匣$_1$	溪$_{22}$羣$_6$見$_2$	溪$_{28}$羣$_1$見$_1$	溪$_{11}$羣$_{11}$見$_2$影$_2$	溪$_{25}$羣$_5$	172
	泛	影$_{30}$	影$_1$疑$_{16}$微$_1$云$_4$以$_7$日$_1$	影$_{15}$疑$_5$云$_5$以$_6$	影$_{24}$疑$_4$云$_1$以$_2$見$_1$	影$_4$疑$_{16}$微$_2$云$_3$以$_4$匣$_1$	影$_{15}$疑$_9$微$_3$以$_3$	180
舌音	散	端$_{19}$知$_1$		端$_{21}$	端$_{18}$		端$_{19}$定$_2$知$_1$	81
	按	透$_{18}$定$_2$	定$_{19}$	透$_{10}$定$_{10}$	透$_{16}$定$_3$	定$_{18}$	透$_{17}$定$_3$	116
	泛	泥$_7$娘$_3$透$_1$	泥$_{17}$娘$_5$	泥$_{16}$娘$_3$端$_1$	泥$_8$娘$_3$	泥$_{18}$娘$_4$定$_1$	泥$_{15}$娘$_8$	110
唇音	散	幫$_{17}$並$_1$		幫$_{17}$並$_2$	幫$_{15}$並$_1$明$_1$		幫$_{18}$並$_2$	74
	按	滂$_{16}$並$_3$	並$_{18}$奉$_1$	滂$_8$並$_{10}$非$_1$	滂$_{13}$並$_4$非$_1$	滂$_4$並$_{14}$	滂$_8$並$_{10}$幫$_2$	113
	泛	明$_{11}$	明$_{20}$	明$_{20}$	明$_{11}$	明$_{18}$	明$_{20}$	100

[註10]　下文將《山門新語》中的韻圖〈琴律三十韻母分經緯生聲按序切音圖說〉，簡稱為〈切音圖說〉。

齒音	散	精25		精23從2	精23莊1		精23從3	102
	按	清23從2莊1	清1從24	清19從5精1心1	清19從2精1莊1初1	清2從19邪1崇2	清21從2初3	151
	泛	心26	心4邪12	心24邪1生1	心24邪1生1	心3邪9生1書1	心25生1	134
齗音	散	章14莊6知5精1	章15莊6知5	章14莊7知5			章10莊8知6精2	104
	按	昌11初5崇1徹6澄1清1	昌1船崇7澄15從2	昌4初8崇1徹6澄7	昌8初7徹7澄2清1	初2崇4徹2澄16	昌13初4澄9	152
	泛	書10生12心1	船2禪15生1邪1	船1書1禪8崇1生7心1邪1	書18生3心1徹1	船4禪13生1	船書10禪2生10	133
喉齒		曉26匣3	曉3匣25云1	曉14匣15	曉19匣9	曉6匣21日1	曉14匣15	172
舌齗		來15	來26	來23	來19	來24	來25	132
唇齒		非5敷2奉2	奉9	非4敷1奉3	非6敷1奉2	非3敷1奉4	非5敷2奉3	53
齒齗		日11	日14莊1娘1	日15	日9曉1	日12	日15	78

註 1：中古三十六字母旁所標示的數字，即代表與〈切音圖說〉中的例字聲母之相應次數。

註 2：橫列聲調部分所標示的「陰平、陽平、上聲、陽去、陰去、入聲」，乃是依據〈切音百四名次圖說第十一〉。〔註11〕

　　若再從整體來觀察，將上表所呈現的少數、零星例外讀音暫時捨去，〔註12〕可將從〔表 4-3〕所知歸納三十六字母建構十九聲母的想法，進而更進一步整理出十九聲母中各類所含攝的中古聲母，列如下表：

〔註11〕　關於聲調部分所標示的「陰平、陽平、上聲、陽去、陰去、入聲」六類，則先依據〈切音百四名次圖說第十一〉所列；而就本文的瞭解並非與實際聲調調類完全符合，其原因將留於本文第六章〈去聲分陰陽〉處進行論述。

〔註12〕　關於表中呈現的少數、零星例外的讀音，將留於「音變規律的例外」一節中，探究「例外」形成之原因。

表4-5：十九聲母的歸類情況

十九聲母	五正音															四變音			
	喉音			舌音			唇音			齒音			齶音			喉齒合音	舌齶合音	唇齶合音	齒齶合音
	散	按	泛	散	按	泛	散	按	泛	散	按	泛	散	按	泛				
三十六母	見	溪羣	影疑微云以	端	透定	泥娘	幫	滂並	明	精	清從	心邪	章莊知	昌初崇徹澄	船書禪生	曉匣	來	非敷奉	日

註1：爲後文論述上的方便，將中古三十六字母的全濁音加以灰底作爲標示。

（二）「散、按、泛」的區別特徵

從〔表 4-5〕所呈現的歸類情況，或許可作爲體現該書用來分類五正音的「散、按、泛」術語之特徵。筆者在查找《山門新語》一書中發現，對於「散、按、泛」三音的語音特徵，該書未有特別清晰的說明，現僅能從〈周氏琴律切音序〉中對其三者的描述內容，略知其分類情況，其自序云：

> 舊譜謂泛聲最清爲天音、散聲最濁爲地音、按聲清濁半爲人音，不論高卑虛實，但以響之大小分清濁非確論也。贇嘗著琴論，以散聲出於自然，其音渾全無限，高大而虛，虛則清，當爲天音；按聲位卑聲實而重，重則濁，乃爲地音；泛聲高不及散，低不及按，其聲在虛實之間而最小，則人音也。（頁13）

可知「散、按、泛」三音的辨別方法，則先以「散、按」作爲兩端，「泛」則處於其中，可分別象徵天地、高低、虛實、清濁等分類。若再藉助從〔表 4-5〕的歸類情況中，所觀察總括的「送氣與否」和「清濁音相混」〔註 13〕兩項區別特徵，可進一步釐清其內涵。

如散聲欄：「見、端、幫、精、章莊知」等皆爲不送氣、清音字母（無全濁音字母相混）；按聲欄：「溪羣、透定、滂並、清從、昌初崇徹澄」等皆爲送氣、清音與全濁音字母相混；泛聲欄：「影疑微云以、泥娘、明、心邪、船書禪生」等，則是包含上述兩種情況，分別爲：（1）喉、舌、唇音處爲不

〔註13〕　由於〈周氏琴律切音序〉云：「按聲位卑聲實而重，重則濁」。所以本文「清濁音相混」區別特徵中的濁音部分，僅以「全濁音」作爲觀察。

送氣、無全濁音字母（2）齒、齶音處為送氣、清音與全濁音字母相混。

可將上文琴律特色與區別特徵兩項的分類說明列成下表：

表4-6：散、按、泛三聲分類依據

		散	按	泛
琴律特色	三極之道	天	地	人
	音色差異	高 虛 清	低 實 濁	中
區別特徵	送氣與否	－	＋	±
	清濁相混	－	＋	±

註1：以「＋、－、±」記號標示吻合的情況，「＋、－」記號分別代表送氣、不送氣；
　　清濁相混、清濁不混，「±」則代表送氣（相混）、不送氣（不相混）兩種情況
　　都曾出現。

可發現〔表 4-6〕中「散、按、泛」三者的區別特徵，也與琴律特色的音色差異約略相似，因此應可以「發音方法」的語音標準（送氣與否、清濁相混）作為散、按、泛三聲的區別條件。

二、語音特徵的討論

下文先對所參考的基礎方音進行說明，其次再介紹聲母的音變特點，最後則針對少數的音變例外進行解釋。

（一）基礎方音的參考

在討論《山門新語》的語音特徵（聲母、韻母、聲調）之前，必須先預設基礎方音，以此作為探究語音特徵規律時的觀察基準，也作為構擬音系時的參考依據。歷來推測《山門新語》所反映的基礎方言，大多是以周贇籍貫地「安徽寧國縣」作為線索，如竺家寧（1998a）指出：「（本書）地屬江淮官話區，書中除帶有安徽話的成分之外，還帶有客家話的痕跡」，所以應該與今日的安徽方言較為相近。而再從《山門新語》一書聲母、韻母、聲調的語音特徵來看，本書也主要以呈現安徽徽語的方音為主，不過其中也夾雜了些許官話音系的特徵。

就本文的瞭解，《山門新語》一書的撰書動機在於營造心中所認為的天地自然元音，且安徽寧國一地又是地處於眾多方言交界處的皖南方言，故其語音體

系的安排過程，當然也會多少受這樣的因素影響而略有改動，所以才會有徽語與官話音系夾雜的情況產生，故觀察時需同時考量徽語和官話兩類語料特徵，徽語方面則以「皖南徽語績歙片」為代表、官話方面則以「皖中江淮官話」、「皖南寧國湖北話」為代表。〔註14〕而在參酌現代方言語料方面，則以孟慶惠（1997）一書的研究成果作為基準，並再加以平田昌司（1982）一書作為補充。

此外，在構擬音系的時候，當然也必須考量周贇創制的整體體系劃分，將於下文聲母、韻母的構擬音系中分別說明。

（二）聲母音變的特點

從〔表4-5〕的歸類情況，可以先得出一些《山門新語》的聲母語音特徵：

1、全濁聲母清化後，不論平仄多為送氣

2、以、云兩母與影、疑、微母合流

3、泥娘合流

4、心邪合流

5、知、章、莊三系合流

6、曉匣合流

7、幫、非兩系分立，非敷奉合流

以上這七項聲母特點來和鄭再發（1966：644）一文中，〔註15〕所指出屬於《山門新語》的語音特徵項目作比較（該文聲母部份列有：「唇音的分化」、「非、敷的合流」、「莊、章系的合流」、「莊、章、知系的合流」、「于、以的合流」、「于、以、影的合流」、「濁聲母的清化」、「微母的消失」、「疑母的消失」等項目）〔註16〕，大致上是相符合的。下文則針對其中幾項重要的語音規律，置於中古至近代的語音演變當中進行觀察，以呈顯《山門新語》聲母的特色。

〔註14〕 本文採用這三項方言語料作為基礎方音的參考，並非暗指《山門新語》一書即為徽語方言或官話的反映，僅止於利用周贇籍貫的線索，作為語音特徵觀察與擬音上的參照，至於《山門新語》一書基礎音系的問題，將留待後文第七章再作詳細討論。

〔註15〕 鄭再發（1966）所歸納的「音變錐頂考察」表，乃是根據趙蔭棠《等韻源流》一書的研究，對《山門新語》進行考察而得出所反映的音變項目。

〔註16〕 此外，「i韻的產生」、「–m韻尾的消失」、「平聲的分化」三項則涉及韻母和聲調的部份，暫留於第五章韻母與第六章聲調中討論。

1、全濁聲母清化後多為送氣

中古三十六字母中的全濁聲母包括：並奉定澄從邪牀禪羣匣等十個聲母。在現代官話方言中，濁音清化是普遍的音韻特徵，其分化的條件是：中古全濁塞音、濁塞擦音，若為平聲則今讀送氣清音；若為仄聲則今讀不送氣清音，中古濁擦音亦皆讀為清擦音，無送氣、不送氣的對立。然而《山門新語》則有不同的表現，根據本文觀察〈切音圖說〉三十張圖中的中古全濁聲母，發現由〔表4-5〕可知：中古的全濁塞音、塞擦音、擦音幾乎都與次清聲母歸併成同一類，而清化後的塞音、塞擦音，不論平仄也多和送氣音聲母歸併成同一類，如：溪羣、透定、滂並、清從、心邪、穿初牀徹澄（昌初崇徹澄）、牀審禪（船書禪生）、曉匣、非敷奉等母，都各自歸併成一類。

要說明的是唇齒合音一欄，奉母與非（全清、不送氣）、敷（次清、送氣）兩母雖同時歸併成同一類，但由於中古後期時非母與敷母應已歸併成一類，再加上這裡原本屬全濁音聲母的奉母也一併歸入，可見「非、敷、奉」三母已由原本的塞擦歸併為擦音，讀成了[f]，〔註17〕所以此欄的情況與上文所說全濁聲母清化後多歸為送氣的結論並不違背。由此結論來看，竺家寧（1999a：237～238）在觀察《山門新語》庚經韻「濁音清化」的規律時，所云：

> 庚經韻當中，不論平聲或仄聲一律都變成了送氣音，而這個現象和
> 今天的客家話是一樣的。

可知此特點不但在庚經韻當中是如此，其實也可作為全書各韻的音韻特徵，也與高永安（2004：181）指出其書聲母特點有著：全濁聲母清化，塞音、塞擦音無論平仄都歸送氣音，跟官話塞音、塞擦音清化後平聲送氣、仄聲不送氣不同的說法一致。

至於竺家寧（1999a：237～238）所言此現象和今日客家話是一樣的說法，指的又是什麼呢？《山門新語》的清化型態頗為特殊，與官話方言清化狀態迥異，而古全濁聲母的今讀往往是漢語方言分區的一個重要標準，所以不妨可藉此特點來了解該書所摻入的方音成分。如張琨（1975：641～642）曾指出：

〔註17〕 關於唇齒合音一欄中，中古「非、敷、奉」三母歸併為一類的情況，將於下文〈非、敷、奉合流〉裡詳細討論。

在現今安徽、江蘇和廣西的若干地方，把全濁塞音聲母字讀成送氣清音，與贛語和客家語的類型相同。

而楊秀芳（1989：56～58）在談到徽州方言的「濁音清化」問題時，則指出：

安徽境內有一些方言和贛客語一樣，古濁母清化後皆讀送氣；有些地區則是清化後送氣、不送氣皆有，無法從聲調尋繹其分化的條件。前者如位於徽州方言地區東北角的績溪、歙縣，古濁母清化後多半送氣，只有少數白話音讀不送氣。

這樣的型態和《山門新語》所呈顯的「濁音清化多送氣」特徵正好相符合，若再與周贇籍貫地為安徽寧國縣的條件相配合後，更可推測該書語音應有徽州方言的摻入才是。

此外，前人對於徽州方言古全濁聲母清化不規律的情況，則不斷利用各種方音語料相互比對，以求其形成來源，如平田昌司（1982：41）認為徽州方言古全濁聲母今讀的情況，其中「送氣清音」的層次項目，乃是與客贛方言、安慶話相對應的；馬希寧（1996：297）則更進一步從明清時期的文獻中，發現徽州方言的濁聲母在當時是不送氣的讀法，因此可將不送氣清音的層次假設為較早的語音表現，送氣清音的出現則與四世紀以來客贛移民有關；最後趙日新（2002）則總結徽語古全濁聲母今讀的四種類型作出分析，並指出其中「濁音清化後全送氣」的類型很可能與客、贛、通泰方言有著共同的來源，且猜測徽語古全濁塞音塞擦音聲母今讀的這種格局（四種類型）和贛語的影響有關。

因此，《山門新語》既然有著古全濁聲母今讀送氣的特徵存在，除了可推測該書之中有徽州方言的摻入外，應該也必須留意該書當中是否還有其他條件是受到客方言或贛方言影響而產生，此一問題將暫留待全面釐析書中聲母、韻母、聲調的語音特徵後，再進行全面性的探究。

2、日母止攝開口字並未併入零聲母

從中古至現代國語，零聲母產生和擴大的經過，竺家寧（1991a：451）將此分為三個階段：第一，云、以兩母首先合併，時間在第十世紀；第二、影、疑兩母到了宋代（第十至十三世紀）也轉變成零聲母；第三、微、日（一部分字）兩母要遲到十七世紀以後才變成零聲母的。可知，零聲母主要包含中古以

（喻四）、云（喻三）、影、疑（開細三等除外）、微、日（止攝開口字）等六母，而其中疑、日兩母則為有條件的歸併。

　　若與現代的國語相比，觀察〈切音圖說〉中這六母歸併的情況，喉音泛聲處共有「以、云、影、疑、微」五母合流，應是零聲母化後的結果。特殊的是，疑母字中的開細三等字：牛字，也包含於其中，反而沒有與泥、娘兩母合流成[n]。若再從《山門新語》的成書時代來看，日母止攝開口字應也合流其中才是，但圖中的二十六姬韻的日母止攝開口字（衈、而、耳、餌、二），卻未併入合流行列，仍然保留於齒齶合音一欄中。若根據孟慶惠（1997：117～118，432，556）所言官話、徽語的特色，日母止攝開口字（耳、二）也都已變成[ø]聲母字，故可知〈切音圖說〉的日母止攝開口字仍保留成古音形態，未變成零聲母。

　　此外，〈切音圖說〉中的日母止攝開口字，不但沒有部份失落為零聲母的情況，反而在齒齶合音處，與其餘非止攝開口的日母字獨立成一類。而耿振生（1992：253）所云：「聲母為十九個，較『早梅詩』少一個日母，而有微母。」的意見，則與本文說法有所歧異！筆者認為應如竺家寧（1998a）所云：「實際上其中的『濡』就是日母，倒是沒見過微母，早梅詩反而有『無』母，正是微母。」的說法才是。

3、知、章、莊三系合流

　　根據鄭再發（1966：643）的考察，知、章、莊三系的合流，在羅常培研究唐五代西北方音時，已發現有此音變端倪，最早則可能出現於元代陳晉翁《切韻指掌圖節要》（1270～1290）一書當中。現今國語捲舌音（舌尖後音）tʂ、tʂʰ、ʂ乃由中古知、章、莊三系的十二個聲母演變而成，其演化的過程據王力（1980：136～137）與董同龢（1979：149）的看法，可列如下表：

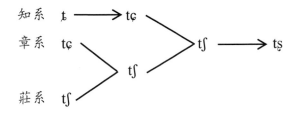

　　至於三系合流後演變為捲舌音（舌尖後音）的最後階段，王力（1980：137）則認為大約在十五世紀以後才算全部完成，因為在《中原音韻》裏，這一類的字還有大部分沒有變成捲舌音。而《山門新語》中知、章、莊三系的合流情況，

是否也代表著捲舌音的出現呢？從時代來看，《山門新語》約成書於十八世紀中葉（1863～1893），理當有捲舌音產生的可能性存在。

若將該書齶音部份暫擬作捲舌音時，顯然會產生與董同龢（1979：61）所言捲舌音與[i]拼合是極不自然的情況，進而再查找〈切音圖說〉各圖齶音處所收之字時，發現不論與洪音或細音皆能兼配，甚而在含有[i]介音或主要元音的「江、鳩、交、經、堅、巾、姬、機」等各韻中，幾乎全收有例字，沒有無字的情況。然而所謂「捲舌音與[i]拼合」的情況，是否完全不可能發生呢？李新魁（1979：44）對此種看法則提出不同的見解，指出：現代方言中並不乏 tʂ 組聲母與i音相拼的例子，如客家方言的廣東大埔、興寧與京劇的「上口字」皆有捲舌音配細音的現象；而羅常培（1935：446）也曾指出：在京劇的唱腔中，往往把[tʂi]唱爲[tʂi]。因此，這就說明了捲舌音與[i]相配並非不可能發生，此外京劇又源於鄂、皖、蘇之間，與《山門新語》的基礎方音或有同源相承的地緣關係，故本文認爲從時代與地域來看，仍應將其齶音部分擬作捲舌音才是。

4、非、敷、奉合流

在中古後期時，輕唇音藉由「三等合口」[-ju-]介音的條件，從重唇音分化出來後，「非、敷、奉」三母又進而產生演變，進一步由塞擦音變成了擦音，唸成了相同的[f-]聲母。

《山門新語》唇齒合音一欄中，已將中古「非、敷、奉」三母歸併爲一類，如以〈一呱韻〉韻圖歸字來看，中古聲母屬於非母的「傅、福」、中古聲母屬於敷母的「敷」，與中古聲母屬於奉母的「扶、父、附」，都歸併成一類；且〈琴律四聲分部合韻同聲譜‧呱居合韻第一部〉所列「敷」的同音字：「夫（奉母）玞（非母）麩（敷母）膚（非母）荂（敷母）」等也是包含中古聲母非、敷、奉三個來源。

再從時代來看，《山門新語》成書於十九世紀末期，應有輕唇音產生的可能性存在，而根據孟慶惠（1997：98，430，555）所言官話與徽語的特色，中古聲母屬於非母的「夫、飛」、中古聲母屬於敷母的「翻、費」與中古聲母屬於奉母的「父、飯」等字，今日也都是讀爲輕唇音[f]聲母，故可知〈切音圖說〉非、敷、奉合流的情況應視作輕唇音[f]聲母的產生。

5、尚未發生顎化

中古見曉系及精系字受到[i]、[y]介音的影響，容易形成舌面音[tɕ]、[tɕʰ]、

[ɕ]的產生，即所謂顎化現象。根據鄭錦全（1980：86）指出北方官話見曉系及
精系字顎化的時間，大約全面形成於十六、七世紀，至乾隆時《圓音正考》對
尖團的分析，表示顎化已完成。而鄭再發（1966：644～645）音變考察表中，《山
門新語》一書雖沒有顎化跡象，然早於該書的《音鑑》（1805）、《音泲》（1817）
及晚於該書的《韻籟》（1889）等，卻都標記已有顎化現象，若依此推論《山門
新語》成書當時或許有產生舌根與舌尖顎化的可能性存在。

　　而〈切音圖說〉中是否有呈顯顎化現象呢？首先，從圖中喉、齒、喉齒音
處所收見、精、曉三系之字來看，所收之字皆表現出見、精、曉各系分明的情
況，且並無任何混淆互切的情況發生；其次，見、精、曉三系在各圖當中皆表
現出洪細兼配的情況。所以應如應裕康（1972：629）所云：

> 周氏書中，從無喉音呱枯烏之細音字及齒音租粗蘇之細音字混淆之
> 現象。如江岡光合韻第二部中，〔江〕字領茳、疆、薑、僵、橿、礓、
> 蟹、繮、姜等字；〔將〕字領漿、鱂、螿、蔣等字。見、精兩系之界
> 限分明，故周氏十九經聲中，並無舌面塞擦音及擦音tɕ、tɕʻ、ɕ之存
> 在也。

可知在〈琴律四聲分部合韻同聲譜・江岡光合韻第二部〉的同音字表中，見、
精兩系的收字沒有相混的情況。因此，本文認為《山門新語》成書時或許有顎
化的可能性存在，但從所呈顯的語料來觀察，該書並沒有顎化音變的產生。

（三）音變規律的例外

　　在〈切音圖說〉聲母分析表〔表 4-4〕中，可發現仍有少數、零星例外的
讀音存在，無法利用規律音變的情況來闡釋，下文以李榮（1965）、游汝杰（1992：
157～161）、平山久雄（2006）等文論及音變規律例外產生的原因，就本文實際
觀察所得，試著解說該書部份例外讀音的原因，將其概括為以下三點：

1、避諱改音

　　避諱改音通常是為了改變與「死」字或性有關等不雅讀音，而產生特殊音
變的例子，如：十四交韻中，「鳥」字若依音變規律當讀作「屌」（端母），但該
圖卻將其列於舌音泛聲處，讀與泥、娘母字[n]同音；又如：二十六姬韻中，「璽」
字若依音變規律與「死」（心母）音近，但該圖卻將其列於齶音泛聲處，讀與中
古書、襌、生母字同音。

2、字形影響

字的讀音經常會受到該字偏旁的影響，而造成讀音上的改變，如：二十五巾韻中，「紉」字若依音變規律當讀作「女鄰切」（娘母），但該圖卻將其列於齒齶合音處，讀與日母字同音，可能因其偏旁「刃」字（而振切、日母）而產生影響。

3、原因不明

圖中仍有若干例外音變無法了解其原因，如：二十九宮韻中的「鞲」字（而用切、日母），卻將其列於喉齒合音處，讀與曉、匣母字同音；三十公韻中的「薨」字（莫鳳切、明母），卻將其列於唇音散聲處，讀與幫母字[p]同音，這先顯然都與歷時演化規律不符。

第三節　聲母音值的擬測

經由前文對《山門新語》的聲母特徵進行討論後，本節將更進一步構擬出《山門新語》的聲母音值，首先則說明聲母擬音的原則，其次由於該書的十九個聲母，並無特定名目稱呼，下文則取一呱韻中的陰平聲（呱枯烏、都菟鵵、逋鋪摸、租粗蘇、朱初疎、呼攎敷濡）十九字作為例字，再分別以五正音（各正音中又分散、按、泛三聲）、四變音的順序進行討論。

一、擬音的原則

以下羅列幾項重要的原則，作為「十九聲母」擬音的依據：

（一）在討論過《山門新語》聲母所反映出的歷時音變規律後，可作為觀察中古至近代語音演變的情況，並再參考〔表4-5〕的聲母統計表，藉以瞭解各類聲母的中古聲母來源分別為何。〔註18〕

（二）參考應裕康（1972：620～637）、李新魁（1983：298～300）、竺家寧（1998a）、高永安（2004b）等人對於該書擬音的意見。

（三）方言語料方面，則先以孟慶惠（1997）一書中的「皖南徽語歙績片」〔註19〕、「皖中江淮官話」、「皖南寧國湖北話」三地的調查結果作為主要的參考方音；其次再參考平田昌司（1998：32～49）一書中，

〔註18〕　關於中古《廣韻》的擬音，本文則依據董同龢（1979）一書。

〔註19〕　孟慶惠（1997：419）自註云：「本片範圍大體上與全國徽語區的『績歙片』吻合。」

距離寧國較近且屬於徽語代表性方言之一的績溪方言。而羅列各方言例字作爲證明時，則以不重複舉例爲原則。

（四）除以〈切音圖說〉的韻圖例字作爲依據外，進而也利用〈琴律四聲分部合韻同聲譜〉的同音字表作爲例證。（多以「平聲字」爲例）

二、五正音

以下依據〈切音圖說〉五正音「喉、舌、唇、齒、齶」的順序進行討論。

（一）喉音：呱、枯、烏

1、散聲呱

十四韻部中，散聲「呱」所收的字分別有「呱、菰；江、疆；昆、琨；加、家；戈、過；鉤、句；交、茭；干、肝；乖、媧；庚、耕；堅、肩；君、巾；姬、雞；宮、共」等，以上各韻部收字來源，主要爲中古見母字。

2、按聲枯

按聲「枯」所收的字分別有「枯（溪）、區（溪）、渠（羣）；羌（見）、腔（溪）、強（羣）；坤（溪）、髡（溪）；蹦（見）、誇（溪）、芎（溪）；科（溪）、珂（溪）、翹（羣）；彄（溪）、虯（羣）；趫（羣）、喬（羣）；刊（溪）、寬（溪）；欬（溪）、開（溪）；硿（溪）、輕（溪）、琴（羣）；慫（溪）、乾（羣）；困（溪）、羣（羣）；溪（溪）、奇（羣）；穹（溪）、窮（羣）」等，以上各韻部收字來源，主要爲中古溪、羣母字，與極爲少數的見母字。

3、泛聲烏

泛聲「烏」所收的字分別有「烏（影）、吳（疑）；央（影）、羊（以）；溫（影）、文（微）；牙（疑）、窓（影）；倭（影）、訛（疑）；憂（影）、以（以）；夭（影）、遙（以）；安（影）、顏（疑）；偎（影）、挨（影）；嬰（影）、榮（云）；煙（影）、沿（以）；贇（影）、雲（云）；威（影）、韋（云）；邑（影）、容（以）」等，以上各韻部收字來源，主要爲中古云、以、影、疑、微母字。

由以上收字來看，可知「呱」音收字爲中古見母字、「枯」音收字主要爲中古溪、羣母字，「烏」音收字則爲中古云、以、影、疑、微母字。其中「呱、枯」兩音有洪、細音同時搭配的情況，而枯音中同時收有中古溪、羣兩母字的原因，應該是濁音清化後形成的結果。

從現代方言的讀音來看，根據孟慶惠（1997：98～99，430～432，555～556）的調查，今日的皖中江淮官話、皖南徽語、寧國湖北話，中古的見、溪羣母字逢細音字時，讀爲[tɕ]、[tɕʰ]、洪音爲[k]、[kʰ]，如：皖中江淮官話「家、句、江」，皖南徽語「居、佳」，寧國湖北話「交、巾」等見母細音字都讀爲[tɕ]；皖中江淮官話「歌、古」，皖南徽語「哥、高」，寧國湖北話「庚、干」等見母洪音字都讀爲[k]。因此，若以《山門新語》見、精兩系仍未有顎化產生作爲考量，則可將呱、枯兩音擬爲舌根清塞音[k]、[kʰ]。而中古云、以、影、疑、微母字，在現代方言中則多讀爲零聲母[ø]，如：皖中江淮官話「阿、牙、搖」，皖南徽語「羊、云」，寧國湖北話「文、疑、央」等云、以、影、疑、微母字都讀爲[ø]，故將烏音擬爲[ø]。

（二）舌音：都、菟、駑

1、散聲都

十四韻部中，散聲「都」所收的字分別有「都、闍；當、鐺；敦、惇；哆、打；陡、多；兜、丟；貂、刁；丹、端；堆、碓；登、燈；顛、偵；低、氐；冬、東」等，以上各韻部收字來源，主要爲中古端母字。

2、按聲菟

按聲「菟」所收的字分別有「菟（透）、徒（定）、途（定）；湯（透）、唐（定）、堂（定）；暾（透）、屯（定）、吞（透）；詑（透）、佗（定）、駝（定）；偷（透）、頭（定）；桃（透）、挑（透）、迢（定）；貪（透）、團（定）；胎（透）、台（定）；騰（定）、汀（透）；天（透）、田（定）；梯（透）、推（透）；通（透）、同（定）」等，以上各韻部收字來源，主要爲中古透、定母字。

3、泛聲駑

泛聲「駑」所收的字分別有「駑（泥）、奴（泥）；娘（娘）、囊（泥）；蟥（透）、醾（泥）；朣（泥）、拏（娘）；挼（泥）、儺（泥）、那（泥）；糯（泥）、獳（泥）、撓（泥）、撓（泥）；喃（娘）、南（泥）；能（泥）、乃（泥）；諗（娘）、㑸（娘）；黏（娘）、年（娘）；呢（泥）、尼（泥）；農（泥）、濃（泥）」等，以上各韻部收字來源，主要爲中古泥、娘母字。

由以上收字來看，可知「都」音收字爲中古端母字、「菟」音收字主要爲中古透、定母字，「駑」音收字則爲中古泥、娘母字，而菟音中同時收有中古透、

定兩母字的原因，應該是濁音清化後形成的結果。

從現代方言的讀音來看，根據孟慶惠（1997：98〜99，430〜432，555〜556）的調查，今日的皖中江淮官話、皖南徽語、寧國湖北話，中古的端、透定母字讀爲[t]、[tʰ]，如：皖中江淮官話「多、敦、東」，皖南徽語「朵、低」，寧國湖北話「打、都」等端母字都讀爲[t]；皖中江淮官話「通、途、駝」，皖南徽語「胎、偷、屯」，寧國湖北話「梯、頭、田」等透、定母字都讀爲[tʰ]，因此可將都、菟兩音擬爲舌尖清塞音[t]、[tʰ]。而中古泥、娘母字，在現代方言中則多同讀爲[n]，如：皖南徽語「泥、女、娘、年」，寧國湖北話「奴、能、農」等泥、娘母字都讀爲[n]，故將駑音擬爲舌尖鼻音聲母[n]。

（三）唇音：逋、鋪、摸

1、散聲逋

十四韻部中，散聲「逋」所收的字分別有「逋、餔；邦、梆；奔、賁；巴、芭；波、番；彪；標、包、胞；班、般；杯；崩、榜、冰；邊、扁；賓、濱；陂、卑；韸（並）」等，以上各韻部收字來源，主要爲中古幫母字。

2、按聲鋪

按聲「鋪」所收的字分別有「鋪（滂）、蒲（並）；雱（滂）、旁（並）、滂（滂）；歕（滂）、噴（滂）、盆（並）；葩（滂）、琶（並）、杷（並）；頗（滂）、婆（並）；裒（並）、瀌（並）；飄（滂）、漂（滂）、瓢（並）；攀（滂）、盤（並）；牌（並）、陪（並）；烹（滂）、朋（並）、平（並）；篇（滂）、便（並）；繽（滂）、貧（並）；披（滂）、批（滂）、皮（並）；蓬（並）、篷（並）」等，以上各韻部收字來源，主要爲中古滂、並母字。

3、泛聲摸

泛聲「摸」所收的字分別有「摸、模、母；忙、盲；門、捫；麻、摩；摩、磨；牟、謀；苗、貓、毛；蠻、漫；梅、媒；萌、明、名；眠、棉；泯、民；迷、眉；蒙、夢」等，以上各韻部收字來源，主要爲中古明母字。

由以上收字來看，可知「逋」音收字爲中古幫母字、「鋪」音收字主要爲中古滂、並母字，「摸」音收字則爲中古明母字，而鋪音中同時收有中古滂、並兩母字的原因，應該是濁音清化後形成的結果。

從現代方言的讀音來看，根據孟慶惠（1997：98〜99，430〜432，555〜556）的調查，今日的皖中江淮官話、皖南徽語、寧國湖北話，中古的幫、滂並母字

讀爲[p]、[pʰ]，如：皖中江淮官話「邊、巴、幫」，皖南徽語「杯、冰」，寧國湖北話「包、奔」等幫母字都讀爲[p]；皖中江淮官話「批、篇、皮」，皖南徽語「烹、蒲」，寧國湖北話「鋪、便、朋」等滂、並母字都讀爲[pʰ]，因此可將逋、鋪兩音擬爲雙唇清塞音[p]、[pʰ]。而中古明母字，在現代方言中讀爲[m]，如：皖中江淮官話「慢、門」、皖南徽語「梅、民」，寧國湖北話「母、毛、忙」等明母字都讀爲[m]，故將摸音擬爲雙唇鼻音聲母[m]。

（四）齒音：租、粗、蘇

1、散聲租

十四韻部中，散聲「租」所收的字分別有「租、沮；將、臧；尊、罇；嗟、借；挫、左；緅、遒；焦、遭；簪、鑽；哉、災；增、精、貞；箋、煎；遵、津；齎、擠；蹤、宗」等，以上各韻部收字來源，主要爲中古精母字。

2、按聲粗

按聲「粗」所收的字分別有「粗（清）、徂（從）；鏘（清）、強（清）、牆（從）、倉（清）；村（清）、存（從）；礤（莊）、查（從）；矬（從）、蹉（清）；秋（清）、酋（從）；樵（從）、操（清）、曹（從）；餐（清）、殘（從）、蠶（從）；猜（清）、才（從）、財（從）；層（從）、清（清）、情（從）；千（清）、前（從）、全（從）；親（清）、秦（從）；妻（清）、齊（從）、崔（清）、雌（清）、慈（從）；璁（清）、叢（從）」等，以上各韻部收字來源，主要爲中古清、從母字。

3、泛聲蘇

泛聲「蘇」所收的字分別有「蘇（心）、酥（心）、徐（邪）；襄（心）、詳（邪）、桑（心）；孫（心）、飧（心）；些（心）、邪（邪）；娑（心）、蓑（心）；修（心）、囚（邪）；宵（心）、騷（心）；三（心）、酸（心）；偢（邪）、心（心）；先（心）、宣（心）、旋（邪）；荀（心）、旬（邪）、新（心）；西（心）、綏（心）、隨（邪）；松（心）、嵩（心）」等，以上各韻部收字來源，主要爲中古心、邪母字。

由以上收字來看，可知「租」音收字爲中古精母字、「粗」音收字主要爲中古清、從母字，「蘇」音收字則爲中古心、邪母字，而粗音中同時收有中古清、從兩母字與蘇音中同時收有中古心、邪兩母字的原因，應該是濁音清化後形成的結果。

從現代方言的讀音來看，根據孟慶惠（1997：98～99，430～432，555～556）

的調查，今日的皖中江淮官話、皖南徽語、寧國湖北話，中古的精母字讀爲[ts]，如：皖中江淮官話「租、早」，皖南徽語「左、宗」，寧國湖北話「栽、藏、曾」等精母字都讀爲[ts]；中古的清、從母字讀爲[tsʰ]，如：皖中江淮官話「粗、此、蠶、曹」，皖南徽語「猜、村、酋、牆、秦」，寧國湖北話「雌、崔、從」等清、從母字都讀爲[tsʰ]；中古的心、邪母字讀爲[s]，如：皖中江淮官話「酸、桑、松、寺、祀」，皖南徽語「蘇、孫、似、俗」，寧國湖北話「思、三、隨」等心、邪母字都讀爲[s]。

不同的是現代方言都已有部分中古章、莊組字的相混情況，而在績溪方言方面，高永安（2004b：189）也指出，績溪方音中讀[ts]這一組，是由中古精組洪音和章組、知組三等的蟹攝、通攝、止攝所組成。然而由於《山門新語》一書中，仍未有顎化情況產生，且從所收之字來看，齒音與齶音所列的中古知、照系字，呈顯分立而不混的情況，故應將其擬作舌尖前塞擦音和擦音才是，遂將租、粗、蘇三音擬爲[ts]、[tsʰ]、[s]。

（五）齶音：朱、初、疎

1、散聲朱

十四韻部中，散聲「朱」所收的字分別有「朱（章）、諸（章）、著（知）；章（章）、張（知）；臻（莊）、蓁（莊）；遮（章）、者（章）；舟（章）、晝（知）、周（章）；昭（章）、爪（莊）；跙（莊）、蟆（莊）；齋（莊）、抧（章）；爭（莊）、征（章）；展（知）、專（章）；諄（章）、眞（章）；咫（章）、追（知）、之（章）；鍾（章）、中（知）」等，以上各韻部收字來源，主要爲中古知、章、莊母字。

2、按聲初

按聲「初」所收的字分別有「初（初）、住（澄）、樞（昌）；昌（昌）、腸（澄）、帳（徹）；蓁（澄）、齜（初）；車（昌）、槎（崇）、叉（初）、茶（澄）；瘳（徹）、抽（徹）、綢（澄）；超（徹）、潮（澄）、巢（崇）；讒（崇）、獅（崇）；釵（初）、豺（從）；琤（初）、根（澄）、青（清）、呈（澄）；脡（徹）、塵（澄）、川（昌）、傳（澄）；春（昌）、嗔（昌）、陳（澄）；螭（徹）、遲（澄）、吹（昌）、鎚（澄）、池（澄）；衝（昌）、重（澄）、充（昌）、崇（崇）」等，以上各韻部收字來源，主要爲中古昌、初崇、徹澄母字。

3、泛聲疎

泛聲「疎」所收的字分別有「疎（生）、殊（禪）、書（書）、抒（禪）；常（禪）、

商（書）、嘗（禪）、雙（生）；莘（生）；奢（書）、沙（生）、蛇（船）；售（禪）、收（書）、
綢（澄）；燒（書）、韶（韶）、梢（生）；山（生）、栓（生）；篩（生）；生（生）、繩（船）、
聲（書）、成（禪）；羶（書）、蟬（禪）、邅（禪）；申（書）、辰（禪）；衰（生）、誰（禪）、
詩（書）、時（禪）；春（書）、鰆（禪）」等，以上各韻部收字來源，主要爲中古船
書禪、生母字。

　　由以上收字來看，可知「朱」音收字爲中古知、章、莊母字、「初」音收字
主要爲中古昌、初崇、徹澄母字，「疎」音收字則爲中古船書禪、生母字，而初
音中同時收有中古昌初徹、崇澄母字與疎音中同時收有中古書生、船禪母字的
原因，應該是濁音清化後形成的結果。

　　從現代方言的讀音來看，根據孟慶惠（1997：98～99，430～432，555～556）
的調查，中古的知、章、莊母字，今日的皖中江淮官話、寧國湖北話讀爲[tʂ]，
皖南徽語則讀爲[tɕ]，如：皖中江淮官話「知、莊、支、章、周」，寧國湖北話
「中、展、抓、專、只」等知、章、莊母字都讀爲[tʂ]；皖南徽語「遮、追、珍、
眞」等知、章、莊母字則讀爲[tɕ]。

　　中古的昌、初崇、徹澄母字，今日皖中江淮官話、寧國湖北話讀爲[tʂʰ]，
皖南徽語則讀爲[tɕʰ]（昌、初、徹澄母）或[tʂʰ]（崇母），如：皖中江淮官話「插、
抽、春、唱、潮、茶、床」，寧國湖北話「徹、傳、腸、釵、車、吹、巢」等昌、
初崇、徹澄母字都讀爲[tʂʰ]；皖南徽語「超、遲、綢、齒、川、襯、讒、崇」
等昌、初崇、徹澄母字則讀爲[tɕʰ]或[tʂʰ]。

　　中古的船書禪、生母字，今日皖中江淮官話、寧國湖北話讀爲[ʂ]，皖南徽
語則讀爲[ɕ]，如：皖中江淮官話「衰、梢、詩、收、誰、社、神、繩」，寧國
湖北話「沙、書、商、石、上、蛇」等船書禪、生母字都讀爲[ʂ]；皖南徽語「瘦、
燒、說、受、順、射」等船書禪、生母字都讀爲[ɕ]。

　　綜上所述，關於齶音部份主要來自於中古知、章、莊三系字。現代方言的
讀音中，大致有[tʂ]、[tʂʰ]、[ʂ]或[tɕ]、[tɕʰ]、[ɕ]兩種可能性存在，而後者又是
語音顎化後的結果，故若以《山門新語》仍未有顎化產生作爲考量，則又可將
後者視爲[tʃ]、[tʃʰ]、[ʃ]。

　　由於現代方言的兩種可能性，也間接形成各家擬音有兩種分歧的結果。
以下先羅列各家所擬音值（應裕康 1972、李新魁 1983、竺家寧 1998a、高永

安 2004b）如：

	朱	初	疎
應裕康	tʃ	tʃʰ	ʃ
李新魁	tʂ	tʂʰ	ʂ
竺家寧	tʃ	tʃʰ	ʃ
高永安	tʃ	tʃʰ	ʃ

各家音值擬測的分歧點在於：捲舌聲母可否配細音？應裕康（1972：629）認爲：「今考周氏各圖，齶音需與i、y等細音相配，故擬其音值爲：朱 tʃ、初 tʃʰ、疎 ʃ」；

　　竺家寧（1998a）則將李氏所定的捲舌濁擦音，擬爲舌尖面濁擦音，指出：「這類字在山門資料中兼配洪細音，舌尖面音配細音較自然」；高永安（2004 b：189）也認爲：「這組聲母既能拼洪音，又能拼細音，我們不傾向於取捲舌音[tʂ]，又不好直接取舌面前音，那就只好取舌葉音[tʃ]」由此可知，反對擬作捲舌音的最大因素乃在於與細音相配時拼切的不自然，然如前文所論，捲舌音與 i 拼合的情況（[tʂ+i]）並非完全不可能發生，故本文仍將其齶音朱、初、疎擬作捲舌音[tʂ]、[tʂʰ]、[ʂ]。

三、四變音

　　以下依據〈切音圖說〉四變音「喉齒、舌齶、唇齒、齒齶」的順序進行討論。

（一）喉齒合音：呼

　　十四韻部中，喉齒合音「呼」所收的字分別有「呼（曉）、胡（匣）、狐（匣）；香（曉）、降（匣）、航（匣）、荒（曉）、黃（匣）；昏（曉）、魂（匣）、痕（匣）；遐（匣）、花（曉）、華（匣）；禾（匣）、呵（曉）、河（匣）；侯（匣）、喉（匣）、休（曉）；囂（曉）、爻（匣）、蒿（曉）、豪（匣）；骭（曉）、寒（匣）、歡（曉）、桓（匣）；灰（曉）、懷（匣）、咍（曉）、孩（匣）；亨（曉）、宏（匣）、興（曉）、刑（匣）；軒（曉）、賢（匣）、暄（曉）、絃（匣）；薰（曉）、欣（曉）；唏（曉）、奚（匣）、輝（曉）、回（匣）；匈（曉）、胸（曉）、烘（曉）、紅（匣）」等，以上各韻部收字來源，主要爲中古曉、匣母字。

　　由以上收字來看，可知「呼」音收字爲中古曉、匣母字，而呼音中同時收有中古曉、匣母字的原因，應該是濁音清化後形成的結果。

從現代方言的讀音來看，根據孟慶惠（1997：98～99，430～432，555～556）的調查，今日的皖中江淮官話、皖南徽語、寧國湖北話，中古的曉、匣母字分別有[x]、[ç]兩種讀音，如：皖中江淮官話「花、呼、喝、河、胡、回、航」，皖南徽語「荒、烘、豪、魂、紅」（洪音），寧國湖北話「虎、昏、孩、活」等曉、匣母字都讀爲[x]；皖中江淮官話「休、香、胸、下、匣」，皖南徽語「曉、兄、賢、形」（細音），寧國湖北話「欣、曉、鞋、諧」等曉、匣母字都讀爲[ç]。由於本書未有顎化情況的產生，所以後者[ç]應爲後起之音，故呼音應擬作[x]才是。

此外，竺家寧（1998a）又認爲：「呼」母應擬作[h]而不作[x]，這是遵從現代大部分南方方言的讀法。而若根據孟慶惠（1997：424）指出：「[x]在開口、合口呼韻母前，發音部位偏後，嚴式可標作[h]」與平田昌司（1998：33）〈說明③〉指出：「[x]的發音部位比較靠後，有喉音色彩」等兩人的說法，可知在《山門新語》書中的[x]音，若以嚴式標音的觀點來看，應與[h]音值較爲相近。但是筆者認爲擬音時，除了從其地域特徵來觀察外，或許也必須配合整個聲母體系來進行構擬，誠如應裕康（1972：629）所言：「喉齒合音實與喉音同類也，今已擬喉音爲k、kʰ、ø，則喉齒合音當爲舌根清擦音x」因此，本文仍將呼音擬作[x]。

（二）舌齶合音：擄

十四韻部中，舌齶合音「擄」所收的字分別有「盧、簍、間；良、郎；崙、輪；儸；驟、羅；樓、劉、流、留；颲、撈、牢、老；婪、闌、懶、孌；來、萊；陵、苓、領；連、孌；麟、鄰；離、里、擂、雷；龍、隆、朧」等，以上各韻部收字來源，主要爲中古來母字。

由以上收字來看，可知「擄」音收字爲中古來母字。從現代方言的讀音來看，根據孟慶惠（1997：98～99，430～432，555～556）的調查，今日的皖中江淮官話、皖南徽語、寧國湖北話，中古的來母字爲[l]讀音，如：皖中江淮官話「路、羅、連、輪、良」，皖南徽語「藍、郎、里」，寧國湖北話「呂、濾」等來母字都讀爲[l]，故將其擄音擬作[l]應無疑義。

特別要說明的是，在今日皖中江淮官話、皖南徽語、寧國湖北話中，泥、來兩母多已相混，常將[n]、[l]視爲同一音位 /n/ 的不同變體。這種n–、l–兩母相混的情況，實爲當時江淮官話的特點，如俞敏（1989：148）所言：

> 古楚國原有現在的湖北湖南，後來往東擴展到安徽。現在的湖北湖
> 南人、安徽特別是皖南（像績溪）人也有n–、l–混亂的。明太祖興
> 兵，把鳳陽人遷到南京。現在的南京人也不會分n–、l–了。

可見在周贇的方言當中，[n]、[l]兩音應該是相當容易混淆之音，但周贇卻在該書中將此兩音特別分立，並且提出兩者的差異，如十音論中的〈八論兩合音〉所云：

> 四變音惟舌齶合音與舌泛音相似而易混，要先辨其讀法之不同，而
> 後知其切音之不同，舌之泛音以舌尖下面輕點牙根，一點即收、音
> 最輕清，在琴律指法，所以有蜻蜓點水之名；舌齶合音則以舌頭上
> 面抵齶，重掃向內以作音，於四變音爲最濁，如呱韻舌之泛音爲奴、
> 舌齶合音爲盧。（頁15）

從此特點來看，《山門新語》把泥、來兩母分成絕不相混的兩類，顯然具有北方官話的語音特點，那麼爲何又會有這樣的現象存在呢？若從徽州方言內部語音特徵差異甚大的觀點來思考，可試著尋找其他代表徽州方言語音特徵的方言點，觀察是否有接近此一現象的特徵。根據平田昌司（1998：22）所列徽州方言的內部差異，在[n]、[l]聲母的分合不同中，徽州歙縣方言就有仍有部分[n]、[l]對立的情況。

然而筆者認爲就本書皆將泥、來兩母完全分立的情況來看，這樣的語音表現，應該是周贇爲了建構心中的主觀音系，而加以雜糅其他方音的結果才是，而並非徽州方言的語音特徵呈現。

（三）唇齒合音：敷

十四韻部中，唇齒合音「敷」所收的字分別有「敷（敷）、扶（奉）、父（奉）；方（非）、坊（非）、房（奉）、防（奉）；分（非）、焚（奉）、粉（非）；浮（奉）、富（非）、缶（非）；帆（奉）、凡（奉）、反（非）；溯（奉）、馮（奉）、憑（奉）；非（非）、肥（奉）、飛（非）；峯（敷）、逢（奉）、風（非）、豐（非）」等，以上各韻部收字來源，主要爲中古非、敷、奉母字。

由以上收字來看，可知「敷」音收字爲中古非、敷、奉母字，而敷音中同時收有中古非敷、奉母字的原因，應該是濁音清化後形成的結果。

從現代方言的讀音來看，根據孟慶惠（1997：98～99，430～432，555～556）

的調查，今日的皖中江淮官話、皖南徽語、寧國湖北話，中古的非、敷、奉母字讀爲[f]，如：皖中江淮官話「夫、飛、風、敷、豐、父」，皖南徽語「方、肺、蜂、肥」，寧國湖北話「反、福、粉、紛、覆、馮、服」等非、敷、奉母字都讀爲[f]，故將其敷音擬作[f]。

特別的是在今日徽語績溪方音與寧國湖北話當中，有少數無法分辨[f]與[xu]兩音，即曉匣母字合口呼時多數會讀作[f]音，而《山門新語》一書則無此種情形發生。

（四）齒齶合音：濡

十四韻部中，齒齶合音「濡」所收的字分別有「濡、儒、如、汝；穰、攘；婼、惹；揉、柔；饒、擾；仍、稔、任；髯、然、冉；犉、紉；而、耳、蕊；戎、茸」等，以上各韻部收字來源，主要爲中古日母字。

由以上收字來看，可知「濡」音收字爲中古日母字。從現代方言的讀音來看，根據孟慶惠（1997：98～99，415，555～556）的調查，中古日母字的發展有些許不同，如：皖中江淮官話「繞、揉、染、人、日」等中古日母字多讀成[ʐ]音；皖南徽語「繞、然、讓、日」等中古日母字多讀成[n][ŋ]聲母，少數讀[ø]聲母；寧國湖北話「饒、柔、讓、如、儒」等中古日母字大多讀作[ʐ]音外，但已有部分合流於零聲母。由於《山門新語》一書中的齒齶合音「濡」字中，並沒有與零聲母合流的跡象，且名稱上也與鼻音無關，故配合上文將齶音擬爲[tʂ]、[tʂʰ]、[ʂ]的看法，將其濡音擬作[ʐ]。

經過以上討論，《山門新語》的聲母共有十九個，擬音如下表：

表4-7：十九聲母的擬音

十九聲母	五正音															四變音			
	喉音			舌音			唇音			齒音			齶音			喉齒合音	舌齶合音	唇齒合音	齒齶合音
	散	按	泛	散	按	泛	散	按	泛	散	按	泛	散	按	泛				
擬音	呱 k	枯 kʰ	烏 ø	都 t	菟 tʰ	駑 n	逋 p	鋪 pʰ	摸 m	租 ts	粗 tsʰ	蘇 s	朱 tʂ	初 tʂʰ	疎 ʂ	呼 x	攄 l	敷 f	濡 ʐ

第五章　《山門新語》的韻母

　　本章旨在探究《山門新語》的韻母，首先論述作者如何從主觀琴律概念建構出應合天地自然之音的韻母體系，且針對韻母的安排形式加以說明，並探究三十韻母歸併爲十四韻部的情況；其次著眼韻母體系中語音的歷時演變，與中古韻攝、《中原音韻》、《佩文韻府》相互對照，以觀察各韻類分化、歸併的情況；^{〔註1〕}最後則確立各韻類在音韻結構中所處之地位，進而構擬其音值。

第一節　韻母的描述

　　以下先說明韻母體系的建構歷程，再論述三十韻母的分部情況與所承繼的語音依據。

一、韻母體系的建構

　　以下分作「作者主觀意念」與「韻圖形式展現」兩方面說明：

（一）作者主觀意念

　　下文說明作者如何轉化琴律概念，以建構出「五音六律相生三十韻母」的體系，並對三十韻母之數的象徵意涵進行考察。

〔註 1〕關於本文選擇中古韻攝、《中原音韻》、《佩文韻府》三項基準，作爲觀察韻母語音歷時演變的原因，將於本章論述中說明。

1、概念的轉化

在韻母體系的建構上，作者仍以古琴樂器中所悟出的主觀「琴律」意念作為原則，首先藉托「五音音階」、「十二律呂」等音樂術語，其次再運用古代律學「三分損益律」的模式，最後轉化建構出一套特殊的韻母體系，如自序所云：

> 夫惟春始一陽，故琴律以黃鐘之宮為諸音之首，於三統為天，於時為冬至夜半，於人為赤子初生。黃鐘之宮三分損益，遞生徵商羽角為五音，三分損益遞生太簇、姑洗、蕤賓、夷則、無射為六律，五音即五行之氣經聲也，六律即四時之氣緯聲也。（頁12）

由於作者深信樂律與語音兩者，必定有著共生的起源聯繫，所以在觀察到各樂律中的樂音，乃先以「黃鐘之宮」作為諸音衍變的起始點，再經由「三分損益律」的模式進行規律的衍生變化後，也理所當然的認為音韻學中各個韻母的衍生情況，亦可依循如此模式衍變。因此，作者首先尋覓人體所發最初始之音（赤子初生之時），以此作為語音生成的起始點，其自序云：

> 人之身內有心肝肺脾腎，而外有喉舌脣齒齶，一身之氣孕乎丹田而周乎腑臟以出於喉，故氣為音母，而元氣初發第一聲又為眾音之母，赤子初生呱呱而泣，則呱字為生人開口第一聲，其氣出於渾然而無少欠缺，其音發於自然而無庸仿效，其聲得之同然而毫無歧異，所謂天音也。……音以氣之開闔分陰陽，而開闔之中其氣之出於口者，有凝、散、舒、含、升、斂之不同，斯聲之入於耳者，不能無圓橢曲直銳豎之異，故呱字遞生五音，應宮商角徵羽為同均之聲，遞生三十音，分十二律為同律之音，律不同而音與音韻雌雄相應，如璧之合為同聲之音；韻不同而音隨音轉後先相續，如珠之聯為同氣之音，其聲氣皆不同而以類相和者則為同調之音，此三十字皆為喉之天音而皆為韻母也。（頁13～14）

確立「呱音」為人體之音的起點後，鑑於語音出於口時所造成「凝、散、舒、含、升、斂」的不同，所以必須依一定的準則來規範，於是乃仿效樂律中「五音」與「十二律呂」的衍變情況，轉化建構出一套「五音六律相生三十韻母」的體系，其體系則如〈圖說第三〉：

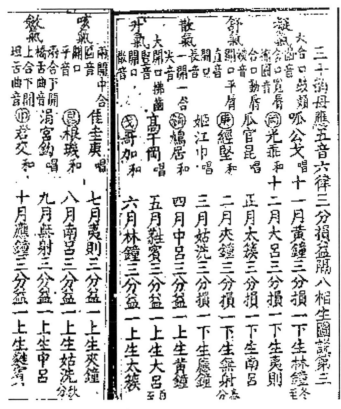

圖 5-1：五音六律三分損益隔八相生圖說第三

　　該圖中分別援引「五音」〔註2〕、「六律」、「陰陽」、「五行」、「八卦」、「四時」等概念，〔註3〕作爲闡發三十韻母相生、分合的運作模式，不但要突顯三十韻母乃與各概念相互呼應所成，也更要證成三十韻母是代表天地自然之音的展現。

2、象徵的意涵

　　在用來導其成書之源的〈十二圖說〉內容中，其實就已經明顯表現出作者援引諸多概念，說明韻母體系建構爲三十韻母的最終目的，乃在於突顯三十韻母代表融通天地自然之音的象徵。如〈三十韻母在天成象圖說第一〉所云：

> 　　三十韻母按之琴律皆爲天音，故能上應天象，呱字爲衆音之母，其
> 音闔之極是爲北極；高字與呱相對其音開之極，故爲南極，……三

〔註2〕該圖中並未清楚標明三十韻母與「五音」的對照情況，必須從〈三十韻母應五音六律三分損益隔八相生圖說第三〉的內文說明才能得知，如以「凝氣」一列爲例，「呱、公、戈、光、乖」五韻則分別對應「宮、商、角、徵、羽」五音。

〔註3〕關於作者論述三十韻母能有「五音相生之序」、「六律相生之序」、「分陰分陽」、「分五行」、「分八卦」、「分四時」的運作模式情況，可參見〈圖說第三〉中的描述，這裡不再分別討論。

十韻母升兩大音而平列二十八音，乃與二十八宿數適相符，猶《皇
極經世》升四正卦、平列六十卦，與元會運世數適相符也。（頁31）

作者為了避免因各地方音不同，所造成韻部讀音上的訛誤情況，於是在挑選三
十韻母時，平聲韻目皆選用相應於琴律喉散音處的韻字，〔註4〕不但能統整各韻
目在語音上的相似性，也迎合了三十韻母皆為喉之天音（散音）的意念。所以
又將三十韻母與天象的排序概念相應（如以大闔之音「呱」對應北極、大開之
音「高」對應南極），故各別來看三十韻母各為天音所現，整體來看則是能應合
天象，呈顯自然之音，而在〈三十韻母在地成形圖說第二〉中，則是對其應合
地形的概念進行論述，乃與應合天象的說法雷同，就不再重複贅述。因此，三
十韻母之數的象徵意涵，就誠如〈圖說第三〉中所云：

> 然則自天開於子，第一刻積而至一十二萬九千六百年，其間天地之
> 廣大，人物之蕃多，事勢之更變，皆可以三十音通之，故以三十音
> 統攝五方之口音而莫能增減一音，即以三十字統攝千古之文字而莫
> 能增減一字，以此三十字皆經籍之本字本音，於此圖未嘗假一字變
> 一音也，以五音六律皆經籍所傳之成法定度，於此圖未嘗更一法改
> 一度也，夫不假一字、不變一音、不更一法、不改一度，而音之應
> 律體陰陽而通造化工巧不可思議如此，此琴律切音之定法也，夫豈
> 非三代以上切音之遺法歟。（頁64～65）

除了表面上是一種語音的歸類形式外，其實更可說是經由作者主觀意念運作
下，所認定天地自然之音的語音規範。

此外，在論及三十韻母體系的建構過程中，作者曾兩度引述宋代邵雍《皇
極經世‧聲音唱和圖》的觀點作為佐證說明，〔註5〕如〈圖說第三〉所云：

> 且夫三十者日行天一時之度也，小之以一韻為一刻，則五六三十當
> 一時：大之以一律為一會，則六五十二當一元，乃知邵子皇極之數，
> 時日月年、世運會元，一三十之所貫注其聲音唱和圖。（頁64）

這不禁令人猜想，作者建構應合天地自然之音的靈感來源，乃與《皇極經世‧

〔註4〕即以「見系字」為韻目名稱，乃與《韻法直圖》一系列的韻圖相同。

〔註5〕關於本書引述邵雍《皇極經世‧聲音唱和圖》的觀點，可分別見於〈圖說一〉頁
31與〈圖說三〉頁64等兩處。

聲音唱和圖》有著相當大的關連性，〔註6〕不過由於《山門新語》一書中引述的觀點有限，且在全書之中也沒有陳述其思想的承繼，所以還有待考察其他因素後再另行討論。

（二）韻圖形制展現

在轉化「五音」、「六律」……等概念建構出三十韻母體系之後，則更進一步針對三十個韻母（平聲）及其上去入三聲的韻字作出語音上的排序，乃依據作者所制定「同聲相應、同氣相求」的準則，將三十韻母依其同聲（可歸併為同韻部）、同氣（可為相同的入聲字）的關係，歸類情況如〈圖說第五〉：

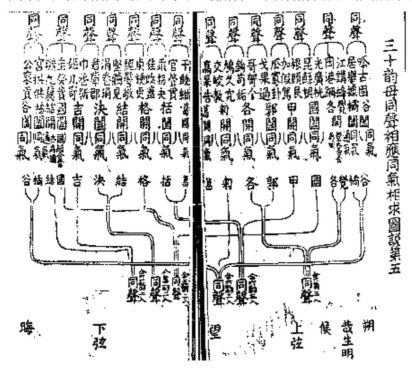

圖 5-2：同聲相應同氣相求圖說第五

作者為了將可歸為同聲同氣的韻目排在一起，所以也影響了韻目的排列先後順序。另外，又將各韻部中的入聲字，再以「同聲」的方式歸併為六部，這就是〈合韻同聲譜〉中將平上去聲歸為十四部、入聲為六部的由來，而其中有關分部的詳細情況，則留於下文深入探討。

〔註 6〕在王松木（2000：289）中，以類型學的歸類角度將明代韻圖歸納為四大類，其中「哲人證成玄理的象數圖式」一類型，就以《皇極經世・聲音唱和圖》為源頭，開展出：雜糅《易》理象數與比附律呂風氣兩種。因此，這或許可以說明《山門新語》與《皇極經世・聲音唱和圖》兩書的承繼關係。

二、三十韻母的分部

　　若將代表傳統 206 韻的《切韻》系韻書與《山門新語》韻母體系的三十韻母相比，其差異可說是非常大的，然而作者究竟爲何會有如此的想法，語音體系又承繼於何處呢？下面則從「分部的方法」與「依循的語音觀念」兩個觀點來作闡述分析。

（一）改從《琴律切音》〔註7〕之法

　　該書的韻母，除了在韻目的挑選上加以統整之外，更從傳統 206 韻的分部（57 組平上去聲），大舉歸併爲三十韻母（30 組平上去聲），其主要的原因在於作者自有一套「琴律切音」的歸併法則，如〈十論琴律切音分韻之法〉所云：

> 惟其以字形分韻，是以分至二百六部之多，以字形分韻猶以斗升量布帛也，切韻者既以字之形體分韻部，而論韻者又以字之意義分陰陽，於是有東辰爲陽、幽宵爲陰之說，非特東爲闔音屬陰、幽宵爲開音屬陽，音之陰陽無關字義，而且切韻之分部本不分陰陽，自東魚蕭庚四類之外皆陰陽混收，安能舉部首一音而概全韻；以字義分韻部之陰陽，猶以尺寸度粟菽也，且夫切韻者以形分韻其分形愈細則其分聲愈疎，惟其不當分而分，勢必至當分而不及分耳。（頁 19）

可知從作者的語音認定來看，當時對於傳統《切韻》系韻書所劃分的 206 韻，已無法完全明白語音分合的關鍵所在，甚而誤以爲傳統論韻者之所以會有 206 韻的細分情況，是源於不當使用「以字分音」的方式，而形成有所謂「字之形體分韻部」、「字之意義分陰陽」的情況。

　　因此，作者才有改從「以韻分音」的想法產生，也就是所謂的「琴律切音之定法」，其主要的內涵則包括了「同聲相應、同氣相求」、「韻之開闔分陰陽」兩項特點，作爲韻部歸併時的原則條件。以下則論述其原則展現於平、上、去、入四聲所造成的歸部情況：

〔註 7〕此處將「琴律切音」四字加上書名號，乃因筆者認爲「琴律切音之法」其實就是《山門新語》一書所使用的切音分部準則之名稱，也就是《山門新語》一書所使用的分部方法，因此加以冠上書名號視同《山門新語》一書。這或許也可解釋《山門新語》一書，爲何又稱作《周氏琴律切音》了。

1、三十韻母合為十四部（平、上、去聲）

在闡述三十韻目乃源於「五音音階」、「十二律呂」等概念所生後，作者便要以語音學的框架對韻目進行歸類。如〈三十韻母四聲一氣殊途同歸圖說第四〉所云：

> 於以知分韻母之陰陽，是韻學第一關，毫釐千里之差實由於此，能定韻母之陰陽而後能得眞入聲，每一音之平上去入協之，以天然之六律於口之開闔、胸之舒蹙、呼之深淺、煩之寬窄、力之輕重、勢之緩急、氣之升降、舌之曲直、聲之凝散、響之虛實、音之剛柔、韻之清濁無不同度，乃爲眞入聲，所謂四聲一氣也，豈東董凍德云爾哉。（頁67～68）

該書主張「以氣主聲」的觀點，首先便以氣之陰陽作爲分類標準，而氣之陰陽則又對應於「韻之開闔分陰陽」，因此便可將其韻目先總歸爲開、闔兩大類（開音十七、闔音十三）〔註8〕。其次，在定立韻母之陰陽後，便以此推求上、去、入三聲，且以入聲之字作爲其氣，統歸各組之字的關係，即所謂「四聲一氣、殊途同歸」，而如〈圖說第四〉所示：

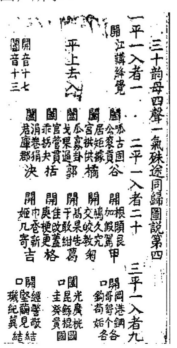

圖 5-3：四聲一氣殊途同歸圖說第四

〔註 8〕該書韻目所分開音十七、闔音十三的情況，作者認爲又可與古琴形制相應，如〈圖說四〉所云：「開音十有七韻者，琴均五音六律六呂之合數絃之數也；闔音十有三韻者，徵之數也。」

而在平、上、去聲方面，又依循「同聲相應」的準則，將平聲三十韻母，依可否歸為同一韻部的標準，將其總歸為十四部，即所謂三十韻母合為十四部。

2、入聲兼配陰陽合為六部

三十韻母中共用了「覺、谷、橘、郭、括、決、甲、菊、葛、格、吉、各、國、結」等十四個入聲字，〔註9〕作為歸併十四部的劃分，而作者則又將這十四部，依照「同聲相應」的方式，將其總歸為六部，故該書入聲可歸併為六部。然而為何三十個韻中不論陰陽都排有入聲呢？此乃與作者主張各聲皆有氣作為主宰有密切相關，因此在韻部配合時，則改變傳統韻書的入聲配陽聲的慣例，不論陰陽聲處皆配有入聲字，用以貫徹「以氣主聲」的意念。另外，也或許是因本書的入聲韻尾–p –t –k已經弱化，所以產生這樣的情況。

（二）依循《切韻》分部之音

儘管《山門新語》一書盡改傳統《切韻》系韻書分部的法則，然而其所依循的語音歸類是否也因此而有所不同呢？其自序云：

> 此則琴律切音大有賴於切韻分部數千年，朝廷雅頌之作，科場詩賦之制，遵為成憲，豈容輕議，顧以百六部供詞章之用，而以三十母定韻之法，道有並行而不悖者。（頁26）

可知作者雖採以「琴律切音」的方式重新劃分韻部，但其本身所蘊含的語音歸併條件應該是與「切韻分部」的結果不相違逆。另外，再由〈琴律四聲分部合韻同聲譜〉所云：「凡韻府所無之字，而為《廣韻》所有之音，則採補以備音次，非妄增也。」則可以大略明白，作者編撰目的主要在於成為文人填詩的依據，所以《山門新語》一書的語音歸類應與「平水韻」的詩韻系統相似。

而其實平水韻的詩韻系統，也與傳統《切韻》音系息息相關，如林燾、耿振生（1997：94）所云：

> 《廣韻》的206韻到宋代實際上已經合併成108韻。王文郁等人按

〔註9〕 其中二十八櫼韻的入聲字中，共收有「結、竭、葉；則、測、塞；質、尺、十」等九字，其中前六字已於佳、經兩韻出現，所以應以「質、尺、十」三字作為代表；而再依據〈琴律四聲分部合韻同聲譜〉所列入聲第六部之名，亦為「吉質合韻第六部」，故以「質」字作為二十八櫼韻的入聲代表字較為恰當。因此，嚴格來說《山門新語》用了十五個入聲字作為分部依據。

照《禮部韻略》規定的同用，再略微有所調整，便合併爲 106 韻的系統。所以平水韻的系統仍然應該算是《切韻》音系的延續，是《切韻》音系演變的最後歸宿。

因此，若要探究《山門新語》韻母的來源，或許可與《廣韻》206 韻、《中原音韻》19 部、清代詩韻《佩文韻府》106 韻相互比較，以作爲觀察各韻部語音分合的對照。〔註10〕

不過若要再深入探究韻母的音系，其自序中所言也僅止能作爲次要參考，要眞正確立《山門新語》音系中所含攝的韻母，探究語音演變的規律，仍應以〈琴律三十韻母分經緯生聲按序切音圖說〉所收之字作爲主要依據才是。

第二節　韻母的討論

要確立《山門新語》在韻母方面所表現出來的實際狀況，可藉由代表中古音系的《廣韻》來與〈切音圖說〉韻母作對照，從中瞭解《山門新語》韻母的語音特徵。而從〈四聲分部合韻同聲譜〉得知，作者又分別將三十韻母的平上去三聲（舒聲）歸併爲十四部、入聲歸併爲六部，因此本文進行統計分析時，則分作兩部份來討論。

一、十四韻部的合併

以下先分別統計三十韻母（舒聲）的來源，再依據統計的結果，介紹韻母的音變特點。

（一）三十韻母的歸類（舒聲）

下表即爲筆者查考〈切音圖說〉中所收錄 2277 個例字與中古《廣韻》206 韻的對應關係，先將平上去三聲所得數據統計如下，以瞭解其語音歸併的規律所在。

〔註10〕　由於《山門新語》的韻母系統主要是承繼《切韻》音系演變而來，且屬於發展《中原音韻》一系韻書的「濁音清化北音系統」，所以下文才以《廣韻》206 韻、中古 16 韻攝、《中原音韻》19 部、清代詩韻《佩文韻府》106 韻作爲參照基準。關於本書屬於「濁音清化北音系統」的情況，請參考本章第三節〈擬音的原則〉中的詳細說明。

表5-1:〈切音圖說〉(平、上、去) 與《廣韻》韻母分析統計表

14部	三十韻		平　聲	上　聲	去　聲
一	闔	呱	魚合三$_3$虞合三$_7$模合一$_{23}$	語合三$_3$麌合三$_3$姥合一$_{13}$	御合三$_1$遇合三$_8$暮合一$_{24}$
	闔	居	魚合三$_{17}$虞合三$_5$	語合三$_9$麌合三$_4$	御合三$_{16}$遇合三$_6$
二	開	江	江開二$_2$	講開二$_1$	絳開二$_1$
			陽開三$_{17}$	養開三$_{11}$	漾開三$_{18}$
	開	岡	江開二$_1$	講開二$_2$	絳開二$_1$
			陽開三$_5$唐開一$_{19}$	養開三$_4$蕩開一$_{11}$	漾開三$_5$宕開一$_{20}$
	闔	光	江開二$_2$		絳開二$_1$
			陽開三$_2$陽合三$_5$唐合一$_4$	養開三養合三$_2$蕩合一$_3$	漾開三$_3$漾合三$_4$宕合一$_4$
三	闔	昆	文合三$_3$魂合一$_{20}$	吻合三$_1$混合一$_{14}$	問合三$_4$慁合一$_{20}$
	開	根	眞開三$_2$臻開二$_2$痕開一$_6$	軫開三$_2$　　很開一$_5$	震開三$_1$　　恨開一$_5$ 焮開三$_2$
				寢開三$_1$	
四	開	加	麻開二$_{10}$麻開三$_{13}$	馬開二$_4$馬開三$_{10}$	禡開二$_8$禡開三$_9$
	闔	瓜	麻開二$_{10}$麻開三$_1$麻合二$_8$	馬開二$_6$　　馬合二$_5$	禡開二$_9$禡開三$_1$禡合二$_7$
				梗開二$_1$	卦合二$_1$
五	闔	戈	歌開一$_1$戈合一$_{21}$	果合一$_{13}$	箇開一$_1$過合一$_{21}$
	開	哥	歌開一$_{15}$戈合一$_2$	哿開一$_{10}$果合一$_1$	箇開一$_{15}$過合一$_1$
六	開	鉤	尤開三$_{13}$侯開一$_{17}$幽開三$_1$	有開三$_5$厚開一$_{14}$	宥開三$_{12}$候開一$_{18}$幼開三$_1$
	開	鳩	尤開三$_{19}$侯開一$_2$幽開三$_5$	有開三$_{11}$厚開一$_3$	宥開三$_{17}$候開一$_6$幼開三$_2$
七	開	交	蕭開四$_5$宵開三$_{20}$肴開二$_4$	篠開四$_8$小開三$_9$巧開二$_1$	嘯開四$_7$笑開三$_{17}$效開二$_5$
	開	高	肴開二$_8$豪開一$_{19}$	巧開二$_4$皓開一$_{13}$	效開二$_6$號開一$_{21}$
八	開	干	寒開一$_{10}$桓合一$_2$ 刪開二$_4$山開二$_3$	阮合三$_1$旱開一$_7$ 潸開二$_2$產開二$_3$	願合三$_2$翰開一$_{13}$ 諫開二$_4$襇開二$_2$
			覃開一$_4$談開一$_2$ 咸開二衘開二$_1$凡合三$_2$	感開一$_3$敢開一$_1$琰開三$_1$	勘開一$_1$闞開一$_1$ 陷開二$_1$鑑開二$_2$

	闔	官	桓合一$_{17}$ 刪合二$_2$ 仙合三$_2$	阮合三$_1$ 緩合一$_{12}$ 產開二$_2$ 獮合三$_1$	換合一$_{17}$ 諫合二$_3$ 襉開二$_1$ 線合三$_2$
			覃開一$_1$　鹽開三$_1$ 銜開二$_1$	感開一$_1$	闞開一$_1$
九	闔	乖	皆合二$_3$ 灰合一$_4$	蟹合二$_1$　賄合一$_3$	怪合二$_1$ 泰合一$_5$ 夬合二$_2$
	開	佳	佳開二$_4$ 皆開二$_5$ 灰合一$_4$ 咍開一$_{13}$	蟹開二$_4$ 海開一$_{10}$	卦開二$_5$ 怪開二$_4$ 代開一$_8$ 泰開一$_5$ 泰合一$_1$ 夬開二$_3$
				紙開三$_1$ 止開三$_1$ 尾開三$_1$	
	開	庚	庚開二$_5$ 庚合三$_1$ 耕開二$_5$ 耕合二$_1$ 清開三$_1$	梗開二$_6$ 梗合三$_1$ 耿開二$_1$	映開二$_9$ 諍開二$_1$ 徑開四$_2$
			蒸開三$_5$ 登開一$_9$	等開一$_4$	證開三$_8$ 嶝開一$_2$
			侵開三$_1$	寢開三$_5$	沁開三$_1$
十	開	經	庚開三$_3$　耕開二$_2$ 清開三$_{11}$　青開四$_7$	梗開三$_4$　耿開二$_1$ 靜開三$_5$ 靜合三$_1$ 迥開四$_5$	映開三$_8$ 映開二$_1$ 勁開三$_9$　徑開四$_6$
			蒸開三$_5$		證開三$_1$ 嶝開一$_2$
			侵開三$_3$	寢開三$_2$	沁開三$_3$
	開	堅	元開三$_1$　先開四$_{13}$ 仙開三$_{13}$ 仙合三$_1$	銑開四$_4$ 獮開三$_{10}$	願開三$_1$ 襉開二$_1$ 霰開四$_{13}$ 線開三$_{11}$
			鹽開三$_3$	琰開三$_3$ 忝開四$_1$	豔開三$_1$ 㮇開四$_2$
十一	闔	涓	元合三$_3$ 先合四$_1$ 仙合三$_{15}$	阮合三$_1$ 銑合四$_2$ 獮合三$_8$	願合三$_3$ 霰合四$_2$ 線合三$_{10}$ 霰開四$_2$
				琰開三$_1$	豔開三$_3$
	闔	君	諄合三$_{12}$ 文合三$_5$	準合三$_8$ 吻合三$_1$	震開三$_2$ 稕合三$_7$ 問合三$_5$
十二				迥合四$_1$	
					沁開三$_1$
	開	巾	眞開三$_{22}$ 諄合三$_1$ 欣開三$_2$	軫開三$_{12}$　隱開三$_3$	震開三$_{18}$ 稕合三$_1$ 焮開三$_3$
					映開三$_1$ 徑開四$_3$
	開	姬	支開三$_{11}$ 脂開三$_3$ 之開三$_3$ 微開三$_2$	紙開三$_3$ 旨開三$_2$ 止開三$_4$ 尾開三$_1$	寘開三$_8$ 至開三$_8$ 志開三$_1$
十三			齊開四$_{10}$	薺開四$_8$	霽開四$_7$ 祭開三$_4$
	闔	圭	支開三$_2$ 支合三$_2$ 脂開三$_2$ 脂合三$_8$ 微合三$_5$	紙開三$_1$ 紙合三$_6$ 旨開三$_1$ 旨合三$_4$ 尾合三$_1$	寘開三$_2$ 寘合三$_4$ 至開三$_2$ 至合三$_7$ 未合三$_6$
			齊合四$_2$ 灰合一$_{10}$	薺開四$_1$ 賄合一$_5$	霽合四$_1$ 隊合一$_4$ 祭合三$_6$

	開	機	支開三₂ 脂開三₁ 之開三₁₁ 微開三₁	紙開三₃ 旨開三₁ 止開三₅	寘開三₂ 至開三₆ 志開三₆ 未開三₁
十四	闔	宮	東合一₁ 東合三₆ 冬合一₄ 鍾合三₁₆	董合一₄ 腫合三₁₄	送合三₂ 宋合一₁ 用合三₁₆
	闔	公	東合一₁₅ 東合三₉ 冬合一₂ 鍾合三₂	董合一₁₂ 腫合三₅	送合一₁₇ 送合三₆ 宋合一₃ 用合三₂

註1：爲利於觀察對照，乃將三十韻母中206韻的分佈情況依四聲相承的對應方式排列。

註2：206韻旁所標示的數字，代表與〈切音圖說〉中的例字韻母之相應次數。

註3：三十韻中，又以虛線方式區別中古韻攝的不同。

若再從整體來觀察，將上表所呈現的少數讀音另外標註，並依據前文所言，加入中古16韻攝與《中原音韻》19部、《佩文韻府》106韻的對照，觀察彼此韻部間的對應關係，可將從〔表5-1〕所知歸納206韻建構出三十韻母的大概歸類，進而更進一步整理出三十韻母中各類所含攝的中古韻母來源，列如下表：

表5-2：三十韻母（平、上、去）與《廣韻》、中古韻攝、《中原音韻》、《佩文韻府》對照表

14部	三十韻母		《廣韻》206韻		中古韻攝 十六攝	《中原音韻》 十九部	《佩文韻府》 106韻
			韻目	等呼			
一	闔	呱	魚語御 虞麌遇 模姥暮	合三 合三 合一	遇攝	魚模 [u]、[iu]	魚語御 虞麌遇
	闔	居	魚語御 虞麌遇	合三 合三	遇攝		魚語御 虞麌遇
二	開	江	江講絳	開二₄	江攝	江陽 [aŋ]、[iaŋ]、[uaŋ]	江講絳
			陽養漾	開三	宕攝		陽養漾
	開	岡	江講絳	開二₄	江攝		江講絳
			陽養漾 唐蕩宕	開三 開一	宕攝		陽養漾
	闔	光	江　絳	開二₃	江攝		江講絳
			陽養漾 唐蕩宕	開三、合三 合一	宕攝		陽養漾
三	闔	昆	文吻問 魂混慁	合三 合一	臻攝	眞文（臻攝洪音字） [ən]、[uən]	文吻問 元阮願
	開	根	眞軫震 臻 痕很恨 欣	開三₅ 開二₂ 開一 開三₂	臻攝		眞軫震 元阮願 文吻問
			寢	開三₁	深攝		侵寢沁

四	開	加	麻馬禡	開二、開三	假攝	車遮 [iɛ]、[iuɛ]	麻馬禡
	闔	瓜	麻馬禡	開二、合二、開三₂	假攝	家麻 [a]、[ia]、[ua]	麻馬禡
			梗	開二₁	梗攝		庚梗敬
			卦	合二₁	蟹攝		佳蟹卦
五	闔	戈	歌箇 戈果過	開一₂ 合一	果攝	歌戈 [ɔ]、[iɔ]、[uɔ]	歌哿箇
	開	哥	歌哿箇 戈果過	開一 合一₄	果攝		歌哿箇
六	開	鉤	尤有宥 侯厚候 幽幼	開三 開一 開三₂	流攝	尤侯 [əu]、[iəu]	尤有宥
	開	鳩	尤有宥 侯厚候 幽幼	開三 開一 開三	流攝		尤有宥
七	開	交	蕭篠嘯 宵小笑 肴巧效	開四 開三 開二	效攝	蕭豪 [au]、[iau]、[ɑu]	蕭篠嘯 肴巧效
	開	高	肴巧效 豪皓號	開二 開一	效攝		肴巧效 豪皓號
八	開	干	阮願 寒旱翰 桓 刪潸諫 山產襉	合三₃ 開一 合一₂ 開二 開二	山攝		元阮願 寒旱翰 刪潸諫
			覃感勘 談敢闞 琰 咸陷 銜鑑 凡	開一 開一₄ 開三₁ 開二₂ 開二₃ 合三₂	咸攝	寒山（山攝、咸攝凡韻）[an]、[ian]、[uan] 桓歡（山攝一等合口）[uɔn]	覃感勘 鹽琰豔 咸豏陷
	闔	官	阮 桓緩換 刪諫 產襉 仙獮線	合三₁ 合一 合二₅ 開二₃ 合三₅	山攝	監咸（咸攝洪音）[am]、[iam]	元阮願 寒旱翰 刪潸諫 先獮霰
			覃感 闞 鹽 銜	開一₂ 開一₁ 開三₁ 開二₁	咸攝		覃感勘 鹽琰豔 咸豏陷

九	闔	乖	蟹 皆　怪 夬 灰賄 泰	合二₁ 合二₄ 合二₂ 合一 合一₅	蟹攝	齊微 [uei]	佳蟹卦 灰賄隊 泰
	開	佳	佳蟹卦 皆　怪 夬 灰 咍海代 泰	開二 開二₃ 合一₄ 開一 開一₅、合一₁	蟹攝	皆來 [ai]、[iai]、[uai]	佳蟹卦 灰賄隊 泰
			紙 止 尾	開三₁ 開三₁ 開三₁	止攝		支紙寘 微尾未
十	開	庚	庚梗映 耕耿諍 清 徑	開二、合三₃ 開二、合二₁ 開三₁ 開四₂	梗攝	庚青（梗曾攝） [əŋ]、[iəŋ]、 [uəŋ]、[iuəŋ]	庚梗映 青迥徑
			蒸/證 登/等嶝	開三 開一	曾攝		蒸/青迥徑
			侵寢沁	開三	深攝		侵寢沁
	開	經	庚梗映 耕耿 清靜勁 青迥徑	開三、開二₁ 開二₃ 開三、合三₁ 開三	梗攝	侵尋（深攝） [əm]、[iəm]	庚梗映 青迥徑
			蒸/　證 /嶝	開三 開一₂	曾攝		蒸/青迥徑
			侵寢沁	開三	深攝		侵寢沁
十一	開	堅	元　願 襇 先銑霰 仙獮線	開三₂ 開二₁ 開四 開三、合三₁	山攝	先天（山攝） [iɛn]、[iuɛn]	元阮願 刪潸諫 先獮霰
			鹽琰豔 忝桥	開三 開四₃	咸攝		鹽琰豔
	闔	涓	元阮願 先銑霰 仙獮線	合三 合四₅、開四₂ 合三	山攝	廉纖（咸攝） [iɛm]	元阮願 先獮霰
			琰豔	開三₄	咸攝		鹽琰豔

十二	闔	君	震諄準稕 文吻問	開三$_2$ 合三 合三	臻攝	眞文（臻攝細音字） [iən]、[iuən]	眞軫震 文吻問
			迴	合四$_1$	梗攝		青迥徑
			沁	開三$_1$	深攝		侵寢沁
	開	巾	眞軫震 諄　稕 欣隱焮	開三 合三$_2$ 開三	臻攝		眞軫震 文吻問
			映 徑	開三$_1$ 開四$_3$	梗攝		庚梗映 青迥徑
十三	開	姬	支紙寘 脂旨至 之止志 微尾	開三 開三 開三 開三$_3$	止攝	齊微（止、蟹攝） [i]、[ei]、[ui]	支紙寘 微尾未
			齊薺霽 祭	開四 開三$_4$	蟹攝		齊薺霽
	闔	圭	支紙寘 脂旨至 微尾未	開三$_5$、合三 開三$_5$、合三 合三	止攝	支思（止攝開口舌齒字） [ɿ]	支紙寘 微尾未
			齊薺霽 祭 灰賄隊	合四$_3$、開四$_1$ 合三 合一	蟹攝		齊薺霽 灰賄隊
	開	璣	支紙寘 脂旨至 之止志 微　未	開三 開三 開三 開三$_2$	止攝		支紙寘 微尾未
十四	闔	宮	東董送 多　宋 鍾腫用	合一$_5$、合三 合一$_5$ 合三	通攝	東鍾 [uŋ]、[iuŋ]	東董送 多腫宋
	闔	公	東董送 多　宋 鍾腫用	合一、合三 合一$_5$ 合三	通攝		東董送 多腫宋

註 1：表中將僅出現五次以下的例字，分別在 206 韻等呼旁加以標注，並將各韻中出現次數最多的等呼，加以灰底標示。

註 2：表中標註《中原音韻》的音值，[註11] 作爲後文音系構擬的參考。

　　《山門新語》三十韻母與《廣韻》206 韻的對應關係大致如上所列，可觀察出中古各個韻攝之間的分合情況。

〔註11〕　關於上表所標註的《中原音韻》音值，本文以寧繼福（1985）一書爲依據。

（二）韻母音變的特點

從〔表5-2〕的歸類情況，可以先得出一些《山門新語》的韻母語音特徵：

1、江攝混入宕攝

2、咸與山攝合流；深與梗、曾攝合流（–m韻尾的消失）

3、梗、曾兩攝合流

4、部分梗攝混入臻攝（–ŋ、–n韻尾相混）

5、止、蟹兩攝合流（舌尖元音 ɿ 的產生）

6、四等相混（四呼的產生）

以上這六項聲母特點來和鄭再發（1966：644）一文中，所指出屬於《山門新語》的語音特徵項目作比較（該文韻母部份列有：「ɿ 韻的產生」、「–m韻尾的消失」兩項），大致上是相符合的。特別要說明的是，鄭氏文中認為《山門新語》並沒有「四等泯滅」的語音特徵，然而是否又代表各韻之中四等分立不混呢？關於此問題則留待下文說明。

下文則針對陰、陽聲韻中幾項重要的語音規律，置於中古至近代的語音演變當中進行觀察（以中古韻攝的合併情況為觀察），以呈顯《山門新語》韻母的特色。另外，也與探究聲母時相同，以徽語和官話兩類現代方言語料作為代表，主要參酌孟慶惠（1997）一書的研究成果作為基準，並再加以平田昌司（1982）一書作為補充。

1、江攝與宕攝陽、唐韻開口字相混

《山門新語》江岡光合韻第二部，江、岡、光三韻中，主要以古宕攝字為主，另收入少數的江攝字，以下舉韻圖所列例字，分別標註《廣韻》反切及音韻條件，以 / 作為分隔，前為江攝例字、後為宕攝例字：

三江　降，下江切，匣母，江開二。／ 香，許良切，曉母，宕開三。

四岡　胮，匹絳切，滂母，江開二。／ 傍，蒲浪切，並母，宕開一。

五光　窗，楚江切，初母，江開二。／ 牀，士莊切，崇母，宕開三。

從該書未將江攝字獨立成一韻的情況來看，可以確定江、宕兩攝相混的語音現象。

若就歷時語音演變角度來看，江攝字應該早已和宕攝字相混，而根據孟慶惠（1997：433～435）一書調查「皖南徽語歙績片」的成果，江宕兩攝的例字

也如合韻第二部一樣，呈現混而不分的情況，甚而再從現代的國語來看，也都是呈現江、宕兩攝不分的情況。

　　2、–m韻尾的消失

　　中古–m韻尾的消失，在《中原音韻》（1324）裡已有了一個開端，即所謂聲母爲唇音而韻尾爲–m的字全部轉化爲收–n，但絕大多數的–m韻尾的字仍保存於「侵尋、監咸、廉纖」三個閉口韻中。根據鄭再發（1966）的觀察，有關–m韻尾的消失，最早則見於明李登《書文音義便考私覽》（1586）一書，而徐孝《重訂司馬溫公等韻圖經》（1602）書中，則是明顯的把中古收–m韻尾的咸、深攝字，分別歸入收–n韻尾的臻、山兩攝，故楊耐思（1981）才會有–m韻尾的全部轉化發生在十四世紀到十六世紀末約三百年的一段時間裡。」的時間斷限看法。

　　中古咸、深兩攝爲–m韻尾的主要來源，若從〔表 5-2〕可發現咸、深兩攝都沒有特別獨立成一部，甚而和其他韻攝相併，而與鄭再發（1966：644）指出該書呈現「–m韻尾的消失」之特徵是相符的，因此可說《山門新語》中的–m韻尾已呈現消失的情況。然而本書收–m韻尾的歸併，卻與一般傳統分別歸入收–n韻尾的臻、山兩攝的情況有所不同，大致來說中古咸攝字已與山攝字合併，而深攝字則與梗、曾兩攝合併，下面就針對此現象進行說明：

　　（1）咸與山攝合併（–m → –n）

　　《山門新語》咸攝字與山攝字相混的情況，主要見於干官合韻第八部和堅涓合韻第十一部中，兩部主要以山攝字爲主，而收錄了較少數的咸攝字。

　　a. 干官合韻第八部

　　下舉韻圖所列例字，以╱作爲分隔，前爲山攝例字、後爲咸攝例字：

　　　　十六干　壇，徒干切，定母，山開一。╱貪，他含切，透母，咸開一。

　　　　　　　　𡡓，女閑切，娘母，山開二。╱南，那含切，泥母，咸開一。

　　　　　　　　闌，落干切，來母，山開一。╱婪，盧含切，來母，咸開一。

　　　　十七官　欑，在丸切，從母，山合一。╱蠶，昨含切，從母，咸開一。

　　　　　　　　竄，七丸切，清母，山合一。╱鏨，藏濫切，從母，咸開一。

在干韻當中，如上所列表現山、咸攝合併的數量約有十五例，而分布於多種聲

母之中。若與官韻相比，官韻合併的例子則很稀少，僅有出現於從母和清母的五例。可知山、咸攝合併的情況，在干韻當中表現的較爲突出，–m韻尾消失後主要併於干韻之中。

b. 堅涓合韻第十一部

下舉韻圖所列例字，以／作爲分隔，前爲山攝例字、後爲咸攝例字：

二十二堅　年，奴顚切，娘母，山開四。／黏，女廉切，娘母，咸開三。

連，力延切，來母，山開三。／薕，力鹽切，來母，咸開三。

然，如延切，日母，山開三。／髥，汝鹽切，日母，咸開三。

二十二涓　纂，所眷切，書母，山合三。／贍，時豔切，禪母，咸開三。

戀，力卷切，來母，山合三。／燫，力驗切，來母，咸開三。

在堅韻當中，如上所列表現山、咸攝合併的數量約有十例，若與涓韻相比，堅韻合併的例子則很稀少，僅有出現於從母、章母、禪母、來母的四例。因此在該部裡，–m韻尾消失後主要合併於堅韻之中。

這種咸攝字併入山攝字的情況，可藉由董同龢（1979：179）指出：「凡在–m變–n的方言，咸攝字與山攝字都不分」之觀點來說明，可見是屬於一種歷時語音演變的趨勢。

（2）深與梗、曾兩攝合併（–m → –ŋ）

應裕康（1972：632）從本書合韻十四部的陽聲韻部分作收–n、–ŋ韻尾兩類之情況來看，因而認爲：「可見周氏分類，雙唇鼻音韻尾之陽聲韻，經已併入–n韻尾之陽聲韻矣。」然而從〔表5-2〕可知，部分代表中古收–m韻尾的深攝字，並非如應氏所言全都併入收–n的韻尾當中，而是與收–ŋ韻尾的梗、曾兩攝合併，形成庚經合韻第十部。從庚、經韻韻圖中的例字來看，可發現–m、–ŋ兩類韻尾已被視爲同韻字收錄，下舉韻圖所列例字，以／作爲分隔，前爲曾、梗攝例字、後爲深攝例字：

二十庚　罾，蘇增切，心母，曾開一。／佢，徐林切，邪母，深開三。

瞪，丈證切，澄母，曾開三。／鴆，直禁切，澄母，深開三。

生，所庚切，生母，梗開二。／甚，常枕切，禪母，深開三。

棖，直庚切，澄母，梗開二。／朕，直稔切，澄母，深開三。

二十一經　　輕，去盈切，溪母，梗開三。 ／ 琴，巨金切，羣母，深開三。

　　　　　　錫，徐盈切，邪母，梗開三。 ／ 心，息林切，心母，深開三。

　　　　　　陾，如之切，日母，曾開三。 ／ 任，如林切，日母，深開三。

若再參酌〈合韻同聲譜〉中的同音字表，還可發現更多–m、–ŋ兩類韻尾相混的情況，如：庚韻中生小韻有「生甥牲甦笙（梗攝）、參蔘槮森（深攝）」；經韻中經小韻有「經涇京慶鶊峒扃駉驚荊（梗攝）、金今衿紟黔禁襟（深攝）、矜兢（曾攝）」。又因本書中並沒有單獨由深攝字組成的韻部，所以應該可以認為深攝已經合併到梗攝、曾攝中去了。

　　庚經韻中這麼特別的–m、–ŋ兩類韻尾合併之情況又是如何形成的呢？竺家寧（1999a：235～237）就曾對「庚經」韻中為何能含攝幾種鼻音韻尾進行探究，竺氏先從作者籍貫為安徽寧國人的線索來觀察，指出今天的安徽合肥話與江淮官話的揚州話，已有曾梗攝的字多半已變讀為舌尖鼻音韻尾的情況，所以容易形成[–ən]、[–in]與[–əŋ]、[–iŋ]不分的形式，或是進一步形成韻母系統的鼻音韻尾失落而產生鼻化韻的情況，最後經由其他因素考量後，認為：「庚經韻已發生鼻化，舌尖和舌根鼻音韻尾都已經失落。」另外，高永安（2004a：195）將皖南方音語料分作，黔縣型、婺源型、寧國型時，也指出：「寧國的梗、曾攝字跟深攝合流的情況是比較特殊的，在本地區和周圍地區都很少有這樣的方音。」

　　由上述論點可知，造成這樣特殊的韻尾合併現象，應與作者本身所屬的皖南方音有密切的關係，故下面列舉今日當地所呈現的韻母特點作相互印證。如孟慶惠（1997：104）所指出皖中江淮官話的韻母特色：

> 來自曾攝和梗攝收–ŋ韻尾的陽聲字，合肥話已與深臻攝的陽聲韻混同，讀成收–n尾的ən、in、un、yn韻母。然而曾梗攝的陽聲字普通話大多是收–ŋ韻尾的。

又如孟氏（1997：439）所指出皖南徽語的韻母特色：

> 古音收–m尾的深攝和收–n尾的臻攝陽聲韻與收–ŋ尾的曾攝梗攝陽聲韻，今音混同，都讀成鼻化韻ʌ̃（盆朋彭）、iʌ̃（林鄰陵靈）、uʌ̃（棍貢）、yʌ̃（群瓊窮）

又如孟氏（1997：561）所指出皖南寧國湖北話的韻母特色：

> 寧國湖北話將古音曾梗攝陽聲韻的字與深臻攝陽聲韻的字，今音都
> 讀成了–n尾，造成了很多字音混同。例如：針、眞＝蒸、征，深、
> 身＝升、聲，林、鄰＝陵、靈，金、斤＝京、經。

綜合上述方言語料的情況，筆者認爲庚經韻的形成，或許就是顯現出–m、–ŋ
兩類韻尾合併的階段，而到了今日的方音則更進一步形成–ŋ、–n不分的情況，
最後則都讀爲–n韻尾。此外，再從本書各韻部的區別劃分來看，由於第三部昆
根韻與第十部庚經韻的主要元音都同爲[ə]音，所以更必須將第十部庚經韻視
爲–ŋ韻尾，否則就無法與第三部昆根韻區別。〔註12〕

3、少數梗攝字與臻攝字相混（–ŋ、–n韻尾相混）

　　該書的十四個合韻，在鼻音韻尾–n與–ŋ的區分上，幾乎都各自獨立成部，
並沒有相混的情況產生。但在主要來源爲中古臻攝收–n韻尾的君巾合韻第十二
部裡，卻有僅少數收–ŋ的梗攝字混入其中，下面列出其例字：〔註13〕

　　二十四君　　剶，七鳩切，清母，梗開三。

　　二十五巾　　佞，乃定切，泥母，梗開四。

　　　　　　　　偋，防正切，並母，梗開四。

　　　　　　　　平，皮命切，並母，梗開三。

　　　　　　　　暝，莫定切，明母，梗開四。

以上的五個例字中，巾韻「偋、平、暝」三字之聲母則皆爲唇音，或許因此產
生「異化作用」讓原本屬梗攝字舌根韻尾–ŋ轉變爲–n，所以才會有梗攝字與臻
攝字相混的情況發生，因此嚴格來說，該書並沒有表現如皖中江淮官話中，ən、
in與əŋ、iŋ不分的特徵。

〔註12〕　關於第三部昆根韻與第十部庚經韻的實際音值，可參見本章第三節〈韻母音值的
　　　　擬測〉。

〔註13〕　君巾合韻第十二部中，僅有六個特殊例外讀音，除下面所列的五個梗攝例字以外，
　　　　另外還包括二十四君韻中的一個深攝例字「迵」（戶頂切，匣母，合四），然從〈合
　　　　韻同聲譜・麇窀合韻第十二部〉後的註語可知，該字應爲作者所安排的特殊讀音，
　　　　故本文不將該字列入討論。

4、舌尖元音[ɿ]韻的產生

《中原音韻》（1324）中「支思韻」的獨立，可視爲最早舌尖元音[ɿ]韻完全形成的證據，而鄭再發（1966：644）則指出本書具備「舌尖元音 ï 的產生」之特徵，若從成書時間來看是沒有問題的，而再從韻部的分合來看，本書將姬圭璣三韻合爲一部，其中將姬、璣兩韻的分立的現象即是顯示了兩者應有所不同。

漢語中的舌尖元音[ɿ]韻可分爲[ɿ]和[ʅ]兩類，前者來自中古止攝開口精組聲母字，後者則來自止攝、蟹攝開口三等韻知、章、莊組聲母字。而若觀察二十八璣韻韻圖的例字，可發現璣韻來源皆爲止攝開口三等字，且在分布於精系和知、章、莊系的聲母上，可知姬、璣兩韻的不同應在於璣韻已成爲舌尖元音的[ɿ]韻。另外，更特別的是屬於舌尖元音韻母的璣韻竟然除了上述四類聲母外，又可與見系聲母字相配，形成[kɿ]或[kʰɿ]拼合的形式，如：璣紀冀（[k–]）、欺其技氣企（[kʰ–]）。竺家寧（1998b：194）認爲：「這種狀況很少在現代方言中出現，在現代方言中只有合肥、溫州有這種情況。可見推想含有安徽方言的影子。」而再根據孟慶惠（1997）一書調查「皖南方言」的成果，舌尖元音韻母與見系聲母字相配的情況也僅在「皖中江淮官話」（合肥話）中出現，如孟氏（1997：103）所云：

> 以舌尖前元音韻母 ɿ 構成的音節很多。它們既有來自止開三支脂之韻精組聲母字，也有來自止攝開口三等韻和蟹攝開口三四等韻幫組及端見系聲母的字。

因此，這種舌尖元音韻母與見系聲母字的特殊相配情況，應該是表現出皖中江淮官話的方音特色。

二十六姬韻所收之字則多以中古蟹攝字爲主，特別的是還含有現代屬於舌尖元音的字（如：精、知、章、莊系上的止攝開口三等字）置於其中，對於此種特別的情況，竺家寧（1998b：195）認爲：

> 《山門新語》中還有一些現代屬於舌尖元音的字，置於[i]韻母的姬韻中，例如「漬螭遲釃呎滯制稚世逝」等字。所以我們認爲，《山門新語》的舌尖元音還沒有發展完全，它只是舌尖元音發展的一個過渡階段。

可知姬韻中所收部分舌尖元音字的特色，可證明《山門新語》的舌尖元音正在發展過程中，所以姬璣兩韻仍可有所區別（見〔表 5-3〕）。另外，本書將姬圭璣三韻合爲一部，則因圭韻與姬璣兩韻爲開闔上的不同。

表 5-3：姬璣兩韻的收字情況

	主要收字	次要收字
二十六姬韻[i]	蟹攝開口四等字	止攝開口三等字（精、知章莊系）
二十八璣韻[i]	止攝開口三等字（見、精、知章莊系）	無

5、四等泯滅與四呼形成

要辨明中古四等、開合口是否轉變爲現代的四呼（開齊合撮），通常都是藉由中古一二三四等韻的界線是否相混與[y]韻的產生作爲判斷。羅常培（1956：65）就已指出明代等韻學家，如袁子讓《字學元元・讀上下等法辯》、葉秉敬《韻表・辯二等》、呂維祺《同文鐸・四等說》等，皆有併四等爲二等的趨向，可見十五、十六世紀的明代對於中古四等的區分已經相當不明顯，一二等和三四等難以分辨。

鄭再發（1966：644）一文中，認爲《山門新語》尚未有「四等泯滅」的語音特徵產生，然若從歷時的角度來觀察，鄭氏表中所列《山門新語》前後之書籍，幾乎都已有「四等泯滅」的語音情況發生，因此不免令人注意此一突現的特點。首先，以〔表 5-2〕對該書韻類所作的統計分布來看，各韻中已出現中古四等界線混淆，一二等韻合併、三四等韻合併的情況，例如：交高合韻第七部中，效攝一等豪韻和二等肴韻合爲「十五高韻」、效攝三等宵韻和四等蕭韻則合爲「十四交韻」，可見該書對於中古四等的區分已相當薄弱；其次，再從呱居合韻第一部來看，呱、居兩韻已是「模姥暮」和「魚語御」兩韻類獨立分開的情況，因此必然有[y]韻的產生，才能形成兩韻分立的辨別標準。

此外，在本書最後所附的〈琴律四聲分部合韻同聲譜〉之中，作者除了分別在各分部合韻的標題下，註明「開闔」情況外，又在平、上、去聲屬於同開、同闔的分部中，註記「清、濁」兩字，可將其註記情況列如下表：

表5-4：分部合韻同聲譜（平、上、去）註記「清濁」對照表

	平　聲	上　聲	去　聲	註　記
第一部	呱居合韻	古矩合韻	固據合韻	兩闔前濁後清
第二部〔註14〕	江岡光合韻	---	---	兩開後闔前清後濁
第六部	鉤鳩合韻	苟久合韻	姤救合韻	兩開前濁後清
第七部	交高合韻	皎杲合韻	教告合韻	兩開前清後濁
第十部	庚經合韻	梗景合韻	更敬合韻	兩開前濁後清
第十四部	宮公合韻	拱袞合韻	供貢合韻	兩闔前清後濁

　　可知在〈合韻同聲譜〉中，註記「清濁」的情況，僅會出現在同開、同闔的合韻分部中，〔註15〕因此筆者認爲註記「清濁」的目的，應是想更進一步說明「洪、細」差別的區別特徵，「清」指開口細音、闔口細音；「濁」則指開口洪音、闔口洪音，「清濁」乃爲介音[i]的有無區別。如呱居合韻第一部註記爲「兩闔前濁後清」，即是說明兩者雖同爲闔音，但呱韻爲闔口洪音、居韻則爲闔口細音，故書中雖未有明確的四呼名稱出現，但在語音的分類辨別時，作者卻已有這樣的觀念呈現。

　　綜上述所言，筆者認爲鄭氏文中所言未有「四等泯滅」的語音特徵觀點，應是僅從韻圖形制上只有「開闔」二呼之分而未有「開齊合撮」四呼名稱的出現來作考量，然而就本文所作的觀察，則認爲該書中對於中古四等的安排，乃應視爲雖無四呼之名，但卻有四呼語音分辨之實的情況才是！

6、少數開合口的變異情況

　　《山門新語》的三十韻母皆各別註記「開、闔」的標誌，若與〔表 5-2〕所查找的中古韻攝來比較，可發現大致上吻合，但仍有少許差異之例字存在。董同龢（1979：220）則指出中古韻母演變至現代國語，開與合的分別大體如舊，但仍有小規模的變異。因此可知其中部分差異的產生原因，乃是由於特殊的語音演變所造成開合口的變動，下面就針對兩點特殊演變現象作出說明：

〔註14〕　在上、去聲的第二部分部合韻之中，作者並未註記「清、濁」情況，所以表格中則以「虛線」呈現。然而本文認爲上、去聲應與平聲處所註記的特徵相同。

〔註15〕　唯一例外的是姬圭璣合韻第十三部，雖然「姬璣」兩韻同爲「開」的情況，但作者並未註記「清濁」加以辨別，可見「姬璣」兩韻應不是以「洪、細」特徵作爲區別，應如前文所説爲[i]與[ɿ]韻的不同。

（1）江、宕兩攝中部份開口字演化成合口字

江攝江韻的知、莊系字與宕攝陽韻的莊系字，原本在中古時都是屬於開口字，它們經過演化之後，最後都演變爲合口字。其演變的過程爲何呢？王力（1980：167）認爲江韻的演化，是由開口變合口時經過一個齊齒的階段，如雙 ʃɔŋ → ʃaŋ → ʃiaŋ → ʂuaŋ 是如此演化，所以它與陽韻的莊系字都是齊齒變合口。

觀察闔音五光韻的齶音部位，發現收入了稍許中古開口字，如：江韻莊系字（窗、雙）和陽韻的莊系字（莊、愴、壯、牀、磢、創、狀、爽）等，與本圖所標記「闔音」的特色明顯不符，故可知這些例字的語音，已從原本的開口字演化成合口字，所以才能放於此處。

（2）果攝一等韻開、合口字相混

董同龢（1979：220）指出，果攝開口一等韻（歌）的舌齒音變合口，與合口一等韻（戈）字混，同時合口的舌根音也有一部份例外變成開口。其演變的原因，王力（1980：163）認爲是因爲[o]的部位很高，容易轉化爲一種發達的複合元音[uo]，如：娑 sɑ → suo，也就是說其演變過程爲：–ɑ → –o → –uo，這個道理就可以說明爲何其他開口字沒有變爲合口。在闔音十戈韻中，卻收有娑字（歌開一）與開音十一哥韻中，卻收有火字（果合一）的差異情況，應可以上面論述作爲解釋。

而在方言語料方面，根據孟慶惠（2005：36）所列徽語績歙片的特色，云：「古果、宕攝合口韻字，今績歙片方言除深渡的宕攝字外，大都讀成開口洪音韻母。」可知徽語大致是呈現果攝開合口相混的情況。然而若與本書僅有少數開合口相混的現象相比，可發現此項特點並沒有在《山門新語》一書中表現出來。

二、入聲六部的合併

以下先分別統計三十韻母（入聲）的來源，再依據統計的結果，作爲觀察入聲兼配陰陽與入聲合爲六部的基礎。

（一）三十韻母的歸類（入聲）

下表即查考〈切音圖說〉的入聲字與中古《廣韻》206 韻的對應關係，所得數據統計如下，以瞭解其收字來源。

表5-5：〈切音圖說〉（入）與《廣韻》韻母分析統計表

三十韻			《廣韻》206韻	中古韻攝十六攝
一	闔	呱	屋合一$_8$屋合三$_3$沃合一$_1$燭合三$_2$、物合三$_1$沒合一$_1$、鐸開一$_1$	通攝$_{16}$、臻攝$_2$、宕攝$_1$
	闔	居	屋合一$_4$屋合三$_3$燭合三$_9$、術合三$_2$	通攝$_{16}$、臻攝$_2$
二	開	江	藥開三$_{11}$、覺開二$_2$	宕攝$_{11}$、江攝$_2$
	開	岡	鐸開一$_{13}$、覺開二$_3$、屋開三$_1$	宕攝$_{14}$、江攝$_3$、遇攝$_1$
	闔	光	術合三$_1$物合一$_1$沒合一$_1$、德合一$_2$、薛合三$_1$薛開三$_1$、屋合三$_1$	臻攝$_3$、曾攝$_2$、山攝$_2$、通攝$_1$
三	闔	昆	術合三$_1$物合三$_1$沒合一$_6$德合一$_2$德開一$_2$、末合一$_1$、屋合三$_1$、麥開二$_1$	臻攝$_8$、曾攝$_4$、山攝$_1$、通攝$_1$、梗攝$_1$
	開	根	洽開二$_1$狎開二$_2$、鎋開二$_1$鎋合二$_1$點開二$_1$、沒開一$_1$	咸攝$_3$、山攝$_3$、臻攝$_1$
四	開	加	合開一$_1$帖開四$_1$洽開二$_3$狎開二$_3$、鎋開二$_1$鎋合二$_1$點開二$_1$點合二$_1$	咸攝$_8$、山攝$_4$
	闔	瓜	藥開三$_2$鐸開一$_2$鐸合一$_2$、屋合一$_3$、末合一$_1$鎋合二$_1$、覺開二$_2$	宕攝$_6$、通攝$_3$、山攝$_2$、江攝$_2$
五	闔	戈	屋合一$_6$、鐸合一$_3$鐸開一$_2$、末合一$_1$鎋合二$_1$、覺開二$_1$	通攝$_6$、宕攝$_5$、山攝$_2$、江攝$_1$
	開	哥	鐸開一$_{13}$、屋合三$_1$	宕攝$_{13}$、通攝$_1$
六	開	鉤	藥開四$_4$鐸開一$_{13}$、屋合三$_1$、物合三$_1$	宕攝$_{17}$、通攝$_1$、臻攝$_1$
	開	鳩	屋合三$_{11}$燭合三$_1$、錫開四$_1$、職開三$_1$	通攝$_{12}$、梗攝$_1$、曾攝$_1$
七	開	交	屋合三$_{11}$燭合三$_2$、錫開四$_1$、職開三$_1$	通攝$_{13}$、梗攝$_1$、曾攝$_1$
	開	高	曷開一$_5$末合一$_1$鎋開二$_1$鎋合二$_1$點開二$_3$、合開一$_5$盍開一$_1$	山攝$_{11}$、咸攝$_6$
八	開	干	曷開一$_5$末合一$_1$鎋開二$_1$鎋合二$_1$點開二$_4$、合開一$_5$盍開一$_1$	山攝$_{12}$、咸攝$_6$
	闔	官	末合一$_5$、鐸開一$_5$、覺開二$_4$、屋合三$_1$沃合一$_1$、陌合二$_1$	山攝$_5$、宕攝$_5$、江攝$_4$、通攝$_2$、梗攝$_1$
九	闔	乖	末合一$_3$、沃合一$_1$	山攝$_3$、通攝$_1$
	開	佳	陌開二$_8$麥開二$_1$、職開三$_2$德開一$_6$	梗攝$_9$、曾攝$_8$

十	開	庚	陌開二$_8$麥開二$_1$、職開三$_2$德開一$_6$、物合三$_1$緝開三$_1$	梗攝$_9$、曾攝$_8$、臻攝$_1$、深攝$_1$
	開	經	月開三$_1$屑開四$_8$薛開三$_6$、葉開三$_1$帖開四$_1$、錫開四$_1$	山攝$_{15}$、咸攝$_2$、梗攝$_1$
十一	開	堅	同上經韻	同上經韻
	闔	涓	月合三$_1$屑合四$_3$薛合三$_8$	山攝$_{12}$
十二	闔	君	同上涓韻	同上涓韻
	開	巾	質開三$_9$迄開三$_2$、昔開三$_1$錫開四$_3$、職開三$_3$	臻攝$_{11}$、梗攝$_4$、曾攝$_3$
十三	開	姬	同上巾韻	同上巾韻
	闔	圭	術合三$_2$物合三$_2$沒合一$_5$德開一$_2$德合一、末合一$_1$薛開三$_1$薛合三$_1$、合開一$_1$葉開三$_1$麥開二$_1$	臻攝$_9$、曾攝$_4$、山攝$_3$、咸攝$_2$、梗攝$_1$
	開	機	職開三$_1$德開一$_2$、月開三$_1$屑開四$_1$、葉開三$_1$昔開三$_1$、質開三$_1$緝開三$_1$	曾攝$_3$、山攝$_2$、咸攝$_1$、梗攝$_1$、臻攝$_1$、深攝$_1$
十四	闔	宮	屋合一$_2$屋合三$_3$燭合三$_9$、術合三$_2$覺開二$_2$	通攝$_{14}$、臻攝$_2$、江攝$_2$
	闔	公	屋合一$_8$屋合三$_3$沃合一$_3$燭合三$_1$、物合三$_1$沒合一$_1$鐸合一$_1$	通攝$_{15}$、臻攝$_2$、宕攝$_1$

註1：入聲韻旁所標示的數字，代表與〈切音圖說〉中的例字韻母之相應次數。

註2：為利於觀察對照，中古韻攝一欄則以各攝所佔比例的多寡排列。

　　《山門新語》入聲所配《廣韻》入聲韻的對應關係大致如上所列，可發現不論是陰聲韻或陽聲韻皆配有入聲字，且更有部份陰、陽聲韻共用相同入聲字的情況產生。在韻圖的體例當中，作者則將這種再次重複出現的入聲例字，以三十韻母「排列先後」次序作為標準，凡為後出者，韻圖中皆加以方框的形式標示，如：一呱韻入聲韻字為「谷酷屋、篤禿犉、不孛莫、族簇速、粥逐束、斛祿福縟」等字，而至三十公韻時，又以相同的例字排於入聲處，所以都加以方框作為標示。

（二）入聲兼配陰陽

　　作者為貫徹「以氣主聲」的意念，形成〈切音圖說〉三十韻母當中，不論是陰聲韻或陽聲韻，每一圖都配有入聲字，即所謂的「入聲兼配陰陽」。而中古入聲在韻圖中的排列，原本都只與陽聲韻相配，而不與陰聲韻相配，如：《韻鏡》，後來《四聲等子》、《切韻指掌圖》、《切韻指南》等書中，可能因入聲韻尾已經

發生變化，所以在韻圖當中便出現入聲同時兼配陰陽的情況產生。

　　為了更進一部了解《山門新語》的入聲安排，必須更詳細分析〈切音圖說〉「入聲兼配陰陽」的具體情況，下表則從中古入聲韻攝作為觀察，區別三十韻母的陰、陽聲韻後，藉以呈現各韻所配的入聲字的情況。

表5-6：中古入聲韻攝與三十韻母的對照表

中古入聲韻攝		《山門新語》三十韻母	
		陰聲韻	陽聲韻
-p	深	機$_1$	庚$_1$
	咸	加$_8$、高$_6$、圭$_2$、機$_1$	根$_3$、干$_6$、經$_2$、堅$_2$
-t	臻	呱$_2$、居$_2$、鉤$_1$、姬$_{11}$、圭$_9$、機$_1$	光$_3$、昆$_8$、根$_1$、庚$_1$、巾$_{11}$、宮$_2$、公$_2$
	山	加$_4$、瓜$_2$、戈$_2$、高$_{11}$、乖$_3$、圭$_3$、機$_2$	光$_2$、昆$_1$、根$_3$、干$_{12}$、官$_5$、經$_{15}$、堅$_{15}$、涓$_{12}$、君$_{12}$
-k	通	呱$_{16}$、居$_{16}$、瓜$_3$、戈$_6$、哥$_1$、鉤$_1$、鳩$_{12}$、交$_{13}$、乖$_1$	光$_1$、昆$_1$、官$_2$、宮$_{14}$、公$_{15}$
	江	瓜$_2$、戈$_1$	江$_2$、岡$_3$、官$_4$、宮$_2$
	宕	瓜$_6$、戈$_5$、哥$_{13}$、鉤$_{17}$	江$_{11}$、岡$_{14}$、官$_5$、公$_1$
	梗	鳩$_1$、交$_1$、佳$_9$、姬$_4$、圭$_1$、機$_1$	昆$_1$、官$_1$、庚$_9$、經$_1$、堅$_1$、巾$_4$
	曾	鳩$_1$、交$_1$、佳$_8$、姬$_3$、圭$_4$、機$_3$	光$_2$、昆$_4$、庚$_8$、巾$_3$

註1：三十韻母旁所標示的數字，代表與中古入聲韻攝出現之次數。

　　由上表可知，在三十韻母入聲韻的分配上，不論是陰聲韻還是陽聲韻，已有部分韻母呈現-p、-t、-k韻尾相混；-p、-t韻尾相混；-t、-k韻尾相混等三種情況，如：經、堅韻中，包含了中古咸、山、梗攝入聲字；高、干韻中，包含咸、山攝入聲字；光、昆韻中，包含了中古山、臻、通、梗、曾攝入聲字。此外，仍有一些韻母僅出現-t或-k韻尾而沒有相混的情況，如：涓、君韻，僅包含中古山攝字；江、岡韻，僅包含中古江、宕攝字。

（三）入聲合為六部

　　除了可觀察三十韻母的入聲韻，得知已出現部分-p、-t、-k韻尾相混的情況外，還可依作者於〈合韻同聲譜〉中所歸納的入聲六部來作分析。下表則查找三十韻母入聲字的中古韻攝，先依據入聲合韻六部分類，再以陰、陽聲韻的分配方式，藉以呈現各部中入聲字的內涵。

表 5-7：入聲合韻六部所含中古入聲韻攝表

		陰聲韻	陽聲韻
第一部	谷橘菊合韻	呱（谷）、居（橘）、鳩（菊）、交（菊） 通攝$_{16}$、臻攝$_2$、宕攝$_1$ 通攝$_{14}$、臻攝$_2$、江攝$_2$ 通攝$_{12}$、梗攝$_1$、曾攝$_1$ 通攝$_{13}$、梗攝$_1$、曾攝$_1$	宮（橘）、公（谷） 通攝$_{14}$、臻攝$_2$、江攝$_2$ 通攝$_{15}$、臻攝$_2$、宕攝$_1$
第二部	覺各郭合韻	瓜（郭）、戈（郭）、哥（各）、鉤（各） 宕攝$_6$、通攝$_3$〔註16〕、山攝$_2$、江攝$_2$ 通攝$_6$〔註17〕、宕攝$_5$、山攝$_2$、江攝$_1$ 宕攝$_{13}$、通攝$_1$ 宕攝$_{17}$、通攝$_1$、臻攝$_1$	江（覺）、岡（各） 宕攝$_{11}$、江攝$_2$ 宕攝$_{13}$、江攝$_3$、通攝$_1$
第三部	國格合韻	佳（格）、圭（國） 梗攝$_9$、曾攝$_8$ 臻攝$_9$、曾攝$_4$、山攝$_3$、咸攝$_2$、梗攝$_1$	光（國）、昆（國）、庚（格） 臻攝$_3$、曾攝$_2$、山攝$_2$、通攝$_1$ 臻攝$_8$、曾攝$_4$、山攝$_1$、通攝$_1$、梗攝$_1$ 梗攝$_9$、曾攝$_8$、臻攝$_1$、深攝$_1$
第四部	結決合韻		經（結）、堅（結）、涓（決）、君（決） 山攝$_{15}$、咸攝$_2$、梗攝$_1$ 山攝$_{15}$、咸攝$_2$、梗攝$_1$ 山攝$_{12}$ 山攝$_{12}$
第五部	甲葛括合韻	加（甲）、高（葛）、乖（括） 咸攝$_8$、山攝$_4$ 山攝$_{11}$、咸攝$_6$ 山攝$_3$、通攝$_1$	根（甲）、干（葛）、官（括） 咸攝$_3$、山攝$_3$、臻攝$_1$ 山攝$_{12}$、咸攝$_6$ 山攝$_5$、宕攝$_5$、江攝$_4$、通攝$_2$〔註18〕、梗攝$_1$
第六部	吉質合韻	姬（吉）、機（質） 臻攝$_{11}$、梗攝$_4$、曾攝$_3$ 曾攝$_3$、山攝$_2$、咸攝$_1$〔註19〕、梗攝$_1$、臻攝$_1$、深攝$_1$	巾（吉） 臻攝11、梗攝4、曾攝3

〔註16〕 該通攝字包含「卜朴木」三字，本已歸入聲谷橘菊合韻第一部，這裡又重出。

〔註17〕 該通攝字包含「卜朴木、族簇速」六字，本已歸入聲谷橘菊合韻第一部，這裡又重出。

〔註18〕 該宕攝中的「博、薄、作、錯、索」字、江攝中的「齚、濁、朔」字、通攝中的「目」字，本已歸入聲覺各郭合韻第二部，這裡又重出。

〔註19〕 該曾攝中的「則、測、塞」字，本已歸入聲結決合韻第四部，這裡又重出。該山攝中的「結、竭」字、咸攝中的「葉」字，本已歸入聲國格合韻第三部，這裡又重出。

註1：三十韻旁所「(括號)」的字，代表韻圖中與該韻相應的入聲字第一字。

註2：凡後韻重出之入聲字則加以 單方框 作爲區別，代表之前韻母已使用過相同的入聲字，不過前後兩者中的入聲字不一定與完全相同。

註3：凡後部重出前部已出現之入聲字則加以 雙方框 作爲區別，並於註腳處説明。

觀察各韻圖所選用的入聲字，發現了明顯的重出情況，韻圖上都加以方框的方式標示，大致可分作兩種不同的重出情況説明。第一，歸屬相同的入聲部時，若是重出前韻已出現的入聲字，則加以標示，不過該韻所重複的入聲字不一定完全與前韻相同，或有增加、或有減少，如：〈八加韻〉重出〈七根韻〉的入聲字，但卻少了「麧」一字，增加了「浹、膈、萐、狎、粒、鬠」六字；第二，有些入聲字雖已經安置於某部，但卻又在別部中又重出了，如：已安置於〈谷橘菊合韻第一部〉的「卜朴木」三字，卻又在〈覺各郭合韻第二部〉當中重出。

由上表可知，《山門新語》合韻入聲六部的韻尾，第一、二部爲–t、–k韻尾相混；其餘各部則爲–p、–t、–k三種韻尾相混，所以可説已呈現–p、–t、–k三種韻尾混而不分的狀況。而據竺家寧（1999b：920～925）的觀察，甚至許多在〈合韻同聲譜〉中已列爲同音字的字串，但卻雜有–p、–t、–k之別，如：「國–k摑幗–k骨–t虢–k厥泹–t鹹–k」即屬於一組同音字。因此，就如同竺氏（1999b）所言：「由以上的證據觀察，《山門新語》所反映的語言，入聲的–p、–t、–k三種韻尾已經轉變成一種相同的韻尾了，那就是喉塞音韻尾。」

第三節　韻母音值的擬測

經由前文對《山門新語》的韻母特徵進行討論後，本節將更進一步構擬出《山門新語》的韻母音值，首先則説明韻母擬音的原則，其次由於〈琴律四聲分部合韻同聲譜〉中韻部歸併的不同，則將舒聲（平上去聲）與入聲分開討論，以舒聲合韻十四部、入聲合韻六部的順序來進行討論。

一、擬音的原則

以下羅列幾項重要的原則，作爲「舒聲合韻十四部」與「入聲合韻六部」擬音的依據：

（一）在討論過《山門新語》韻母所反映出的音韻特徵後，可作爲觀察中古至近代語音演變的情況，並再參考〔表 5-2〕對照《廣韻》、《中

原音韻》、《佩文韻府》的韻母歸類表，瞭解各類韻部的中古韻母來源分別為何。

（二）根據本章第二節的討論，在《山門新語》三十韻母當中，雙唇鼻音韻尾[m]已經消失，僅剩下舌尖鼻音韻尾[n]與舌根鼻音韻尾[ŋ]；而中古塞音韻尾[p]、[t]、[k]的對立則已經消失，弱化為喉塞音韻尾[ʔ]。因此，三十韻母的陽聲韻尾可擬為[n]、[ŋ]兩種，入聲韻尾皆擬作[ʔ]。

（三）介音方面，根據本章第二節、第一大點「四等泯滅與四呼形成」的討論，可參考作者在〈琴律四聲分部合韻同聲譜〉中的特殊註記，瞭解各韻部的「開闔」與「洪細」情況。因此，構擬舒聲韻部時應與所註開闔、洪細的區別特徵完全吻合，故介音應有[ø]、[i]、[u]、[y]四種；而入聲韻部的介音則以相配合的舒聲韻作為判斷。

（四）方言語料方面，由於《山門新語》的–n、–ŋ兩韻尾是呈現分立不混的情況，與今日所有的皖南方音幾乎完全不符，故若以安徽績溪方音作為擬音參考，則將無法展現–n、–ŋ兩韻尾分立的情況！因此，本文擬音的參考，首先仍以北方官話的框架作為依據，可藉由〔表5-2〕觀察中古至近代語音演變的情況；其次再以皖南方言語料作為補充，語料則以孟慶惠（1997）一書中的「皖南徽語歙績片」、「皖中江淮官話」、「皖南寧國湖北話」三地的調查結果作為主要的參考；進而才參考平田昌司（1998：32～49）一書中，距離寧國較近且屬於徽語代表性方言之一的績溪方言。而羅列各方言例字作為證明時，則以不重複舉例為原則。

（五）參考前人擬音成果方面，分別有：應裕康（1972：620～637）、李新魁（1983：298～300）、竺家寧（1998a）、高永安（2004b）等。其中高氏一文主要以周贇籍貫地「安徽寧國」的證據，所以論證本書應是接近今日徽語的績溪話，故以徽語的績溪話作為擬音的參照，〔註20〕而其餘的應、李、竺氏三文中，則似乎都沒有明確說明文中擬音的依據為何。筆者則認為這三文的擬音框架，應與趙蔭棠（1957）

〔註20〕 就本文的瞭解，高氏（2004b）雖考量了地緣的承繼關係，以安徽績溪方音作為擬音參考，但卻忽略了《山門新語》一書韻母中–n、–ŋ兩韻尾是呈現分立不混的情況，故其擬音成果恐怕無法完全吻合書中–n、–ŋ兩韻尾的實際存在情況。

一書的歸納有關才是！趙氏（1957：208～259）將《山門新語》歸為北音系統的等韻著作，並以《中原音韻》（或《韻略易通》）作為所歸納北音著作的觀察基準，[註21] 若從書中所整理的「明清等韻化濁入清系統韻母表」，更可得知《山門新語》韻部劃分主要仍承繼《中原音韻》的韻部系統而來，所以這三文的擬音結果主要與今日的北方官話相似。此外，關於入聲六部音值的構擬，則參考竺家寧（1998b）。

（六）除以〈切音圖說〉的韻圖例字作為依據外，進而也利用〈琴律四聲分部合韻同聲譜〉的同音字表作為例證。（舒聲合韻中則多以「平聲字」為例）

二、舒聲合韻十四部

以下依據〈琴律四聲分部合韻同聲譜〉中的十四韻部順序進行討論。

（一）呱居合韻第一部

1、呱韻

十九聲母中，呱韻所收的字分別有「呱、枯、烏；都、徒、奴；逋、鋪、摸；租、粗、蘇；朱、初、殊；呼、盧、敷、儒」等，以上各聲母收字來源，包含模合一、魚合三、虞合三等字，皆為中古遇攝字。

2、居韻

十九聲母中，居韻所收的字分別有「居、區、魚；女；沮、蛆、須；諸、除、書；噓、闆、如」等，以上各聲母收字來源，包含魚合三、虞合三等字，皆為中古遇攝字。

由以上收字來看，可知「呱居」合韻第一部的收字為中古遇攝字，相當於《中原音韻》的魚模韻[u]、[iu]。又〈合韻同聲譜〉第一部中則註記「兩闉前濁後清」，可見呱、居兩闉音的區別為洪細的不同。

〔註21〕 趙蔭棠（1957：208）指出：「這個系統，就是現在國音的前身；溯其本源，當以《中原音韻》為最早，但《中原音韻》，只作北音的實際記載：對於音理，未免疏略。韻字每圈作為一音，固然暗含北音聲數，畢竟沒有把聲母明揭出來，所以不能把牠列入等韻範圍。正統中，蘭氏廷秀作《韻略易通》，韻數雖依《中原》之大凡，而首創二十聲母，實為化濁入清的等韻系統之先導。此後，作家蠭出，增以圖表，詳於說明，大有後來居上之勢；然於化濁入清之概，實發軔於蘭氏耳。」

從現代方言的讀音來看，根據孟慶惠（1997：100～104，432～439，556～560）的調查，今日的皖中江淮官話、皖南徽語、寧國湖北話，中古遇攝字都有[u]和[y]相對的現象，[註22] 如：皖中江淮官話「度、奴、蘇、古、胡、烏；女、呂、虛、須」，皖南徽語「租、粗、途、苦、呼、步；居、區、魚」，寧國湖北話「部、枯、虎；巨、遇」等中古遇攝字則都有[u]和[y]兩音。

其中本書稱呱爲「大闔之音」，乃爲中古模韻字，可將其擬爲[u]；而居爲中古魚韻字，則應擬作[iu]或[y]呢？根據王力（1980：203）所云：「模魚虞分爲u、y兩音的音變特徵，最晚在十六世紀已經完成了。」而前文所言呱、居兩韻已是「模姥暮」和「魚語御」兩韻類獨立分開的情況，可推論本書應有[y]韻的產生。

另外，應裕康（1972：633）也指出居韻擬作[y]而不爲[iu]的理由有三：

（1）呱居本非同韻，周氏合爲一部，故兩韻之界限當與同韻者有所不同，未必主要元音全同也；（2）清人著作中不乏u、y同韻之先例；

（3）以實際語言衡之，y實較iu爲當。

因此，不論從歷時的語音演變，還是專就《山門新語》的語料來看，都明顯呈現出應將居擬作[y]才是。

（二）江岡光合韻第二部

1、江韻

十九聲母中，江韻所收的字分別有「江、強、央、羊；娘；將、牆、詳；章、昌、常；香、降、良、穰」等，以上各聲母收字來源，主要包含陽開三與少數的江開二等字，主要爲中古宕、江攝字。

2、岡韻

十九聲母中，岡韻所收的字分別有「岡、康、昂；當、湯、唐、囊；邦、旁、忙；臧、倉、桑；張、長、商；航、郎」等，以上各聲母收字來源，包含唐開一、陽開三與少數的江開二等字，主要爲中古宕、江攝字。

〔註22〕 其中「皖南寧國湖北話」中撮口呼[y]已變成圓唇舌尖元音[ɥ]，而爲[u]和[ɥ]相對。寧國湖北話tʂɥ－、tʂʰɥ－、ʂɥ－、ɥ－等聲韻母的字，分別來自合口三四等魚虞、仙元先、薛月屑、諄文韻、知章日組和見曉影組。

3、光韻

十九聲母中，光韻所收的字分別有「光、匡、汪；莊、窗、雙；荒、方」等，以上各聲母收字來源，包含陽合三、陽開三、唐合一與少數的江開二等字，主要爲中古宕、江攝字。

由以上收字來看，可知「江岡光」合韻第二部的收字主要來自於中古宕攝字和少數江攝字，相當於《中原音韻》的江陽韻[aŋ]、[iaŋ]、[uaŋ]。又〈合韻同聲譜〉第二部中則註記「兩開後闔前清後濁」，可知兩開韻江、岡爲洪細的不同。

從現代方言的讀音來看，根據孟慶惠（1997：433～435）的調查，今日的皖南徽語，宕、江兩攝開、合口的例字，共分爲[ia]、[a]、[ɔ]三韻，如：「張、商、讓、牆、娘、香、央；江」等宕、江攝字都讀爲[ia]；「唐、郎、昂；講」等宕、江攝字都讀爲[a]；「幫、忙；邦」等宕、江攝字都讀爲[ɔ]。如果依據三韻同爲一部，且–ŋ韻尾仍保留的情況來推斷，三韻的主要元音應作[a]才是，故將江、岡兩韻擬作[iaŋ]、[aŋ]，而光韻則擬爲[uaŋ]。

（三）昆根合韻第三部

1、昆韻

十九聲母中，昆韻所收的字分別有「昆、坤、文；敦、屯、嫩；奔、盆、門；尊、村、孫；昏、魂、崙、分、焚」等，以上各聲母收字來源，包含魂合一與少數的文合三等字，主要爲中古臻攝字。

2、根韻

十九聲母中，根韻所收的字分別有「根、懇、恩；吞；臻、齔、莘；哼、痕」等，以上各聲母收字來源，包含痕開一與少數的眞開三、臻開二等字，主要爲中古臻攝字。

由以上收字來看，可知「昆根」合韻第三部的收字主要來自於中古臻攝字，相當於《中原音韻》的眞文韻[ən]、[uən]。

從現代方言的讀音來看，根據孟慶惠（1997：436～437）的調查，臻攝開、合口一等字，已由中古的[ən]、[uən]變爲鼻化韻[ʌ̃]、[uʌ̃]，如：「墾、恩、本、盆、門、分」等中古臻攝開、合口字都讀爲[ʌ̃]，「魂、溫、文、問」等中古臻攝合口字都讀爲[uʌ̃]。如果依據–n韻尾仍保留的情況來推斷，主要元音應擬作

[ə]才是。由於韻部中的例字都以「一等洪音字」為主，加上昆、根兩韻為開闔不同的對立關係，故將昆、根兩韻分別擬為[uən]、[ən]。

（四）加瓜合韻第四部

1、加韻

十九聲母中，加韻所收的字分別有「加、齣、牙；爹；哹；嗟、且、些、邪；遮、車、奢；遐、儸、婼」等，以上各聲母收字來源，包含麻開二、麻開三等字，主要為中古假攝字。

2、瓜韻

十九聲母中，瓜韻所收的字分別有「瓜、誇、瓦；拏；巴、琶、麻；撾、叉、茶、沙、蛇；花、華」等，以上各聲母收字來源，包含麻開二、麻合二與少數的麻開三等字，主要為中古假攝字。

由以上收字來看，可知「加瓜」合韻第四部的收字主要來自於中古假攝字，相當於《中原音韻》的車遮韻[iɛ]、[iuɛ]與家麻韻[a]、[ia]、[ua]兩韻，然兩韻已合為一部，所以主要元音應擬作[a]。

其中加、瓜兩韻為開闔不同的對立關係，瓜韻擬為[ua]並無疑義；而加韻則應擬作[ia]或[a]呢？前人對此處則有分歧的意見，如應裕康（1972）、李新魁（1983）、高永安（2004b）等人則認為加韻應有–i–介音，〔註23〕而竺家寧（1998a）則是認為加韻應擬作[a]。

從現代方言的讀音來看，根據孟慶惠（1997：433）的調查，中古假攝字則是[ua]、[ia]、[a]三者都分別區分，所以並無法作為判定標準。如：「巴、麻、沙、茶；家、架、下、牙」等中古假攝開口字（幫莊組泥澄母；見系）都讀為[a]，「加、雅、駕；遮、車、蛇；野、夜」等中古假攝開口字（見系、章組、以母）都讀為[ia]，「瓜、誇、花」等中古假攝合口字（見系）都讀為[ua]。

若再從加韻韻圖收字來觀察，可發現韻圖中的麻韻二、三等字已混淆不分，而三等字則多分布於齒、牙音處，如：嗟、些、遮、車、奢等字，或許因此於拼合時無意形成–j–介音。所以為了符合麻韻二、三等字已混淆的情況，且[ia]音於本書中也未單獨立為一韻，應將加韻擬作[a]，才能呈現[a]和[ia]兩類韻母都涵蓋於其中的情況。

〔註23〕 應裕康（1972）、李新魁（1983）擬作：[ia]，高永安（2004b）則擬作：[io]。

因此，趙蔭棠（1957：249）所云：「『加』韻中實多列（ε）音之字，然著者卻是把牠當作『麻』韻看待的，其音當作（ia）。」的意見則與本文不同。筆者認爲應如竺家寧（1998a）所云：「和加韻[a]對立的韻是瓜韻[ua]，而[a]和[ia]兩類韻母都涵蓋在加韻裡頭。」才是。

（五）戈哥合韻第五部

1、戈韻

十九聲母中，戈韻所收的字分別有「戈、果、科、訛；朵、妥、挼；波、婆、頗、摩；侳、矬、娑、鎖；禾、貨、騾」等，以上各聲母收字來源，包含戈合一與少數的歌開一等字，主要爲中古果攝字。

2、哥韻

十九聲母中，哥韻所收的字分別有「哥、珂、阿；多、駝、娜；左、蹉、蓑；呵、河、火、羅」等，以上各聲母收字來源，包含歌開一與少數的戈合一等字，主要爲中古果攝字。

由以上收字來看，可知「戈哥」合韻第五部的收字主要來自於中古果攝開、合口一等字，相當於《中原音韻》的歌戈韻[ɔ]、[iɔ]、[uɔ]。

從現代方言的讀音來看，根據孟慶惠（1997：433）的調查，徽語的中古果攝字開、合字都已合併讀爲[ɷ]，如：「婆、頗、破」等中古合口果攝字（部分幫組）都讀爲[ɷ]，「多、羅、左、騾、果、貨」等中古合口果攝字（端見系）都讀爲[ɷ]，「歌、河、科、訛」等中古開口與合口果攝字（部分見系）都讀爲[ɷ]。然而從「戈哥」合韻第五部的收字來看，就可以得知戈、哥兩韻仍是以開合作爲區別，所以徽語中呈現果攝開合口相混的情況，在這裡並沒有表現出來。

而歌戈韻中雖本爲[ɔ]、[uɔ]，但至現代國語中則多變爲[o]、[uo]，所以這裡將主要元音擬作[o]。又戈、哥兩韻呈現開闔不同的對立關係，且闔韻戈韻與開韻哥韻，主要來源都爲一等字，所以將戈、哥兩韻分別擬爲[uo]、[o]兩音。

（六）鉤鳩合韻第六部

1、鉤韻

十九聲母中，鉤韻所收的字分別有「鉤、口、牛；兜、斗、偷、頭、糯；哀、牟、母；走、輳、叟；舟、臭、售；侯、厚、樓、浮、富、柔」等，以上各聲母收字來源，包含侯開一、尤開三與少數幽開三等字，主要爲中古流攝字。

2、鳩韻

十九聲母中，鳩韻所收的字分別有「鳩、久、邱、求、憂、遊；丟、抖、投、狃；彪、瀌、繆；酒、秋、修、囚；周、抽、綢、收；休、劉、柳」等，以上各聲母收字來源，包含尤開三、侯開一、幽開三等字，主要爲中古流攝字。

由以上收字來看，可知「鉤鳩」合韻第六部的收字主要來自於中古流攝開口一、三等字，相當於《中原音韻》的尤侯韻[əu]、[iəu]。〈合韻同聲譜〉第六部中則註記「兩開前濁後清」，可見鉤、鳩兩開音的區別在於洪細的不同。

從現代方言的讀音來看，根據孟慶惠（1997：418）所列的皖南徽語特色中，指出：「流攝一等韻的字，今音大多讀成細音韻母，與三等韻混同。」因此孟氏（1997：436）所調查的皖南徽語語料中，則將流攝一、三等字[ou]、[iou]兩音則合爲[io]音。如：「斗、樓、口、厚；抽、綢、愁、瘦、周、柔」等中古開口一、三等流攝字（端泥組見系；知章日組、部分莊組）都讀爲[io]，「流、酒、秋、九、求、牛、休、油；丟、糾、幽」等中古開口三等流攝字（泥精組見系；端見影母）都讀爲[io]音。然而在合韻第六部當中，流攝一、三等字的混同情況，似乎僅在鉤韻中發生，鳩韻中主要還是以流攝三等字爲主。

而其主要元音在中古時雖爲[uə]音，但至現代國語中則多以變爲[ou]音，因此若要區別鉤鳩兩韻的差別，應將鉤、鳩兩韻分別擬爲[ou]、[iou]兩音才是。

（七）交高合韻第七部

1、交韻

十九聲母中，交韻所收的字分別有「交、喬、巧、夭、遙、要；貂、迢、鳥；標、表、飄、瓢、苗；焦、樵、宵、小；昭、超、潮、燒、韶；囂、爻、曉、了、饒、擾」等，以上各聲母收字來源，包含宵開三、蕭開四、肴開二等字，主要爲中古效攝字。

2、高韻

十九聲母中，高韻所收的字分別有「高、考、鰲；刀、叨、桃、猱；包、袍、貓、毛；遭、早、操、曹、騷；爪、巢、炒、梢、稍；蒿、豪、撈、牢、老」等，以上各聲母收字來源，包含豪開一、肴開二等字，主要爲中古效攝字。

由以上收字來看，可知「交高」合韻第七部的收字主要來自於中古效攝開口一、三等字，相當於《中原音韻》的蕭豪韻[au]、[iau]、[ɑu]。〈合韻同聲譜〉第七部中則註記「兩開前清後濁」，可見交、高兩開音的區別爲洪細的不同。

從現代方言的讀音來看，根據孟慶惠（1997：416）所列的皖南徽語特色中，指出：「效攝各韻的字，今音大都不帶u韻尾。」因此孟氏（1997：435）所調查的皖南徽語語料中，則將效攝一二、三等字[au]、[iau]兩音則合爲[ɔ]、[iɔ]音。如：「毛、刀、桃、早、高、豪；包、貌、鬧、炒、巢」等中古開口一、二等效攝字（幫組端見系；幫莊組知泥母）都讀爲[ɔ]音，「交、巧、效；苗、小、驕、要、搖；刁、料、曉、么；彪」等中古開口二、三等效攝字（見系；幫泥精組見系；端見系；少數幫母）都讀爲[iɔ]音，「朝、超、燒、紹」等中古開口三等效攝字（知章組）都讀爲[iɔ]音。

又王力（1980：209～210）指出：「官話以外的方言，效攝一等豪韻與二等肴韻，還是有不相混的情況，因而造成二等元音比一等元音容易靠前」所以會有[au]或[ɔ]的形成，乃在於一、二等字的區別。因此，爲符合韻部已經沒有明顯的四等區分的情況，也沒有[u]韻尾失落的現象，所以將主要元音擬爲[au]音，故交、高兩韻分別擬爲[iau]、[au]兩音。

（八）干官合韻第八部

1、干韻

十九聲母中，干韻所收的字分別有「干、感、刊、銜、安、顏；丹、貪、壇、南；班、攀、般、蠻；簪、餐、殘、三；讒、山；犴、寒、婪、闌、帆、凡、反」等，以上各聲母收字來源，主要包含寒開一、刪開二、山開二與覃開一等字，主要爲中古山攝與咸攝字。

2、官韻

十九聲母中，官韻所收的字分別有「官、管、寬、彎、頑；端、湍、團、斷；半、胖、蟠、滿；鑽、纂、躥、竄、酸、算；跧、篹、栓；歡、桓、緩、巒、卵、亂」等，以上各聲母收字來源，主要包含桓合一與少數覃開一等字，主要爲中古山攝與咸攝字。

由以上收字來看，可知「干官」合韻第八部的收字主要來自於中古山攝開合口一等字與少數咸攝開門字，相當於《中原音韻》的寒山韻[an]、[ian]、[uan]；

桓歡韻[uɔn]與監咸韻[am]、[iam]。

從現代方言的讀音來看，根據孟慶惠（1997：434～435）所調查的皖南徽語語料中，山攝開、合一、二等字則分別有[ɛ]、[uɛ]、[ɔ]三音，如：「丹、坦、檀、難、懶、贊、餐、寒、安；扮、山、班、慢」與「貪、南、簪、感、談、藍、三」等中古開口一、二等山攝字（端見系；幫莊組澄母）及開口一等咸攝字（端見系）都讀爲[ɛ]，「間、眼、顏」與「陷、監、銜」等中古開口二等山攝字（見系）及開口二等咸攝字（見系）都讀成[ɛ]，「官、寬、歡、關、頑、彎」等中古合口一等山攝字（見系）都讀爲[uɛ]，「搬、潘、滿」等中古合口一等山攝字（部分幫組）都讀爲[ɔ]。

而如前文所言，韻母中的雙唇鼻音韻尾–m已經消失，所以合韻第八部應爲舌尖鼻音韻尾–n。又董同龢（1979：229～231）指出：「中古至現代國語的演變，山咸兩攝已全不分；大致來說一、二等字的元音都是[a]」可知在《中原音韻》當中，雖仍有寒山、桓歡兩韻對立，呈現前[a]後[ɔ]的存在，不過就中古至現代的語音演變來看，應該已經皆歸於[a]音。

因此，依據干、官兩韻爲開闔不同的對立關係，且又保留–n韻尾的情況來推斷，故將干、官兩韻分別擬爲[an]、[uan]。

（九）乖佳合韻第九部

1、乖韻

十九聲母中，乖韻所收的字分別有「乖、拐、詼、快、偎、外；灰、懷、繪、會」等，以上各聲母收字來源，主要包含灰合一與少數皆合二等字，主要爲中古蟹攝字。

2、佳韻

十九聲母中，佳韻所收的字分別有「佳、改、開、挨、埃；堆、歹、胎、台、能、乃；杯、擺、拜、牌、梅、買；哉、宰、猜、才、賽；齋、釵、豺、篩；咍、孩、來」等，以上各聲母收字來源，主要包含咍開一、佳開二、皆開二等字，主要爲中古蟹攝字。

由以上收字來看，可知「乖佳」合韻第九部的收字主要來自於中古蟹攝開合口一、二等字，相當於《中原音韻》的一部分的齊微韻[uei]與皆來韻[ai]、[iai]、[uai]。

從現代方言的讀音來看，根據孟慶惠（1997：434）的調查，蟹攝開、合一等字，已由中古[ai]、[uai]經韻尾脫落後變為[ɛ]、[uɛ]兩音，〔註24〕如：「台、來、猜、才、賽、開、孩；豺、挨、奶」等中古蟹攝開口一、二等字（端見系；崇影母、泥莊滂明母）都讀為[ɛ]，「杯、坯、梅、內；堆、隊、崔、罪」等中古蟹攝合口一等字（幫泥組；端精組）都讀為[ɛ]，「外、懷；灰、回、繪、會」等中古蟹攝合口一等字（見系）都讀為[uɛ]。

所以主要元音應為[ai]或[ei]兩種，但考慮必須與圭韻做區別，加上該部主要來源是皆來韻，所以將其擬為[ai]。因此，依據乖、佳兩韻為開闔不同的對立關係，故將乖、佳兩韻分別擬為[uai]、[ai]。

此外，孟慶惠（1997：439）所調查的皖南徽語語料中，指出：「古蟹攝開口一、二等韻的字，在徽城話裡還保留著韻母音值的區別。」若以此項特點檢驗合韻第九部的情況，則會發現蟹攝一、二等字並沒有呈現出特別的區分，而且幾乎都相混在一起了。

（十）庚經合韻第十部

1、庚韻

十九聲母中，庚韻所收的字分別有「庚、更、肯、嬰、榮、永、硬；登、等、騰、能；崩、榜、烹、朋、膨、萌；增、層、倀；爭、琤、生、繩；亨、宏、陵、仍」等，以上各聲母收字來源，主要包含庚開二、耕開二；蒸開三、登開一與侵開三等字，主要為中古梗、曾攝與深攝字。

2、經韻

十九聲母中，經韻所收的字分別有「經、輕、琴、英、盈、影；丁、頂、汀、廷、聽、甯；冰、丙、娉、平、並、明、命；精、清、情、心、醒；征、整、青、呈、聲、成；興、刑、苓、馮、任」等，以上各聲母收字來源，主要包含清開三、庚開三、青開三；蒸開三與侵開三等字，主要為中古梗、曾攝與深攝字。

〔註24〕孟慶惠（1997：438～439）指出：「由於韻尾的大量脫落，加上相近韻腹的同化和類化，這樣使徽城話的韻母無論與北京音或與中古音比較，其對應關係都很複雜。例如：徽城話ɛ韻字，北京音分別為ai（台）、uai（衰）、ie（階）、ei（杯、霉）、uei（堆）、ɤ（宅）、ɚ（二）、an（膽、坦）、ian（咸、限）、əŋ（生）等十個韻母。它們分別是由於u韻頭丟失和–i、–m、–n、–ŋ、–k等韻尾的脫落併在韻腹[ɛ]基礎上同化演變來的。」

·123·

　　由以上收字來看，可知「庚經」合韻第十部的收字主要來自於中古梗攝開口二、三等、曾攝開口三等字且混入少數深攝開口三等字，相當於《中原音韻》的庚青韻[əŋ]、[iəŋ]、[uəŋ]、[iuəŋ]；侵尋韻[əm]、[iəm]。然如前文所言，本書中雙唇鼻音韻尾–m已失落，所以該部主要應視為庚青韻。另外，〈合韻同聲譜〉第十部中則註記「兩開前濁後清」，可見庚、經兩開音的區別為洪細的不同。

　　從現代方言的讀音來看，根據孟慶惠（1997：436）的調查，梗、曾攝開口字，多已鼻化為[ã]音，如：「烹、梗、更、萌、耿；明、能、恒」等中古梗攝開口二等、曾攝開口一等字（幫莊見組；幫端系見匣母）都讀為[ã]，「兵、明、京、迎、名、精、輕、嬰、丁、青、經；征、澄、蒸、升、繩、仍」等中古梗、曾攝開口三等字（幫組端見系；知章日組）都讀為[iã]。

　　而如前文所言，舌根鼻音韻尾–ŋ應還存在而未鼻化，所以合韻第十部應為舌根鼻音韻尾–ŋ，又中古梗、曾攝字的主要元音，從《中原音韻》至現代國語則為[ə]音。因此，依據庚、經兩韻為開闔不同的對立關係，且又保留–ŋ韻尾的情況來推斷，故將庚、經兩韻分別擬為[əŋ]、[iəŋ]。

（十一）堅涓合韻第十一部

1、堅韻

　　十九聲母中，堅韻所收的字分別有「堅、乾、煙、沿、宴；顛、典、天、田、電、黏、年、念；邊、篇、便、辨、片、眠、勉、面；箋、千、前、先；展、戰、闡、蟬、善；軒、賢、顯、連、輦、然、冉」等，以上各聲母收字來源，主要包含仙開三、先開四與鹽開三等字，主要為中古山攝與咸攝字。

2、涓韻

　　十九聲母中，涓韻所收的字分別有「涓、圈、權、犬、鴛、原、遠；薦、詮、全、漸、宣、旋、選；專、轉、川、傳、揎；暄、絃、攣、孌、頓」等，以上各聲母收字來源，主要包含仙合三、元合三與少數鹽開三等字，主要為中古山攝與咸攝字。

　　由以上收字來看，可知「堅涓」合韻第十一部的收字主要來自於中古山攝三、四等字和少數中古咸攝字，相當於《中原音韻》的先天韻[iɛn]、[iuɛn]與廉纖韻[iɛm]。然如前文所言，本書中雙唇鼻音韻尾–m已失落，所以該部主要應

視爲先天韻。此部雖與干官合韻第八部來源相同，但由於並未併爲一部，可見兩部的主要元音應該不同。

從現代方言的讀音來看，根據孟慶惠（1997：434～435）的調查，中古山攝三、四等字的主要元音也多爲[e]。如：「展、纏、蟬、戰、然；遣、乾、延；肩、顯、賢、燕」等中古山攝開口三等字（知章日組；見系）、四等字（見系）都讀爲[ie]，「轉、傳、穿、船；圈、權、元、喧、遠、涓、犬」等中古山攝合口三等字（知章組；見系）、四等字（見系）都讀爲[ye]。另外，董同龢（1979：231）也指出：「中古至現代國語的演變，山咸兩攝三四等知章系爲ɣ（開）uo（合），非系爲a，其他爲e。」所以合韻第十一部的主要元音應擬作[e]。

此外，應裕康（1972：636）也對該部主要元音[e]的形成提出解釋，其云：

> 干、官二韻之主要元音爲 a，而皆無前高元音爲介音，本部皆有前
> 高元音爲介音，是可釋其同化 a 而成 e 矣。其情形與中原音韻分寒
> 山、先天文二韻者同。

因此，依據堅、涓兩韻爲開闔不同的對立關係，故將堅、涓兩韻分別擬爲[ien]、[yen]。

（十二）君巾合韻第十二部

1、君韻

十九聲母中，君韻所收的字分別有「君、囷、羣、贇、雲、尹、運；遵、俊、蹲、荀、旬；諄、準、春、脣、蠢、馴、盾、順；薰、訓、迴、閏」等，以上各聲母收字來源，主要包含諄合三、文合三與極少數青合四等字，主要爲中古臻攝與極少數梗攝字。

2、巾韻

十九聲母中，巾韻所收的字分別有「巾、勤、近、因、人、引；賓、繽、貧、品、民、敏；津、盡、親、秦、新、巡；眞、陳、趁、申、辰、信；欣、麟、峇；忍、刃」等，以上各聲母收字來源，主要包含眞開三、欣開三與極少數青開四等字，主要爲中古臻攝與極少數梗攝字。

由以上收字來看，可知「君巾」合韻第十二部的收字主要來自於中古臻攝與極少數梗攝字，相當於《中原音韻》的眞文韻[iən]、[iuən]。與昆根合韻第三部差異之處，在於韻部中的例字則以「三等細音字」爲主。

　　從現代方言的讀音來看，根據孟慶惠（1997：436～437）的調查，中古臻攝三等字也多已鼻化爲[ã]音，呈現[iã]、[yã]的情況。如：「君、群、訓；旬、詢；諄、春、順、閏」等中古臻攝合口三等字（見系；精組；知章日母）都讀[yã]，「賓、貧、民、親、新、巾、因；陳、眞、人」等中古臻攝合口三等字（幫泥精組見系；知系）都讀[ã]。

　　而前人擬音時則有所分歧，如應裕康（1972）、李新魁（1983）、高永安（2004b）等人則認爲君、巾兩韻應作[yn]和[in]音，而竺家寧（1998a）則是認爲兩韻應爲[yən]和[iən]音。

　　若從與昆根合韻第三部的比較來看，君、巾兩韻擬作[yən]和[iən]似乎並無疑義，然而若從《山門新語》合韻分部的情況來看，則如應裕康（1972：636）所云：

> 君、巾兩韻，不與昆、根二韻合部，是周氏必以爲二者之主要元音
> 不同也。自周德清中原音韻以下，諸家分韻，幾無不將此四韻合併
> 者，故定其四韻之音值，亦必爲根：–ən、巾：–iən、昆：–uən、君：–yən。
> 今周氏分爲兩部，則四者之音值當如下列：根：–ən、昆：–uən、
> 巾：–in、君：–yn。

既然昆、根與君、巾四韻，並沒有像江、岡、光三韻合爲一部的情況，反而是另外分作兩部，可知其主要元音應該有所不同。而再從《山門新語・自序》所云：「急讀兩字而成一音爲合韻，如急讀居涒兩音成君」（頁4～5），也可推測君韻應與涒韻的主要元音、韻尾相近。因此，從方言語料的情況與本書分部時的考慮，主要元音應無[ə]音才是，故將君、巾兩韻依其闔開擬作[yn]、[in]。

（十三）姬圭璣合韻第十三部

1、姬韻

　　十九聲母中，姬韻所收的字分別有「姬、几、溪、奇、衣、儀；低、梯、啼、弟、呢、尼；比、披、皮、迷、米、謎；濟、妻、齊、西、洗、細；制、遲、滯、世；唏、喜、戲、離、里、而、耳」等，以上各聲母收字來源，主要包含支開三、脂開三、齊開四等字，主要爲中古止攝與蟹攝字。

2、圭韻

　　十九聲母中，圭韻所收的字分別有「圭、奎、威、韋、委；對、推、退、

內；卑、被、丕、陛、眉、美；醉、崔、隨；追、贅、吹、鎚、誰、水；輝、回、雷、非、肥、蕊」等，以上各聲母收字來源，主要包含脂合三、灰合一、支合三等字，主要爲中古止攝與蟹攝字。

3、機韻

十九聲母中，機韻所收的字分別有「機、紀、欺、其、伊、以、異；孜、紫、慈、此、思、祠；之、止、蚩、池、恥、詩、時、士、試」等，以上各聲母收字來源，主要包含之開三、支開三、脂開三等字，主要爲中古止攝字。

由以上收字來看，「姬圭機」合韻第十三部主要來自於中古止攝三等字和蟹攝，相當於《中原音韻》的齊微韻[i]、[ei]、[ui]、支思韻[i]。

從現代方言的讀音來看，根據孟慶惠（1997：432～433）的調查，中古止攝開口三等字與蟹攝開口四等字，則有[ʅ]與[i]的區別，如：「紫、此、斯、慈；止、詩、時」等中古止攝開口三等字（精莊組；莊章組）都讀爲[ʅ]，「閉、迷、低、第、泥、妻、齊、細、溪；比、丕、尼、喜、衣」等中古蟹攝開口四等（幫泥端精組見系）、止攝開口三等字（幫泥組見系）都讀爲[i]。

由前文所論可知，舌尖元音[ɿ]韻已經產生於機韻，所以可將姬、機兩韻分別擬作[i]和[ɿ]。另外，圭韻主要來自於齊微韻，前人擬音時則有擬作[uei]、[ui]兩種，但考慮必須與姬、機兩韻合爲同部，故將其擬作[ui]。

（十四）宮公合韻第十四部

1、宮韻

十九聲母中，宮韻所收的字分別有「宮、拱、恐、容、勇、用；冬、動、儂；蹤、從、松、宋、訟；鍾、種、衝、重、舂；匈、雄、龍、峯、逢、戎」等，以上各聲母收字來源，主要包含鍾合三、東合三等字，主要爲中古通攝字。

2、公韻

十九聲母中，公韻所收的字分別有「公、空、邛、翁；東、通、同、農；韸、蓬、濛、蒙；宗、總、叢、嵩、送；中、冢、眾、充、崇；烘、紅、隆、風、馮、奉」等，以上各聲母收字來源，主要包含東合一、鍾合三等字，主要爲中古通攝字。

由以上收字來看，「宮公」合韻第十四部來自於中古通攝字，相當於《中原

音韻》的東鍾韻[uŋ]、[iuŋ]，〈合韻同聲譜〉第十四部中則註記「兩闔前清後濁」，可見宮、公兩闔音的區別為洪細音的不同。

從現代方言的讀音來看，根據孟慶惠（1997：436～437）的調查，中古通攝字也多已鼻化為[ã]音，呈現[uã]、[yã]的情況。如：「容、絨；雄、用」等中古通攝合口三等字（日以母、見系部分）都讀[yã]，「工、烘、紅；宮、共、恐」等中古通攝合口一、三等字（見系、見組）都讀[uã]。

而中古通攝字從《中原音韻》至現代國語主要則為[uŋ]音。因此，依據宮、公兩韻為洪細不同的對立關係，且又保留–ŋ韻尾的情況來推斷，故將宮、公兩韻分別擬為[yuŋ]、[uŋ]。

下面則整理應裕康（1972）、李新魁（1983）、竺家寧（1998a）、高永安（2004b）等人和本文擬音的不同，列表比較如下：

表5-8：各家擬音對照表

十四部		三十韻目	應裕康	李新魁	竺家寧	高永安	本文
第一部	闔	呱	u	---	---	---	u
	闔	居	y	---	---	---	y
第二部	開	江	iaŋ	---	---	iɵŋ	iaŋ
	開	岡	aŋ	---	---	ɵŋ	aŋ
	闔	光	uaŋ	---	---	uɵŋ	uaŋ
第三部	闔	昆	uən	un	uən	uɑn	uən
	開	根	ən	---	---	ɑn	ən
第四部	開	加	ia	ia	a	io	a
	闔	瓜	ua	---	---	o	ua
第五部	闔	戈	uo	---	---	uɵ	uo
	開	哥	o	---	---	ɵ	o
第六部	開	鉤	ou	---	---	e	ou
	開	鳩	iou	---	---	ie	iou
第七部	開	交	iau	---	---	iɵi	iau
	開	高	au	---	---	ɵi	au
第八部	開	干	an	---	---	ɔ	an
	闔	官	uan	---	---	uɔ	uan
第九部	闔	乖	uai	---	---	uɑ	uai
	開	佳	ai	---	---	ɑ	ai

第十部	開	庚	əŋ	---	---	ɑŋ	əŋ
	開	經	iəŋ	iŋ	iəŋ	iɑŋ	iəŋ
第十一部	開	堅	ien	iɛn	ien	en	ien
	闔	涓	yen	yan	yen	yen	yen
第十二部	闔	君	yn	---	yən	---	yn
	開	巾	in	---	iən	---	in
第十三部	開	姬	i	---	---	---	i
	闔	圭	uei	ui	ui	ui	ui
	開	璣	ï	---	---	ʅ	ï
第十四部	闔	宮	yuŋ	iuŋ	yuŋ	yɑŋ	yuŋ
	闔	公	uŋ	---	---	uɑŋ	uŋ

註1：為利於比較差異，表中「---」記號代表與前者擬音相同。

註2：加以灰底者，為各家擬音較分歧之處。

三、入聲合韻六部

以下依據〈琴律四聲分部合韻同聲譜〉中的入聲韻部順序進行討論。

（一）谷橘朒合韻第一部

1、谷韻

十九聲母中，谷韻所收的字分別有「谷、酷、屋；篤、禿、耨；不、孛、莫；族、簇、速；粥、逐、束；斛、祿、福、縟」等，以上各聲母收字來源，包含屋合一、屋合三、沃合一、燭合三；物合三、沒合一；鐸開一等字，多為中古通攝字與少數的臻、宕攝字。

2、橘韻

十九聲母中，橘韻所收的字分別有「橘、局、玉；啄、朒；卜、朴、木；足、促、粟；燭、觸、術；旭、駷、伏、肉」等，以上各聲母收字來源，包含屋合一、屋合三、燭合三；術合三等字，多為中古通攝字與少數的臻攝字。

3、朒韻

十九聲母中，朒韻所收的字分別有「朒、曲、郁；斀、迪、衄；蹙、蹴、宿；竹、軸、茜；蓄、藜、辱」等，以上各聲母收字來源，包含屋合三、燭合三；錫開四、職開三等字，多為中古通攝字與少數的梗、曾攝字。

由以上收字來看，可知「谷橘菊」合韻第一部的收字主要來自於中古通攝與少數臻、江、宕、梗、曾攝字。

從現代方言的讀音來看，根據孟慶惠（1997：437～438）的調查，中古通攝字多為[uʔ]。如：「禿、速、谷、哭、屋、篤」等中古通攝合口一等字（端見系），「福、竹、粥、足、促、燭、觸」等中古通攝合口三等字（知章組非敷心生母）都讀[uʔ]。

因此，合韻第一部的主要元音是[u]，可將谷橘菊合韻第一部擬作[uʔ]。而入聲谷韻對應於呱、公兩個闔韻，則擬作[uʔ]；橘韻對應居、宮兩個闔韻，則擬作[yʔ]；菊韻對應鳩、交兩個開韻，則擬作[iuʔ]。

（二）覺各郭合韻第二部

1、覺韻

十九聲母中，覺韻所收的字分別有「覺、卻、約；逴；爵、鵲、削；灼、綽、爍；學、㪬、若」等，以上各聲母收字來源，包含藥開三、覺開二等字，多為中古宕攝字與少數的江攝字。

2、各韻

十九聲母中，各韻所收的字分別有「各、恪、咢；洉、託、諾；博、薄、目；作、錯、索；斲、濁、朔；鶴、落」等，以上各聲母收字來源，包含鐸開一；覺開二；屋合三等字，多為中古宕攝字與少數的江、通攝字。

3、郭韻

十九聲母中，郭韻所收的字分別有「郭、廓、惡；榖、脫、妠；勺、濯、芍；鑿」等，以上各聲母收字來源，包含藥開三、鐸開一、鐸合一；末合一、鎋合二；覺開二等字，多為中古宕攝字與少數的通、江攝字。

由以上收字來看，可知「覺各郭」合韻第二部的收字主要來自於中古宕攝與少數江攝字。

從現代方言的讀音來看，根據孟慶惠（1997：437～438）的調查，中古宕攝、江攝字多為[ɔʔ]與[iɔʔ]。如：「各、惡；博、莫；托、作、索、諾」等中古宕攝開口一等字（見系；幫組；端精組泥母），「郭、廓、霍」等中古宕攝合口一等字（見曉組），「桌、朔；覺、確」等中古江攝開口二等字（知莊組；見溪母）都讀[ɔʔ]。「勺、芍、若；爵、削、卻、約」等中古宕攝開口三等字（章日組；精組見系）都讀[iɔʔ]。

因此，合韻第二部的主要元音是[ɔ]，可將覺各郭合韻第二部擬作[ɔʔ]。而入聲覺韻對應於江開韻，則擬作[iɔ]；各韻對應岡與哥、鉤三個開韻，則擬作[ɔʔ]；郭韻對應瓜、戈兩個闔韻，則擬作[uɔʔ]。

（三）國格合韻第三部

1、國韻

十九聲母中，國韻所收的字分別有「國、窟、物；拙、出、舌；惑、覆」等，以上各聲母收字來源，包含術合三、物合一、沒合一；德合一；薛合三、薛開三；屋合三等字，為中古臻、曾、山、通攝字，無法看出主要的收字來源。

2、格韻

十九聲母中，格韻所收的字分別有「格、客、額；德、忒、矗；百、伯、白、拍、帛、珀、陌；則、測、塞；賾、宅、色；赫、勒」等，以上各聲母收字來源，包含陌開二、麥開二；職開三、德開一等字，多為中古梗、曾攝字。

由以上收字來看，可知「國格」合韻第三部的收字主要來自於中古梗、曾攝字。

從現代方言的讀音來看，根據孟慶惠（1997：437～438）的調查，中古梗、曾攝開口字多為[ɛʔ]。如：「百、拍、摘；格、額、革；帛、珀、伯」等中古梗攝開口二等字（幫知莊組；見系知組；幫組），「則；測、色」等中古曾攝開口一、三等字（精母；莊組）都讀[ɛʔ]。

因此，合韻第三部的主要元音是[ɛ]，可將國格合韻第三部擬作[ɛʔ]。而入聲國韻對應於光、昆與圭三個闔韻，則擬作[uɛʔ]；格韻對應佳、庚兩個開韻，則擬作[ɛʔ]。

（四）結決合韻第四部

1、結韻

十九聲母中，結韻所收的字分別有「結、竭、葉；疊、鐵、涅；別、鱉、擎、蟞、蔑；節、切、屑；哲、掣、設；橛、列、熱」等，以上各聲母收字來源，包含月開三、屑開四、薛開三；葉開三、帖開四；錫開四等字，多為中古山攝字與少數的咸、梗攝字。

2、決韻

十九聲母中，決韻所收的字分別有「決、厥、蕨、缺、月；蕝、臘、雪；茁、啜、說；血、劣、炳」等，以上各聲母收字來源，包含月合三、屑合四、薛合三等字，都為中古山攝字。

由以上收字來看，可知「結決」合韻第四部的收字主要來自於中古山攝三、四等細音字與少數咸攝字。

從現代方言的讀音來看，根據孟慶惠（1997：437～438）的調查，中古山攝三、四等字分別有[eʔ]、[ieʔ]、[yeʔ]。如：「鱉、瞥；鐵、節、切、屑」等中古山攝開口三、四等字（幫母；端精組滂泥母）都讀[eʔ]；「哲、設」等山攝開口三等字（知章組）與「結、洁」等咸攝開口四等字（見母）都讀[ieʔ]；「雪；厥、蕨；決、缺、血」等中古山攝合口三、四等字（心母；見母；見曉組）都讀[yeʔ]。

因此，合韻第四部的主要元音是[e]，可將結決合韻第四部擬作[eʔ]。而入聲結韻對應於經、堅兩個開韻，則擬作[ieʔ]；決韻對應涓、君兩個闔韻，則擬作[yeʔ]。

（五）甲葛括合韻第五部

1、甲韻

十九聲母中，甲韻所收的字分別有「甲、恰、鴨；挾、脛、蓮；札、刹、察、刷、殺；狎、洽、扴、臀」等，以上各聲母收字來源，包含合開一、帖開四、洽開二、狎開二；鎋開二、鎋合二、黠開二、黠合二等字，多為中古咸、山攝字。

2、葛韻

十九聲母中，葛韻所收的字分別有「葛、渴、遏；答、塔、納；八、拔、末；市、雜、跋；剌」等，以上各聲母收字來源，包含曷開一、末合一、鎋開二、鎋合二、黠開二；合開一、盍開一等字，多為中古山、咸攝字。

3、括韻

十九聲母中，括韻所收的字分別有「括、刮、滑、闊、沃；掇、奪、捼；豁、硈」等，以上各聲母收字來源，包含末合一、鐸開一；陌合二等字，多為中古山攝字與少數梗攝字。

由以上收字來看，可知「甲葛括」合韻第五部的收字主要來自於中古山、咸攝一、二等字。

從現代方言的讀音來看，根據孟慶惠（1997：437～438）的調查，中古山、咸攝一、二等字分別有[aʔ]、[iaʔ]、[uaʔ]。如：「答、塔；甲、鴨」等中古咸攝開口一、二等字（端系；見溪母），「八、察、殺」等中古山攝開口二等字（幫、莊組）都讀為[aʔ]；「洽」等中古咸攝開口二等字（匣母）讀為[iaʔ]；「括、闊、豁；刮、滑、刷」等中古山攝合口一、三等字（見組；見系生母）都讀為[uaʔ]。

因此，合韻第五部的主要元音是[a]，可將甲葛括合韻第五部擬作[aʔ]。而入聲甲韻對應於根、加兩個開韻，則擬作[aʔ]；葛韻對應高、干兩個開韻，則擬作[aʔ]；括韻對應官、乖兩個闔韻，則擬作[uaʔ]。

（六）吉質合韻第六部

1、吉韻

十九聲母中，吉韻所收的字分別有「吉、吃、急、乞、隙、一、抑；的、剔、匿；必、逼、碧、匹、密；即、七、緝、錫、息、惜；積、叱、失、飾；迄、吸、力、日」等，以上各聲母收字來源，包含質開三、迄開三；昔開三、錫開四；職開三等字，多為中古臻攝字與少數梗、曾攝字。

2、質韻

十九聲母中，質韻所收的字分別有「質、執、織、隻、棘、汁、蟄、尺、直、十、式、釋、石」等，以上各聲母收字來源，包含質開三、昔開三、緝開三等字，為中古梗、臻、深攝字。

由以上收字來看，可知「吉質」合韻第六部的收字主要來自於中古臻攝和少數梗、曾、深攝字。

從現代方言的讀音來看，根據孟慶惠（1997：437～438）的調查，中古臻攝和梗、曾、深攝開口三等字都讀為[iʔ]。如：「匹、七、吉、一、益、迄、乞；質、失、室」等中古臻攝開口三等字（幫精組見系；知章組）都讀為[iʔ]；「緝、急、吸；汁、蟄」等中古深攝開口三等字（精組見系；知章組）都讀為[iʔ]；「逼、息、棘、抑；織、飾」等中古曾攝開口三等字（幫精組；知章組）都讀為[iʔ]；「隙、碧；惜、益；尺、釋」等中古梗攝開口三等字（見組幫母；精組影母；知章組）都讀為[iʔ]；「的、錫、吃」等中古梗攝開口四等字（幫見組端系）都讀為[iʔ]。

因此，合韻第六部的主要元音是[i]，可將吉質合韻第六部擬作[iʔ]。而入聲吉韻對應於巾、姬兩個闔韻，則擬作[iʔ]；質韻對應機開韻，則擬作[iʔ]。

在竺家寧(1999b)一文中，已全面性對《山門新語》的「入聲字韻尾」與「各部韻母」進行研究，指出：其入聲韻韻尾已相混爲喉塞音[ʔ]，各部韻母主要元音則爲[u]、[ɔ]、[ɛ]、[e]、[a]、[i]，所以將入聲合韻六部分別擬作[uʔ]、[ɔʔ]、[ɛʔ]、[eʔ]、[aʔ]、[iʔ]。而本文經統計分析過後的成果，也與此文的結果一致。另外，竺氏（1999b）一文又再與《歙縣話音檔》作比較後，認爲《山門新語》所呈現的入聲現象，應可作爲觀察一百多年徽語績歙片入聲語音變遷的參考材料。

綜合上述對「舒聲合韻十四部」與「入聲合韻六部」的討論，下表左右同時羅列其擬測成果，以利於觀察其對應情況：

表5-9：舒聲十四部與入聲六部對照表

舒聲十四部		三十韻目	入聲韻目	入聲六部
第一部	闔	呱[u]	谷[uʔ]	第一部
	闔	居[y]	橘[yʔ]	第一部
第二部	開	江[iaŋ]	覺[iɔʔ]	第二部
	開	岡[aŋ]	各[ɔʔ]	第二部
	闔	光[uaŋ]	國[uɛʔ]	第三部
第三部	闔	昆[uən]		
	開	根[ən]	甲[aʔ]	第五部
第四部	開	加[a]		
	闔	瓜[ua]	郭[uɔʔ]	第二部
第五部	闔	戈[uo]		
	開	哥[o]	各[ɔʔ]	第二部
第六部	開	鉤[ou]		
	開	鳩[iou]	菊[iuʔ]	第一部
第七部	開	交[iau]		
	開	高[au]	葛[aʔ]	第五部
第八部	開	干[an]		
	闔	官[uan]	括[uaʔ]	第五部
第九部	闔	乖[uai]		
	開	佳[ai]	格[ɛʔ]	第三部

第十部	開	庚[əŋ]	結[ieʔ]	第四部
	開	經[iəŋ]		
第十一部	開	堅[ien]	決[yeʔ]	第四部
	闔	涓[yen]		
第十二部	闔	君[yn]	吉[iʔ]	第六部
	開	巾[in]		
第十三部	開	姬[i]		
	闔	圭[ui]	國[uɛʔ]	第三部
	開	璣[ï]	質[iʔ]	第六部
第十四部	闔	宮[yuŋ]	橘[yʔ]	第一部
	闔	公[uŋ]	谷[uʔ]	第一部

第六章　《山門新語》的聲調

　　本章旨在探究《山門新語》的聲調，首先論述周贇如何建構出「六聲」的聲調體系，並闡明其融合易卦、樂律等概念所創制韻圖的歷程；其次則針對聲調中的三項特色進行說明，藉以了解本書聲調所呈現的音韻現象，也從中評述作者最引以自豪的「去聲分陰陽」特徵。另外，由於聲調調值不易描寫，所以本文並沒有要對本書聲調的實際音值進行討論。

第一節　聲調的描述

　　以下先說明聲調體系的建構歷程，再論述六聲說的形成起源。

一、聲調體系的建構

　　從建構聲調體系的過程來看，其論述理據乃是將自己從易卦、琴律等理論中所獲取的意念，與聲調應為六聲的看法相互結合。大致來說，十二圖說之中，易卦方面有：〈四母六子原於卦象圖說第七〉、〈四時卦氣生音有分合多寡圖說第八〉；琴律方面則有：〈周氏琴律切音經緯指掌圖第十〉，最後則有〈六聲圖說第十二〉（附六聲事蹟）闡發其聲調體系。下文則先梳理作者融合易卦、琴律等概念後，轉而建構聲調體系的歷程，並也相互參照本書「十論」中的音學觀點，藉以闡明概念整合後所展現的韻圖形制。

（一）作者主觀意念

下文分作「易卦」、「琴律」概念兩方面進行說明：

1、易卦概念

作者在聲調的起源上，則借用易卦演變的模式，提出將聲音之陰陽與氣之開闔相互連繫的想法，並認爲可以從卦象與爻位的變動來觀察聲音的陰陽，如自序所云：

> 音之陰陽視氣之開闔，氣之分於出音之先者也；聲之陰陽視氣之剛柔、氣之辨於成聲之後者也，音之氣根乎象：闔戶謂之坤、闢戶謂之乾，故分在先；聲之氣根乎爻：奇爻剛、偶爻柔、故辨在後。音之統聲，猶象之統爻，韻主音則論韻必以開闔分陰陽。（頁3）

所以本書以〈切音四母六子原於卦象圖說第七〉闡明六聲之分合乃與後天之卦象起源相關，又爲順天應地的自然之理，另立〈四時卦氣生音有分合多寡圖說第八〉以闡明六聲之象與四時之氣相應合，乃爲自然之音。此外，對前人所提聲調應分四聲、五聲的說法，作者也進而提出論辯，認爲四聲之分乃源於先天之理，故六聲之說乃順此道理而出。下文就這三方面進行說明：

（1）四聲與五聲的起源

周贇提出聲調應分六聲之後，對於昔日劉宋周彥倫（？～485）分四聲與元周德清（1277～1365）分五聲的理論，必然有所評述，那若與自己所提的「六聲說」相互比較，則又有何不同呢？周贇對於三者間的關係，於自序中指出：

> 昔德清之論音不分母子直舉彥倫之四聲而五之，故有五音之名。贇則於彥倫之四聲間，分其子聲以爲六，而於德清之五聲仍合其母聲而爲四，且其子聲聯之則通爲六聲，拆之仍互爲四聲，於四聲之本原無所更變，故不立六聲之名，然則六聲之分不能外乎四聲，而四聲之分仍不能外乎琴律矣。（頁11）

認爲四聲與五聲的分合本應以「母子形式」的演變關係來觀察，周德清分五聲的理論，其實亦不離周彥倫四聲的本體，因此若要體察六聲之本源，也必須從周彥倫所分四聲來看。而彥倫之所以要將天地間的聲調分爲四聲，乃爲順應陰陽兩儀生四象的道理，所以即使後來周德清雖將聲調分爲五聲，但因未以母子演變的關係來推論，故仍然是屬於彥倫四聲的範疇。

（2）六聲推演與乾坤生六子說

周贇依據《周易》後天八卦中的「乾坤生六子」[註1] 理論，將彥倫四聲說以母子演變的關係（四聲說爲母、分其子聲爲六），進而推論出「六聲說」，過程中周贇也藉此對前人的不贊同提出辯駁，以闡明自己六聲說的體系。首先，有人懷疑四象既然能分出八卦，而四聲爲何又不分八聲呢？周贇認爲此乃不明「乾坤六子」之理也，云：

> 以乾坤六子之卦氣生音，父母二聲在上，六子聲在下，豈非六聲分
>
> 八聲乎！（〈圖說第七〉，頁75）

六聲之生乃是由原本的乾坤父母之體所演變，因此應該分作六聲而非八聲。其次，又有人質疑：「乾坤止二母而四聲有四母，且四母不當生六子也。」周贇認爲此乃不明後天八卦之理也，云：

> 後天八卦離坎代乾坤而居父母之位，則離坎當繼乾坤而爲少父母，
>
> 既爲少父母則必生子，而少陰少陽其生子各肖其母之專陰專陽而不
>
> 能分陰分陽，豈非四母六子乎！（〈圖說第七〉，頁75～76）

所以四聲所指的四母之說應爲：乾（父）、坤（母）、離（少父）、坎（少母），而又因離、坎各肖其母爲專陰專陽，因此只有原本的乾、坤父母才能再分出陰陽，故才有所謂「六聲說」的產生。最後，周贇在前人尚有許多不明的情況中，提出應遵守：「以四聲之理求卦象，必求諸四時之象，而以四聲生音之理求卦象，則必求諸母子之象，非兩象合參其理不明法在移」的規律，而將六聲與後天八卦結合爲：

> 後天八卦之班以就乾坤六子之列，則乾以資始主春而爲平聲之
>
> 母，而震巽二木自屬春而爲子聲；坤以成物主秋而爲去聲之母，
>
> 而艮土成火生金自與兌金並屬秋而爲子聲；坎離以水火主夏冬爲
>
> 上聲入聲之母，而其生音則離子之子恆爲離，坎之子恆爲坎，是
>
> 春秋子音皆兩卦而冬夏子音各一卦。亦何待見贇之琴律圖而始知

〔註1〕《周易・說卦傳》云：「乾，天也，故稱父。坤，地也，故稱母。震一索而得男，故謂之長男；巽一索而得女，故謂之長女；坎再索而男，故謂之中男；離再索而得女，故謂之中女；艮三索而得男，故謂之少男；兌三索而得女，故謂之少女。」此爲「乾坤父母生六子」一說的由來。

四聲之分六聲，見贊之六聲圖而始信去聲之分陰陽哉。(〈圖說第七〉，頁 75)

因此當結合四時之象與各卦所表之五行時，則闡明自己所提的「六聲說」乃是順應自然應有的規律而已。

（3）六聲之象與卦氣多寡

周贇為自己的「六聲說」找到源流並加以闡明後，先對自己六聲說中的卦序排列進行解釋，又進一步藉著卦象的媒介將六聲所代表之象與四時之氣結合。周贇提出平、去、上、入四母分屬「老陰、少陽、老陽、少陰」，而平去兩母又分陰、陽子聲，上入兩母則子聲為純陰、純陽，故此為聲調分六聲的原因所在，下文則以「去母」為例說明：[註2]

去母之為老陽者，否之三爻也，坤之體始姤而終坤，坤不始姤初爻而始否三爻者，陽九陰六，陽得兼陰陰不得兼陽，乾資始故在初爻，坤成物故在三，又否之三爻即坤之三爻，而即乾之三爻之變為陰者也。去母所以為老陽之聲也，其子聲陽去按泛二聲為兌之二初爻，即乾之二初爻也，陰去按泛二聲為艮之二初爻，即坤之二初爻也。

卦先兌後艮，爻先上後下者，陽順陰逆也。(〈圖說第八〉，頁 79)

去母代表老陽，則分出子聲陽去、陰去，而原本卦序應先列兌卦再列艮卦，但順著陰陽卦氣的轉移時，則分陰分陽的順序，應先列艮卦再列兌卦，因此對「陰平、陽平；上陽；陽去、陰去；入陰」六聲分別配合「震、巽（承乾之陽）；離；艮、兌（承坤之陰）；坎」等六卦提出理據。最後，周贇以卦象所表之數，計算出四聲之音乃與四時卦氣相符合，如：

蓋乾氣自仲冬貫乎孟夏，故平聲為陰轉陽；坤氣自仲夏貫乎孟冬，故去聲為陽轉陰。而聲數之多寡則以乾坤之數乘六卦之數而見，此四聲生音之分合多寡原於四時卦氣，而即為雙聲疊韻所由出也。(〈圖說第八〉，頁 79)

分別以震七巽八（平）、離八（上）、艮七兌八（去）、坎七（入）等數與乾九坤六之數相承，得出春之數一百三十三（或一百三十五）[註3]、夏之數七十二、秋之

〔註 2〕至於平母、上母、入母與易卦的關係，可參見〈圖說第八〉，頁 79。

〔註 3〕在〈周氏琴律切音序〉，頁 12 中，春之數作一百三十五。

數九十、冬之數四十二，總爲一年四時之數也爲六聲應有之數，即所謂周贇四聲生音之分合多寡原於四時卦氣的道理，同時也是在書自序中所云：「夫琴者理原於象數而氣應乎天時」的具體展現。

2、琴律概念

周贇以易卦概念說明「六聲說」的來源與理由後，接著採以古代琴律的概念，爲自己的六聲說添加語音的劃分依據與準則。可分作兩個部份來陳述：

（1）六律與五音的關聯

爲了用琴律來解釋語音的根據，所以首先介紹琴律與傳統的五音之間的關係，如自序所云：

> 夫惟春始一陽，故琴律以黃鐘之宮爲諸音之首，於三統爲天，於時爲冬至夜半，於人爲赤子初生。黃鐘之宮三分損益遞生徵商羽角爲五音，三分損益遞生太簇、姑洗、蕤賓、夷則、無射爲六律，五音即五行之氣經聲也，六律即四時之氣緯聲也。故琴以七絃爲經，以十三暉爲緯，七絃即宮商角徵羽五正二變，十三暉即六律六呂應十二月其一爲閏也。（頁 12～13）

可知周贇以六律和五音的劃分與琴的「七絃爲經，以十三暉爲緯」之特點相互應合，建構出整個語音體系。而接著又以琴律中的「散、按、泛」三種彈法所得之音，作爲語音的分類，如自序所云：

> 以四時分六律則春秋皆二律而冬夏各一律，按律彈之，每位一音，而每音自分散按泛三聲，三聲者三極之道也，八卦皆三爻，四時皆三月，五音六律損益皆三分，故樂以三爲節。舊譜謂泛聲最清爲天音，散聲最濁爲地音，按聲清濁半爲人音，不論高卑虛實，但以響之大小分清濁非確論也！贇嘗著琴論，以散聲出於自然，其音渾全無限，高大而虛，虛則清，當爲天音；按聲位卑，聲實而重，重則濁，乃爲地音；泛聲高不及散，低不及按，其聲在虛實之間而最小，則人音也。其在造琴之始，必先散彈而後之按，既有散按而後知酌其中以爲泛，此三統自然之序，而三聲與十二律皆始於子也。（頁 13）

「散、按、泛」本爲琴律中的三種彈法，周贇藉著其呈現出語音之不同特色，將此作爲語音上的判斷理據，而也依其聲響之清濁，將前人所列「散（地音）、

按（人音）、泛（天音）」調整作「散（天音）、按（地音）、泛（人音）」，已明其聲響的清濁。此外，周贇更將這種分作「三聲」的琴律與「八卦（皆三爻）、四時（皆三月）、五音六律（損益皆三分）」應合，認為「樂皆以三為節」乃可視為三極之道（天地人），總括了天地間的一切之音，也呈現了自然之序。

（2）六聲說的展現——琴律與四時

經由上述琴律與五音的聯繫後，周贇首先將十二律呂歸於四時當中，並也提出「春秋皆二律而冬夏皆一律」的說法，如：

> 琴律起黃鐘者，氣之始也，冬至一陽生為春氣之始，故黃鐘至太簇
> 為春聲；夏至日長自春分第二日始，故夾鐘至中宮為夏聲；夏至一
> 陰生為秋氣之始，故蕤賓至夷則為秋聲；冬至日短自秋分第二日始，
> 故南呂至應鐘為冬聲，春秋皆二律而冬夏皆一律，即以寅為歲首亦
> 然。（〈圖說第九〉，頁80～81）

所以當琴律以「五音為經、四時分六律為緯」的架構都確立後，周贇則將此作為應合「六聲說」的根據，並由琴律中分「散、按、泛」三類音的方式，闡釋出自己的語音體系乃總括天下之音，如：

> 夫琴以五音為經，四時分六律為緯，故切音以五音為經、四聲分六
> 聲為緯，琴以黃鐘之宮為音首，呱字應黃鐘之宮，故為音母。春秋
> 皆二律，冬夏各一律，故平去子聲分陰分陽皆二聲，上入子聲專陰
> 專陽各一聲。按律取音，一音分散按泛三聲，散聲易律不易音，故
> 平去母子共五聲，而上入母子共三聲，此贇早歲雖分六聲，未學琴
> 律終不能明其理而定切音之法也。（〈圖說第九〉，頁81）

可知在闡述「六聲說」的過程中，仍與本書「琴律切音」的主觀意念息息相關。

（二）韻圖形制展現

從建構「六聲說」聲調體系的歷程來看，其闡述的內容乃是經由「易卦」與「樂律」兩概念整合後的成果。首先，作者先論述易卦「乾坤生六子」演變的模式，藉此作為六聲說的依據，並從易卦特徵加以延伸，推展出四時和卦氣生音的形式，下面列出〈切音四母六子原於卦象圖說第七〉、〈四時卦氣生音有分合多寡圖第八〉兩圖，以作為說明：

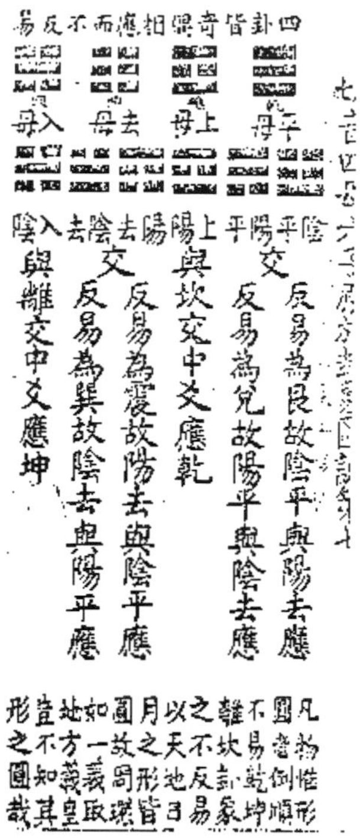

圖 6-1：四母六子卦象圖說第七 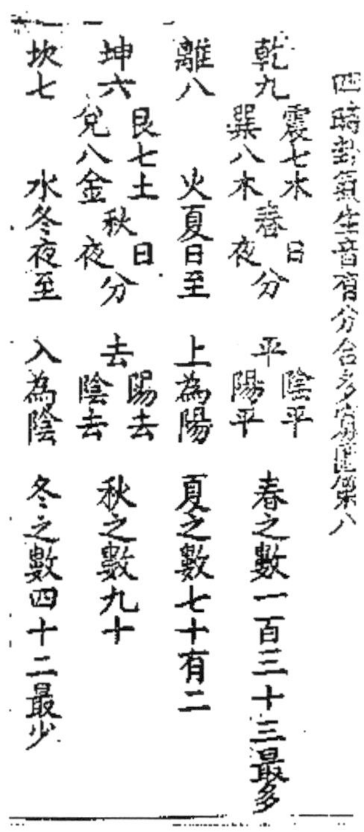　　圖 6-2：四時卦氣生音圖第八

其次，作者羅列易卦、樂律與聲調的對應關係，闡明《山門新語》音韻的本源，並也說明聲調分陰分陽的情況，即呈現「六聲說」（陰平、陽平；上陽；陽去、陰去；入陰）的聲調體系。

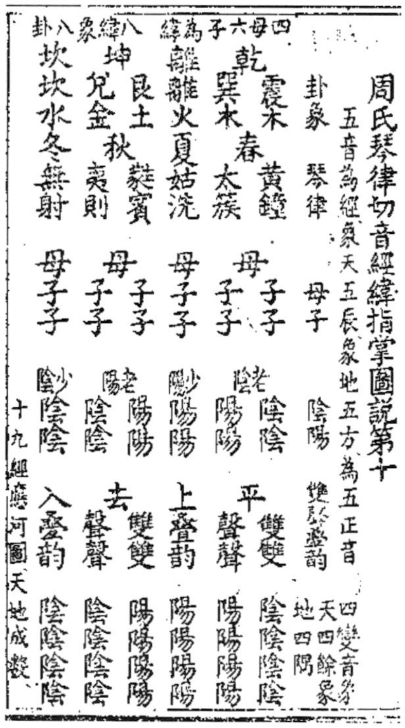

圖 6-3：切音經緯指掌圖說第十

二、六聲說的形成

關於聲調六聲說理論的形成，下文分作發現、起源、辨別標準三方面進行說明。

（一）六聲的發現

周贇在自序中，曾記載發現六聲的過程，其云：

> 贇能言時，授經祖膝，初學韻語，教以四聲，每舉一平聲，使自別之，輒讀去聲爲二，而誤以其次聲爲入聲。及九歲教以五聲，因思平聲既有陰陽，則去聲亦有陰陽，乃悟向之所誤以爲入聲者，即去聲之陰聲耳。大父笑曰：「昔人學由悟入，汝乃由悟入也耶，凝神而首肯者久之。」（頁9～10）

周贇年幼時，在祖父鳳岡先生教導韻學的過程當中，無意間發現去聲似乎應可分作陰、陽兩聲，之後便開始對此問題潛心探究並試圖尋找其規律所在，其云：

> 徐謂去聲誠有二音，第其陰陽先後，須有確據而後可行，退而潛心探討，見凡一字收平去兩韻者，平聲爲陰則其去聲必爲陽；平聲爲陽則其去聲必爲陰，驗諸人口，百不差一，其字體相從之音亦然，因集其字爲六聲圖。去聲之陰陽即以平聲之相應者分之，而去聲陰陽之先後即以平聲相應之先後定之。舉以相質，大父大加欣賞，爲此亦眼前妙理，何以數千年來無人道破，一旦被小子拈出，而四聲、五聲、六聲雖皆爲我周氏所分，豈非兩間奇事，向使昔人不分五聲，汝安得有此神悟，然平聲又不皆可分陰陽，此理更需考訂耳。（〈自序〉，頁10）

發現凡是平聲爲陰的字，其去聲則爲陽聲，反之若是平聲爲陽的字，其去聲則恰爲陰聲，所以周贇認爲去聲的確應該有陰陽兩聲之分，且去聲之「陽陰」又與平聲之「陰陽」相配，故去聲分陰陽與平聲分陰陽應有相互呼應的道理存在才是。然而平聲卻有時無法同時有陰聲和陽聲，那這時去聲又該如何分呢？因此，這讓周贇思索聲調體系的建構，是否依循著一定的準則，故開始對韻學的源頭進行探究。

（二）聲調的起源

周贇回想當日祖父授以韻學時，曾提到辨音當以氣為主，所以他也從此論點思索，嘗試找出聲調起源的準則為何，提出：

> 憶大父遺言，辨音當以氣為主，而求其律於琴，於是學琴以通諸音韻，乃知六聲之氣生於四聲，而四聲之氣生於一聲，因按黃鐘之宮以推原中聲之音母，而即於琴律見古人切音之法焉。（自序，頁 10）

周贇認為要推求聲調的起源，則必須先找尋其依據，提出若要清楚辨明音韻則要從其「氣」著眼，然「氣」為無色無味的抽象事物，如何能夠具體描述，而古人又以何種方式來談論與敘述呢？周贇認為古人乃以「琴律」之理來辨明音韻，要論其聲，則必須從其氣來辨別，若能釐清氣的生成源流和延續開展的情況，必能知曉聲調是否應分為六的道理。因此，這也是為何在《山門新語》一書中要以「琴律」之理來切音的緣故了。

（三）六聲的分辨——以「聲、形」分陰陽

本書對於平去兩聲各分陰陽的看法，則以「一字兩音」和「字體相從」兩項來作為辨別，如自序所云：

> 而陰陽之理即互見於聲形之閒，故凡「一字有平去兩聲者」其陰陽皆隔二以相應，隔二即隔八之義也，如王天下者為王，王為陽平聲則王必為陰去聲，王之所以為陰去聲者，以王之陰平為汪，汪之去聲為醂，汪王同母而醂王同母也；……此一字兩音之陰陽相應，按之「字音」驗之人口而百不差一者也。至平去兩音之字體相從者，如通同為雙聲疊韻，通為陰平則痛為陽去，同為陽平則洞為陰去，痛從通體，洞從同體；……此平去「字體相從」之陰陽相應，按之字音驗之人口音而百試不差一者也。（頁 21~22）

可知依據這兩種方式來辨明去聲陰陽，都是先由平聲出發，區分了容易辨別的平聲陰陽，進而再來判定去聲的陰陽情況。然而，綜觀全書關於「去聲分陰陽」的論述內容，作者似乎並未明確提出一個分辨聲調陰陽的方式，這不禁令人懷疑其合理性的存在！關於此一問題，則將於討論「去聲分陰陽」的語音特徵時，再進行深入探究。

第二節　聲調的討論

　　以下針對聲調中三項重要的語音特徵進行說明，作爲探究本書聲調歷時語音規律的考察，當然也對於其「去聲分陰陽」的特徵進行評述。

一、平聲分陰陽

　　下文歸納韻圖中的收字情況，說明平聲分陰陽的依據爲何，並對於散聲處不分陰陽的現象進行闡釋。

（一）分陰陽的依據

　　從《山門新語》的韻圖格式來看，平聲部分已經分成陰聲、陽聲兩類，然而在本書中並未說明其分類的依據爲何！若單就語音演變的角度來觀察，一般來說聲調的陰陽劃分乃與聲母的清濁分類相關，清聲（全清、次清）字變爲陰平，濁聲（全濁、次濁）字變爲陽平，而這種分化的情況最早可見於《中原音韻》平聲分爲陰平、陽平的分類方式。

　　本書的分類依據爲何呢？以下列出〈切音圖說・一呱韻〉平聲例字，藉此觀察其分爲陰、陽聲的依據：（續下頁）

表 6-1：〈切音圖說・一呱韻〉平聲

一呱韻	
陰平	陽平
呱　模合一 / 見	
枯　模合一 / 溪	刳　模合一 / 溪
烏　模合一 / 影	吳　模合一 / 疑
都　模合一 / 端	
莵　模合一 / 透	徒　模合一 / 定
駑　模合一 / 泥	奴　模合一 / 泥
逋　模合一 / 幫	
鋪　模合一 / 滂	蒲　模合一 / 並
摸　模合一 / 明	模　模合一 / 明
租　模合一 / 精	
粗　模合一 / 清	徂　模合一 / 從
蘇　模合一 / 心	穌　虞合三 / 心

朱　虞合三／章	
初　魚合三／初	鉏　魚合三／從
疏　魚合三／生	殊　虞合三／禪
呼　模合一／曉	胡　模合一／匣
攎　模合一／來	盧　模合一／來
敷　虞合三／敷	扶　虞合三／奉
濡　虞合三／日	儒　虞合三／日

　　從上表的例字來看，可發現凡是歸於陰平的例字，其聲母主要以清音（全清、次清）聲母字爲代表，僅四字（鴛、摸、攎、濡）爲次濁音；而歸於陽平的例字，則聲母主要以濁音（全濁、次濁）聲母字爲代表，僅兩字（刌、齉）爲次清音。若再綜觀〈切音圖說〉的三十張韻圖，也與上表〈一呱韻〉的結論大體一致，因此可推想本書平聲中陰、陽兩聲的分類依據，應與聲母的清濁有關。

（二）「散聲」無陰陽之分

　　〈切音圖說〉將平聲分爲陰平、陽平兩類，然而從〈切音百四名次圖說第十一〉與〈切音圖說〉的韻圖格式來看，如下面所示：（以平聲喉音與一呱韻收字爲例）

表6-2：散按泛韻圖格式

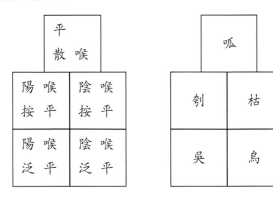

　　可發現在五正音中的各個散音處（如：呱、都、逋、租、朱字），都僅放置於陰陽聲的正中央，而卻沒有標示其究竟是歸爲陰平或陽平，[註4] 這又應該如何去看待呢？

〔註4〕在高永安（2004a：203～218）對《山門新語》一書所制訂的音節表當中，高氏則將平聲與去聲的散音部分都直接劃歸爲陰聲。如以〈切音圖說・一呱韻〉喉音例字爲例，平聲「呱、枯、烏」三字皆歸陰平聲；去聲「固、庫、汙」三字皆歸陰去聲。

筆者以為可從「觀察韻圖散音處所收例字」與「作者主觀意念影響」兩方面來作闡釋。綜觀〈切音圖說〉各韻圖五正音的散音處之例字，大體來說各圖所收之字幾乎都屬於「清音」，所以將其劃歸為陰聲部分是可被接受的。然而令人不解的是，為何周贇不在韻圖排列時，就直接將散音例字歸為陰聲呢？亦或是如同按聲、泛聲一樣的模式，同時在韻圖中列有陰、陽兩聲呢？這應與作者的主觀意念有密切的相關才是，下文則列出書中關於此種安排模式的說明，如：

> 故平去子聲分陰分陽皆兩聲，上入子聲專陰專陽各一聲，按律取音，一音分散按泛三聲，散聲易律不易音，故平去母子共五聲，而上入母子共三聲，此贇早歲雖分六聲，未學琴律終不能明其理而定切音之法也。（〈琴律圖說第九〉，頁 81）

> 乃知圖中所分六聲非按聲及泛聲，無一音入散聲者，及細按夫應散聲之則皆不可分，乃知不可分者為乾離坤坎、春夏秋冬之聲；其可分者為震巽艮兌、黃鐘太簇蕤賓無射之聲，因而悟四聲為母而六聲為子，遂即母音分五音以推其先後。（〈六聲圖說第十二〉，頁 85）

> 夫經以參伍綜錯；緯聲以四六應合，四聲之天音皆一聲，而平去之地音皆二聲者，陽奇陰偶也，人音亦有二聲，男女之象也。（〈六論三分音〉，頁 12）

由上述可知，韻圖中散聲不分陰陽的安排，乃是作者將心中琴律、易卦等概念，投射於韻圖形制上，進而創造出的特殊形制，並也藉此闡釋其「母子生音」的模式，可參照〈切音經緯指掌圖說第十〉一圖（見〔圖 6-3〕）。

因此，平聲散音部分雖沒有歸為陰聲或陽聲，但是就韻圖實際所收的例字來看，應可將其視為「陰平聲」，而之所以會有這樣的情況產生，則是作者主觀意念的運作所影響形成。當然在去聲部分，散聲不分陰陽的意義，也應與平聲部分相同。

二、全濁上聲字仍歸上聲

下文對於韻圖中的全濁上聲字進行歸納，先說明全濁上聲字仍歸上聲的實際情況，再將此特徵置於皖南方言中進行闡釋。

（一）例字的歸屬

在近代語音的演變中，聲調的「濁上歸去」是重要的一項語音特徵，然而在《山門新語》一書中，卻表現大多數的全濁上聲字仍然讀爲上聲的特殊情況，下面則列出〈切音圖說〉全濁音上聲仍歸上聲的例字：[註5]

表 6-3：〈切音圖說〉濁上仍歸上聲例字

韻名	例字（音韻結構）
一呱	部（姥合一／並）
二居	巨（語合三／羣）；敘（語合三／邪）；杼（語合三／澄）；豎（麌合三／禪）
三江	丈（養開三／澄）
四岡	蚌（講開二／並）；象（養開三／邪）；沆（蕩開一／匣）
六昆	盾（混合一／定）；笨（混合一／並）
八加	夏（馬開二／匣）
十戈	禍（果合一／匣）
十二鉤	紂（有開三／澄）；受（有開三／禪）；厚（厚開一／匣）
十四交	趙（小開三／澄）；紹（小開三／禪）
十五高	道（皓開一／定）；抱（皓開一／並）；浩（皓開一／匣）
十七官	斷（緩合一／定）；歎（感開一／從）
十九佳	待（海開一／定）；倍（海開一／並）；廌（蟹開二／澄）；亥（海開一／匣）
二十庚	蕈（寢開三／從）；朕（寢開三／澄）；甚（寢開三／禪）；荇（梗開二／匣）
二十一經	並（迥開四／並）；靜（靜開三／從）；幸（耿開二／匣）
二十二堅	辨（獮開三／並）；善（獮開三／禪）
二十三涓	漸（琰開三／從）；篆（獮合三／澄）；泫（銑合四／匣）
二十五巾	近（隱開三／羣）；臏（軫開三／並）；盡（軫開三／從）
二十六姬	弟（薺開四／定）
二十七圭	被（紙開三／並）；陛（薺開四／並）
二十八璣	技（紙開三／羣）；士（止開三／崇）
二十九宮	士（止開三／崇）；尰（腫合三／禪）
三十宮	奉（腫合三／奉）

而全濁音上聲已變成去聲之例字，則有：

〔註 5〕關於《山門新語》「濁上歸去」的問題，竺家寧（1998a）一文曾進行探討，文中已羅列部分仍讀爲上聲之例字。本文以此爲基礎，全面查找〈切音圖說〉之例字，因此所列例字則與竺文略有不同。

・149・

表 6-4：〈切音圖說〉濁上已歸去聲例字

韻名	例字（音韻結構）
二十三涓	撰（線合三／崇）
二十七圭	罪（至合三／從）
二十八機	祀（志開三／邪）

　　相較之下，可以確定《山門新語》一書的全濁上聲字，多數仍爲歸屬上聲字，而產生「濁上歸去」現象的僅有少數幾個例字。因此，若依據何大安（1988：123）對現代方言中「濁上歸去」現象所作的調查，全濁上聲字多數仍爲歸上聲字的情況，應是與現代徽州方言較爲相似！而且這一項「全濁上聲字仍歸上聲」的現象，也是與其他方言相比後，較爲突出的語音特徵。

（二）特徵的說明

　　關於《山門新語》全濁上仍歸上聲的情況，竺家寧（1998a）、高永安（2004a）兩人曾對此問題提出意見。竺家寧（1998a）認爲：「本書音系全濁上聲字大部分仍讀爲上聲，而且特別的是少數濁上已變成去聲者，一律是齒音字，表示在《山門新語》的方言系統裡，濁上歸去的演變是由齒音字開始的。」；高永安（2004a：199）中則根據平田昌司（1998：35）所列「安徽績溪方言」的聲調特點，所云：

> 上聲不分陰陽，今上聲來自古清上、次濁上及古全濁上的一部份常
> 用字。古全濁聲母上聲字很不穩定，大多數字今讀陽去，還有一部
> 份字讀上聲，或陽去、上聲兩讀，少數字讀陽去，分化條件不明。

藉此推斷：「寧國型（按：指《山門新語》）古濁上聲字聲母清化以後歸次清上聲，不歸去聲。古濁上聲字的這種非常明確的歸屬，跟現代績溪方言一致。」

　　然而高氏一文所舉「績溪方言」：「大多數字今讀陽去，還有一部份字讀上聲」的特徵，與《山門新語》所呈顯「大部分清化後仍歸於上聲，僅有少數歸入去聲」的現象，似乎並不能吻合，若是藉此作爲反映現代績溪方言的依據，不免令人產生疑惑不解！筆者認爲不妨可從徽州方言內部語音特徵差異甚大的觀點來思考，試著尋找其他代表徽州方言語音特徵的方言點，觀察是否接近有此一現象的特徵。

　　在孟慶惠（2005：20）一書中，對於徽州方言的共同性語音特徵，即有：「古上聲字在徽州方言中最穩定。多數地方把古清音和濁音上聲字仍讀同調。」的

特點，另外在孟氏（2005：46）依據《中國語言地圖集》所劃分徽州方言片的「績歙片」中，也再次指出：「徽城話的上聲基本來自古上聲，只有少部分古全濁上聲字混爲陽去。」的特點。若再加上平田昌司（1998：53）所列「安徽歙縣方言」的聲調特點：「古清上、次濁上以及大部分全濁上字今讀上聲[35]。」作爲補充，則可以得知：《山門新語》濁音上聲字，多數仍歸上聲之特點，應與徽州方言「績歙片」相同，其中又以方言點「歙縣」最爲密切吻合才是。

三、去聲分陰陽

下文歸納韻圖中的收字情況，說明去聲分陰陽的依據爲何，並對韻圖上的調類順序進行解說，再經由韻圖例字的檢核，闡釋本書去聲分陰陽的現象爲何。

（一）分陰陽的依據

在《山門新語》去聲方面，也分出陽去、陰去兩類，成爲本書最爲獨特的語音特點，也是作者最爲自矜之處。〔註6〕然而綜觀本書內容，會發現作者似乎並未明確提出其分類的依據爲何？若從本章「六聲說形成」一節的論述來看，可將本書闡明去聲分陰陽的方式，總結爲：以「平聲陰陽」對應「去聲陽陰」，且陰陽之理又可呈現於「一字兩音」和「字體相從」兩種情況之中。可將平聲和去聲的對應關係列爲：

表 6-4：平、去兩聲的對應

對應關係	陰平　→　陽去		陽平　→　陰去	
例　字〔註7〕	鋪	鋪	吳	誤

此外，再以前文陰平爲清、陽平爲濁的結論來看，與陰平對應的陽去應是呈現清聲、而陽平對應的陰去應是濁聲才是。

然而，當實際對照安徽績溪方言「陰陽去」的例字後，則發現與本書所言並不相符！根據平田昌司（1998：38～49）所列的績溪方言同音字匯，如：鋪

〔註 6〕羅常培（1934）曾指出：「周贇有一副自況的對聯云『一品教官天下少，六聲韻學古來稀』；他並且有一塊『始分六聲人』的圖章，可見他對於分別徽州的六聲是很得意的了。」

〔註 7〕該例字取自於《山門新語・六聲圖說第十二》所集之字，而分別以鋪字代表「一字兩音」的類型、以吳、誤兩字代表「字體相從」的類型。

[pʰu]，兩音分別爲陰平[31]和陰去[35]；吳[vu]、誤[vu]，分別爲陽平[44]和陽去[22]。所以若是認爲《山門新語》的去聲分陰陽爲安徽方言的實際語音反映，或許應該將「陰平對應陽去」、「陽平對應陰去」改作「陰平對應陰去」、「陽平對應陽去」才是。

那麼本書的分類「陰、陽」的依據又爲何呢？以下列出〈切音圖說・一呱韻〉去聲例字，藉此觀察其分爲陰、陽聲的依據：

表 6-5：〈切音圖說・一呱韻〉去聲

一呱韻			
陽 去 [註8]		**陰 去**	
固 暮合一／見			
庫 暮合一／溪		涸 暮合一／見	
汙 暮合一／影		悟 暮合一／疑	
妒 暮合一／端			
兔 暮合一／透		度 暮合一／定	
笯 暮合一／泥		怒 暮合一／泥	
布 暮合一／幫			
怖 暮合一／滂		步 暮合一／並	
模 暮合一／明		暮 暮合一／明	
做 暮合一／精			
醋 暮合一／清		祚 暮合一／從	
素 暮合一／心		遡 暮合一／心	
注 遇合三／章			
傗 御合三／初		住 遇合三／澄	
戍 遇合三／書		樹 遇合三／禪	
戽 暮合一／曉		互 暮合一／匣	
壚 暮合一／來		路 暮合一／來	
傅 遇合三／非		附 遇合三／奉	
孺 遇合三／日		住 遇合三／澄	

〔註8〕此表「陽去、陰去」所排的順序和音韻結構表所列順序相同，都是根據〈切音百四名次圖説第十一〉所標示，所以僅是當作一種分類上的標示，並不實指聲調的陽去、陰去，而關於《山門新語》六個調類的問題，則於下文進行說明。

　　從上表的例字來看，可發現凡是歸於陽去一欄的例字，其聲母主要以清音（全清、次清）聲母字爲代表，僅四字（筊、縸、廬、擩）爲次濁音；而歸於陰去一欄的例字，其聲母主要以濁音（全濁、次濁）聲母字爲代表，僅兩字（涸、遡）爲次清音。若再綜觀〈切音圖說〉的三十張韻圖，也與上表〈一呱韻〉的結論大體一致，因此可總結出：陽去一欄聲母以清音（全清、次清）爲代表、陰去一欄聲母則以濁音（全濁、次濁）作爲代表，可見其分類依據，乃與平聲分類的情況相同，都與聲母的清濁有關。

　　不過要特別留意的是，就語音演變來說一般聲調的陰陽劃分，對應爲聲母的清濁，若依據平田昌司（1998：21）所列「徽州方言古今聲演變情況」中，則可明顯看出徽州方言平聲與去聲處的陰陽聲調劃分，乃是依據古聲調的清濁聲來區別，如：古聲調的清濁則對應陰平、陽平或陰去、陽去。然而反觀《山門新語》的去聲卻剛好完全相反（陽去一欄多爲清音、陰去一欄多爲濁音），不禁令人猜測本書所標示的「陽去」、「陰去」符號，或許僅僅是作爲分類上的一種標誌作用，不能直接等同於聲調的情況！因此，若依照觀察韻圖例字所得知清濁的分布情況，或許應將原本的「陽去」標誌視作去聲「陰去」、「陰去」標誌視作去聲「陽去」才是。

（二）調類的順序

　　從前文「韻圖形制展現」一節闡明聲調分陰陽的論述中，可知《山門新語》對於聲調調類的制定，乃是經由易卦概念「老陰、少陽、老陽、少陰」與語音四聲「平、上、去、入」相融合後，產生「陰平、陽平、上陽、陽去、陰去、入陰」的六聲標誌。那麼這六個代表聲調的標誌，是否能直接視爲語音上的分類呢？大致而言，前賢研究時多將「陰平、陽平、上陽、陽去、陰去、入陰」的六聲標誌，直接視爲等同於聲調「陰平、陽平、上、陽去、陰去、入」六聲。〔註9〕筆者則以爲既然周贇當時已融會易卦概念於其中，那麼聲調的調名應該就

〔註9〕趙蔭棠（1957：249）、應裕康（1972：632）、李新魁（1983：298）、耿振生（1992：253）、竺家寧（1999a：247～250）、高永安（2004a：203～218）等六位先生，都曾經論及過《山門新語》「聲調六類」的問題。綜觀前賢說法應可劃分爲兩類，一種如同該書原本標誌符號：「陰平、陽平、上陽、陽去、陰去、入陰」，如：趙、應兩人；另一種則視爲聲調分類，並先排陰去再排陽去：「陰平、陽平、上聲、陰去、陽去、入聲」，如：李、耿、竺、高四人。

・153・

僅能作爲單純的分類標誌，在與語音學上的「陰陽」（清濁）相較時，就有可能有吻合或是不相符的情況出現，因此除了看見其吻合的陰平、陽平之外，更也要去解釋陽去、陰去的不符之因，如此才能完滿契合韻圖形制的本意！

〈切音百四名次圖說第十一〉是周贇藉此用來說明音有定序、定名的圖說，當然也是作爲標明韻圖排列的位置和名稱。在聲調方面，其標示爲「陰平、陽平、上、陽去、陰去、入」，可見其排列乃與〈切音四母六子原於卦象圖說第七〉的說明完全相同，然若與前賢所認爲《山門新語》聲調爲「陰平、陽平、上、陰去、陽去、入」相比，很明顯可以發現在去聲部分，周贇是先排陽去再排陰去，而前賢則先排陰去再排陽去，可如下表所列：（下表依原韻圖由右至左的格式排列，以利於對照，並於最左處標明其概念）

表6-6：調類順序比較

易卦四母	母入	母去		母上	母平	
易卦六子	陰入	去陰	去陽	陽上	平陽	平陰
韻圖聲調	入	去陰	去陽	上	平陽	平陰

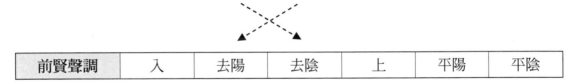

前賢聲調	入	去陽	去陰	上	平陽	平陰

因此，在看待「陰平、陽平、上陽、陽去、陰去、入陰」這六個聲調的標誌時，就應再留意是否與語音上的分類完全符合！

（三）例字的檢核

在前賢研究中，多將《山門新語》「去聲分陰陽」的現象視爲符合今日方言的語音特徵，而其中最爲應合本書聲調分類的方音，即是徽州績溪方言，其聲調分爲「陰平、陽平、上聲、陰去、陽去、入聲」等六類，剛好與本書分類完全相符。而爲了觀察此現象是否可能爲方音的表現，不妨可將〈切音圖說〉陰陽去聲所收之字與徽州績溪方言的陰陽去聲字相互檢核。

經排除未標陰陽去的「散聲」部位之後，〈切音圖說〉總共列有 566 個陰陽去聲字。筆者則將此與平田昌司（1998：38-49）所列的績溪方言同音字匯中，所調查的績溪方言去聲字作對比，逐一查核韻圖上所列的陰、陽去聲之字與績溪方言陰、陽去聲之字是否一致，而經部份檢核韻圖上所列的 198 個

陰陽去聲字後，發現有 178 字並不在正確的陰陽位置上，而僅有 20 字符合正確的位置。

如以〈一呱韻〉為例，陽去聲一欄列有「庫、汙、兔、筊、怖、模、醋、素、傃、戍、戽、瀘、傅、孺」等 14 字；陰去聲一欄則列有「涸、悟、度、怒、步、暮、祚、遡、住、樹、互、路、附、孺」等 14 字，〔註10〕其中陽去聲一欄「庫、汙、兔、怖、醋、素、戍、傅」等字僅有「傅」字為陽去聲，其餘則為陰去聲；陰去聲一欄「悟、度、怒、步、住、樹、路、附」等字也僅有「附」字為陰去，其餘則為陽去聲。若再綜觀〈切音圖說〉的三十張韻圖，也與上表〈一呱韻〉的情況大體一致，因此可總結出：陽去一欄以績溪陰去聲字作為代表、陰去一欄聲母則以績溪陽去聲字作為代表。

此外，若再與前文對於去聲例字分陰陽的觀察，所得知分陰陽依據為：「陽去為清音、陰去為濁音」的線索，即可推論：陽去一欄既為清音字，所以在績溪方言中應屬「陰去字」；而陰去一欄既為濁音字，所以在績溪方言中則應屬「陽去字」。因此，再與上述檢核的結果相互搭配後，則可以知道〈切音圖說〉的去聲例字與今日徽州績溪方言有高度的吻合情況。

綜上所述，以本書聲調「去聲分陰陽」作為績溪方言的闡釋，應該是不會有太大的問題！不過這是在將韻圖聲調「陽去、陰去」兩欄順序，調整成「陰去、陽去」後的條件下，才能成立的說法。

〔註10〕 這裡的陽去、陰去聲之字的判斷仍依據〈切音百四名次圖說第十一〉所定，所以聲調順序為：「陰平、陽平、上、陽去、陰去、入」。

第七章　《山門新語》的基礎音系

　　本章主旨在於探究《山門新語》的基礎音系為何,首先歸納前賢對於《山門新語》一書音系特徵的論述觀點,以說明該書音系基礎的認定與歸類情況,進而參酌周贇籍貫地與生平事蹟,藉此預先推測幾種可能反映本書音系的基礎方言;其次再羅列預先推測方言的語音特徵與《山門新語‧切音圖說》中所呈現的聲母、韻母、聲調等語音特徵相互比對,希望能瞭解本書的基礎音系為何,並也釐清比對後部分不符的原因。

第一節　舊說的評述

　　以下先對前人研究的成果進行整理,以瞭解各家論述觀點為何,其次再由前人根據作者籍貫地的理據,推求出可能反映的五種皖南方言片。

一、前人論述的觀點

　　就筆者目前所蒐羅的資料中,曾論述《山門新語》音系特色的前賢著作,共有:趙蔭棠(1957)、應裕康(1972)、李新魁(1983)、竺家寧(1991)、耿振生(1992)、竺家寧(1998a)、樋口 靖(2002)、高永安(2004a,2004b)等文,歸納各家論述的觀點後,主要可為以下兩點:

(一)濁音清化的北音系統

　　由於《山門新語》一書中,呈顯出「全濁聲母清化」與「-m 韻尾消失」

的語音特徵，其語音系統又大略承繼《中原音韻》而來，所以被劃歸爲濁音清化的北音系統。如趙蔭棠（1957：208）所云：

> 明清等韻可以分爲兩個系統：一是存濁系統，簡稱曰南派；一是化濁入清系統，簡稱曰北派。……所謂化濁入清者，就是把舊日三十六字母之最濁位，如，群，定，並，牀，從，匣……等母，俱化入清位。這個系統，就是現在國音的前身；溯其本源，當以中原音韻爲最早。

而在應裕康（1972：5～6）所歸類的「北音系統之韻圖」中，除列有「濁音清化」的特點外，又增加了「無–m韻尾」一項，作爲北音系統的語音區別特徵。李新魁（1983：227）雖將《山門新語》歸爲「表現明清口語標準音的等韻圖」一類，但主要還是認爲該系列韻圖，仍是繼承和發展《中原音韻》一系韻書的語音系統而來，與讀書音系統中依舊「保留全濁聲母」的特點相對立。另外，竺家寧（1991a：143～144）中，也將《山門新語》歸爲「北音系統」，用以相對於「濁音系統」。

　　因此，《山門新語》被歸類爲北音系統，主要是著眼於呈顯出濁音清化和–m韻尾消失兩項語音特徵，而其語音系統則是承繼《中原音韻》一系列而來。

（二）基礎方言──安徽南部徽州方言（皖南徽語）

　　固然《山門新語》呈顯出明確的「濁音清化」現象，然而若再進一步觀察清化後送氣的狀況，則可發現清化後「無論平仄幾乎都爲送氣」的特色。所以耿振生（1992：253）除了將《山門新語》歸爲化濁入清的混合型音系之外，並且更明確的指出：「其韻圖音系是徽州音與官話音互相夾雜」。而竺家寧（1998a）則認爲：「（本書）地屬江淮官話區，書中除帶有安徽話的成分之外，還帶有客家話的痕跡」。樋口　靖（2002：13）也指出：

> 筆者は周贇は寧国の人である。寧国は現在の調査では江淮官話地域であるがもともとは徽語地域であったに違いない。安徽方言のある種の特徴が反映されている可能性は高い。なお、績渓（趙元任）、歙県（歙県話音档）を始めとして徽語には6調体系を持つ方言が多い。

本書基礎方言有很大的可能性是徽州方言的反映。高永安（2004a）認爲《山門新語》是安徽寧國人的作品，所以本書應是呈現清代徽州方音寧國型的特色，而高氏（2004b：175）也指出：「其方音基礎應該是徽語」。〔註1〕

因此，綜觀前人對於本書方言基礎的討論，主要從周贇爲清代安徽寧國人，所以推測《山門新語》的基礎音系應該與今日安徽南部的徽州方言有極大的相關性。此外，由於書中表現出某些特殊的語音現象，所以也被認爲可能夾雜了部分官話和客家話的成分存在。

二、前人預設的方音

下文說明如何根據作者籍貫地的方言特徵，推求出可能的方言成分。

（一）籍貫地的方言特徵

要推測《山門新語》的方言基礎，重要的線索則是作者籍貫地的方言成分，以及生前事蹟和旅居情況。周贇爲清末安徽寧國人，高永安（2004b：175）指出：「據《宣城地區志》介紹，周贇的出生地胡樂鄉的現代方言是接近績溪話的徽語。」高氏認爲胡樂鄉與安徽績溪方言的分布最爲接近，因此指出該書的音系應可視作「績溪方言」的呈現。然而若根據《中國語言地圖集》中對「安徽南部的方言分布」調查劃分結果，可發現「安徽寧國」剛好地處於數種方言的交會點，因此該地的方言特徵可說是相當複雜。

〔註1〕竺家寧（1998a）和樋口　靖（2002：13）兩文中，雖説《山門新語》地屬「江淮官話」，不過就本文的瞭解應該是指「皖南徽州方言」的意思，這是因爲「皖南徽州方言」曾一度被歸爲江淮官話（下江官話）區當中，所以才會以「江淮官話」指稱「皖南徽州方言」。而關於是否將徽語獨立與官話大方言並立的問題，學者們有兩種不同的看法，其一如詹伯慧（2001：64）云：「至於是否另立徽州方言爲一個大方言區，與『官話』等方言區並立，或者作爲幾個大方言之間一個特殊方言片處理，這個問題還須進一步從全局出發來考慮」與丁邦新（1987：814）云：「以績溪和江蘇的南通來比較，提出暫把皖南方言歸入下江官話，是否要獨立一支皖方言的問題，還有待進一步的研究。」兩人都是認爲徽語獨立問題還需要考慮；其二如《中國語言地圖》所採用李榮（1985）的説法，則單獨繪製一幅安徽南部的方言區圖，將其獨立爲「徽語」，之後侯精一（2002）也從其説，將「徽語」與官話大方言並列承認其特殊地位。本文則依據後者的看法，將「皖南徽州方言」視爲與各大方言區並立的一種方言，即所謂的「徽語區」。

　　圖中徽語區可分作五個方言大片，包括：績歙片、休黔片、祁德片、嚴州片、旌占片，其中績歙片中有「寧國（南部洪門鄉及胡樂鄉胡樂、竹川一帶；甲路鄉彭塢崗、龍沅塢一帶）〔註2〕」一地、旌占片中也有「寧國（胡樂鄉一部分）」一地，可知胡樂鄉中可能同時有績歙、旌占兩片的方言混雜情況。而若再依據《中國語言地圖集》B10〔安徽南部漢語方言〕（〔附圖7-1〕）的劃分來看，寧國一地的方言則是被歸爲「湖北移民官話」當中。〔註3〕因此，若歸納鄭張尚芳（1987）文字解說安徽南部方言（皖南方言）〔註4〕分布，可知寧國一地所混雜的各大方言情況，如下：

1、皖南徽語：績歙片—寧國（南部洪門鄉及胡樂鄉胡樂、竹川一代；

甲路鄉彭塢崗、龍沅塢一帶）

旌占片—寧國（胡樂鄉一部分）

2、皖南吳語：宣州片—銅涇小片—寧國（青龍、濟川、東岸等鄉的鄉村）

宣州片—太高小片—寧國（限南部、南極等鄉）

3、皖南江淮官話洪巢片：寧國（南部寧墩、獅橋及城西竹峰、青龍等地）

4、皖南湖北與河南移民官話：湖北話—寧國

河南話—寧國（少數移民村）

可見「寧國」一地多少混雜了各大方言，呈現出一種混合型的音系，故若僅以周贇籍貫地的單一線索來作爲判斷其音系的依據，恐有不夠縝密之處！

〔註2〕鄭張尚芳（1987）在《中國語言地圖集》B10〔安徽南部的方言分布〕文字解說中，僅指「南部洪門鄉」；然而在侯精一主編（2002：99）一書中，鄭張尚芳則將原本的「南部洪門鄉」，擴大爲「南部洪門鄉及胡樂鄉胡樂、竹川一帶；甲路鄉彭塢崗、龍沅塢一帶」。可知鄭張尚芳論述徽語績歙片中「寧國」一地所涵蓋範圍，前後略有差異，本文則依鄭氏後來所言。

〔註3〕今《中國語言地圖集》將「寧國」一地劃歸爲「湖北移民官話」的原因，主要是因爲清咸豐太平軍戰爭以後，在清政府招墾政策的鼓勵下，河南、湖北及安徽江北移民大量遷進皖南地區，可參見鄭張尚芳（1986）一文。另外，鄭張尚芳（1986：10～11）〔皖南方言分區圖〕中的圖例，寧國一地則被歸爲「河南移民官話」區。經查找鄭張尚芳（1987）、孟慶惠（1997）對寧國一地劃分的情況後，可知鄭張尚芳（1986：10～11）一圖圖例有誤，該圖中「湖北移民官話」和「河南移民官話」的圖例應對調才是。

〔註4〕「皖南方言」即爲「安徽南部方言」的簡稱。

（二）可能反映的方言成分

從作者生平事蹟和旅居地點方面來看，周贇年少時曾參加清代科舉考試並考取舉人，而在〈二論讀法〉中也云：「贇自同治乙丑北上至今，凡海航京邸所遇各省士大夫與之接談，未嘗不留心採聽，乃知字音相去之遠其故有二。」（頁 7）可知周贇對於當時通行的官話系統應該是了解的。周贇返回家鄉後，又曾歷任青陽縣訓導兼理教諭、宿松縣訓導和徽州府教授，一生旅居的範圍幾乎都在今日的安徽南部地區，與其出生地安徽寧國都相距不遠。所以《山門新語》一書的基礎方言應該與皖南方言的語音特徵有極大的相似性才是，因此本文根據《中國語言地圖集》B10 對「安徽南部的方言分布」劃分與孟慶惠（1997）一書對「安徽省方言分區」〔附圖 7-2〕的劃分，推測五種可能與《山門新語》基礎音系相關的方言，分別為：1、皖南徽語績歙片；2、皖南寧國湖北話（移民官話）；3、皖南江淮官話；4、皖南吳語宣州片；5、皖西贛語懷岳片。〔註 5〕

第二節 方言音系的比對

以下首先羅列各皖南方言片的語音特徵，其次再整理《山門新語》的語音特徵，最後再將兩者相互比對，藉以作為推求基礎音系的證據，呈現《山門新語》與方言音系比對後的結果。

〔註 5〕《中國語言地圖集》B10 對「安徽南部的方言分布」劃分，共分作：徽語、吳語宣州片與太湖片、贛語懷岳片、江淮官話洪巢片、湖北與河南移民官話等；孟慶惠（1997）對安徽省方言分區的劃分，則分作：皖北中原官話、皖中江淮官話、皖西贛語、皖南徽語、皖南宣州吳語、太湖吳語、皖南客籍話（湖北話、河南話）等。本文綜合兩者所言，以「安徽寧國」一地作為基準，將可能反映的基礎方言列為五種，然由於安徽方言中的江淮官話、吳語、贛語、客籍話又有一定的獨特之處，所以本文所定方言名稱，都在前面加以「皖」字作為區別，而吳語太湖片因僅散居於郎溪、廣德一地且分布區域甚小，所以不列入考慮。此外，為求方言比對後能達到更為精準的成果，所以這五項基礎方言的羅列，也儘量契合各方言中的方言片，分別為：1、皖南徽語績歙片；2、皖南寧國湖北話；3、皖南江淮官話；4、皖南吳語宣州片；5、皖西贛語懷岳片。將於下文中說明本文定名的原因，以及所參照的特徵範圍。

一、皖南方言的語音特徵

以下依序介紹五種可能與《山門新語》基礎音系相關的皖南方言，首先簡要釐清各方言片形成的原因，其次藉由前人的研究成果羅列出各方言片的聲母、韻母、聲調特點。

（一）皖南徽語績歙片

徽語又稱「徽州方言」，主要分布在安徽南部的舊徽州府及浙江舊嚴州府地區，由於其語音特徵的特殊性，所以在原本的七大方言區中，又獨立出徽語一區。〔註6〕《中國語言地圖集》將現代徽語分爲五片，分別爲：績歙片、休黔片、祁德片、嚴州片、旌占片，其中績歙、休黔兩片是屬於較爲典型的徽語，而其餘三片則處於外圍地帶，所以就分別受相鄰的吳語、江淮官話及贛語的影響。如：孟慶惠（1997：419）中，就根據皖南徽語主要通行地區的語音特點，將其分作東西兩個方言片，東片包括旌德、績溪、歙縣，可稱爲「歙績片」〔註7〕；西片包括屯溪市、休寧、黔縣、祁門可稱爲「休黔片」。

若從鄭張尙芳（1987）所劃歸「寧國」一地的方言情況來看，可知其成分大略是以「績歙片」方言爲主，然而由於形成的因素複雜，造成徽州方言內部差異性甚大，許多雖已經算是「徽語的共同特點」，但仍在少數方言點中出現例外。因此，下表先僅以整體共同語音特徵作爲觀察點，如：鄭張尙芳（1986：13～14）、孟慶惠（1997：414～419）、平田昌司（1998：19～21）、侯精一（2002：91）、王福堂（2004：2～3）、孟慶惠（2005：20）、趙日新（2005：279～282）等文所言；其次，若要辨別部分語音特徵的例外情況時，則再以「徽語績歙片特徵」或「徽語內部差異特徵」作爲說明，如：鄭張尙芳（1986：14）、孟慶惠

〔註6〕 侯精一（2002：91）就列出徽語區中的五項語音特點，可作爲區別相鄰的吳語、贛語、江淮官話，分別爲：1、古全濁聲母清化，塞類聲母不分平仄以讀送氣清音爲主（區別於吳語，全送氣區別於江淮話）；2、聲調簡化，以六調爲主。古清去濁去有別，而調值有併於平上的（濁入常併陽去或陰上；區別於吳贛江淮）；3、古鼻韻尾及–i、–u 韻尾大量脫落或弱化（區別於贛語）；4、全濁上保留讀上聲爲主，連調變化發達而以前字變調爲主（區別於贛語、江淮話）；5、有鼻音式儿化小稱音變（區別於贛語、江淮話）。

〔註7〕 孟慶惠（1997：419）自註云：「本片範圍大體上與全國徽語區的『績歙片』吻合。」

（1997：423～440）、平田昌司（1998：22～24）、侯精一（2002：95～96，99～103）、孟慶惠（2005：32～46）等文所言。

（二）皖南寧國湖北話（移民官話）

清同治間（1866 年）在清政府招墾政策的鼓勵下，原本居住在河南、湖北以及皖中等地通行官話的居民，遷居至今日的皖南地區，而這些河南、湖北移民的後裔，現在則主要居住在皖南寧國、廣德附近，所說的官話沒有入聲。鄭張尚芳（1986：18）則指出：「這兩種官話的共同特點是今音只有陰平、陽平、上聲、去聲四個調，全濁上歸去聲，沒有入聲。」

依據孟慶惠（1997：545）一書的歸類，分別有：（1）湖北話（屬「西南官話」）（2）河南話（屬「中原官話」）（3）江北話（主要屬「江淮官話」）（4）湖南話（屬「湘語」）（5）閩語（6）客家話（7）畬語（接近「客家話」）等七種當地方言，並將其統稱為「皖南客籍話」，其中又以湖北話人口最多、分布面最大，保持較強的獨立性。而《中國語言地圖集》中「寧國」一地的方言劃分即是這種「湖北話」，因此下表則依據鄭張尚芳（1986：18）、孟慶惠（1997：551～561）等文所言，歸納出「皖南寧國湖北話」的語音特徵。

（三）皖南江淮官話（江淮官話洪巢片）

皖南方言中江淮官話區的範圍，主要指長江以南的江淮官話地區，其分布範圍根據鄭張尚芳（1986：18）所言大略分為四個地點。〔註8〕由於其形成的原因，是透過長江以北的居民移民時所帶過來的，因此與江北的江淮官話方言相比，呈現較為零散的分布情況，語音特徵上也有些許的不同。

關於皖南方言中的江淮官話區，前人的劃分方式存在著一些差異。鄭張尚芳（1986：10）定其方言區為「江淮官話」，且鄭氏（1987）更在《中國語言地圖集》中，又將範圍劃歸為「江淮官話的洪巢片」。孟慶惠（1997）〔安徽方言分區示意圖〕中，則將該官話區與長江以北的江淮官話，一起統稱為「皖中江淮官話」，也認為其方言應是屬於「江淮官話的洪巢片」。孫宜志（2006）則與

〔註 8〕這四個地點根據鄭張尚芳（1986：18）的調查，分別為：「西北沿江一塊最長，包括馬鞍山、當涂、蕪湖市、繁昌、銅陵、貴池、東至；中部一塊包括南陵、青陽、涇縣的童疃等地；東部一塊為郎溪、宣城、寧國的一些地方；南部一塊從寧國南部的寧墩一帶，一直延伸到浙江孝豐的章村、姚村等地。」

前人的看法略微不同，認為安徽方言的成分比較複雜，所以安徽江淮官話既有江淮官話的一般特點，也有自己的地域特色，〔註9〕所以該書中又列出「五項分區語音特徵」〔註10〕讓安徽江淮官話能再細分為「安慶片、合肥片」兩個方言片，其中長江以南的江淮官話則稱作「合肥片之蕪湖片」。

綜上所述，可知安徽方言中的江淮官話區，本來是安徽方言的一部份，而《中國語言地圖集》則將其劃歸為江淮官話的「洪巢片」，所以嚴格來說安徽方言中的江淮官話區與江淮官話洪巢片仍然有些許的不同。因此，本文在稱呼方面，則依據孫宜志（2006）一書的「安徽江淮官話」，並再加以強調「皖南方言」，故稱為「皖南江淮官話」。而因「皖南江淮官話」與「江淮官話洪巢片」在語音特徵上，仍有大部分的一致性存在，所以下表在羅列其語音特徵時，仍依據鄭張尚芳（1986：18）、孟慶惠（1997：91，94～104）、侯精一（2002：36）所列江淮官話洪巢片的語音特徵為主，再參酌孫宜志（2006：120～127）所列安徽江淮官話的獨特性，以作為皖南江淮官話的語音特徵項目。

（四）皖南吳語宣州片

《中國語言地圖集》中將現代吳語分為六片，分別為：太湖片、台州片、甌江片、婺州片、處衢片、宣州片等。而其中分布在安徽南部的主要吳語方言，則是「宣州片」，其地域分布於長江以南，黃山以北古為宣州或宣城郡所轄的地區，可劃分為銅涇、太高、石陵等三個方言小片。關於吳語宣州片的基本語音特徵，鄭張尚芳（1986：16）指出：

> 宣州話具有吳語的基本特徵，它的大部分方言古全濁聲母今讀自成
> 一類，與古全清、次清聲母的今讀對立，保持「幫滂並、端透定」

〔註9〕 根據孫宜志（2006：120）的研究結果，認為安徽江淮官話與湖北、江西黃孝片江淮官話的區別主要有三點，分別為：（1）去分陰陽、（2）入聲讀長調、（3）全濁入聲字部分歸陽去或陽平；而與江蘇江淮官話洪巢片的區別，則為：古咸山兩攝開口三等知系聲母字的今讀不同，江蘇江淮官話除南京、鹽城外，一般都讀[tɕ tɕʰ ɕ]聲母的現象。

〔註10〕 孫宜志（2006：122）認為安徽江淮官話能夠作分區的語音特徵有：「1、見系合口三等字與知章組同音；2、假攝三等知章組韻母獨立；3、有前元音韻母高化現象；4、精組合口三四等字今讀撮口呼；5、遇攝端系字與流攝端系字同音。」以上標準都具有對內的一致性和對外的差異性。根據這五條標準可以把安徽的江淮官話分為兩大片：安慶片和合肥片。

三分。但宣州話中這些全濁聲母的讀音變化很大；濁塞音的閉塞成
分都很輕微，很多已向通音轉化，並帶上清送氣；濁塞擦音大多已
轉向爲擦音。這種塞音成分通音化以及氣音化的現象，是宣城話區
別於其他吳語的重要特點。

可知皖南吳語宣州片仍具有吳語「保留濁音」的特徵，只是濁音成分已逐漸產
生通音化和氣音化的現象。下表則依據鄭張尙芳（1986：16～17）、鄭張尙芳
（1987）、孟慶惠（1997：291～294）、侯精一（2002：79～80）、蔣冰冰（2003：
36～73）的等文所言，羅列出皖南吳語宣州片的語音特徵。

（五）皖西贛語懷岳片

皖西贛語是分布於安徽省西南部地區的方言，根據鄭張尙芳（1987）在《中
國語言地圖集》中的劃分，將其歸爲爲「贛語懷岳片」，爲贛語方言片之一。鄭
張尙芳（1986：17）和孟慶惠（1997）則稱作「贛語懷彭片」，其實與贛語懷岳
片所指稱的範圍一致，而再根據侯精一（2002：151）所言，還可得知「贛語懷
岳片」的語音特點，其實也與贛語區中心地帶的特點相當類似，因此，下表則先
僅以「贛語懷岳片」特徵作爲觀察點，依據鄭張尙芳（1986：17）、孟慶惠（1997：
195～211）、侯精一（2002：151）等文所言；其次則再以「贛語共同特徵」作爲
參考，如：侯精一（2002：144～146）所言，羅列出皖西贛語懷岳片的語音特徵。

綜上所述，可將皖南各方言的語音特徵，依聲母、韻母、聲調的順序羅列
如下表，作爲後文查找皖南各方言語音特徵的基礎：

表 7-1：皖南各方言的語音特徵

		語音特徵項目
皖南徽語績歙片	聲母	古全濁聲母清化，不分平仄以送氣音爲主。
		f–、x–聲母分合不同。
		n–、l–聲母相混，只有歙縣、黟縣分立。
		見曉組聲母開口二等的常用字，今白讀音仍爲牙喉聲母，韻母也讀洪音。（見、曉組開口二等字聲母唸成[k kʰ ŋ x]）
		古疑母字，今洪音韻前大都讀ŋ聲母，今細音韻前大都讀ȵ或 n 聲母章組和知組三等韻的字（除通攝外），今音大都讀tɕ、tɕʰ、ɕ聲母；莊組和知組二等韻的字，今音大都讀ts、tsʰ、s聲母。
		古日母字今音大都讀成 n、ȵ聲母。（微、日、疑音值爲m、n（ȵ）、ŋ（ȵ））
		影母字逢今開口呼讀[ŋ]。

	韻母	古鼻音韻尾及–i，–u韻尾大量脫落或弱化。 深、臻攝陽聲韻與曾、梗、通攝陽聲韻字，今讀陽聲韻時大多混同。 陽聲韻除通攝字之外，已不同程度的出現轉化爲陰聲韻現象。 古蟹攝開口一、二等韻的字在徽城話裡還保留著韻母音值的區別。 流開一和流開三（除幫非之外）不分，「侯」韻讀如「尤」、「幽」韻。 山攝合口一等與合口二等今讀大都同音。
	聲調	聲調以六類爲主（陰平、陽平、上聲、陰去、陽去、入聲），古清去濁去有別，分陰陽聲。 全濁上聲以保留上聲爲主。（古上聲字在徽州方言中最穩定） 有入聲並帶喉塞音。
皖南寧國湖北話	聲母	古全濁聲母清化，平聲送氣、仄聲不送氣爲主。 f–、xu–大多分立。 n聲母分別來自泥母和來母。（n–、l–聲母相混）
	韻母	古曾梗攝陽聲韻字與深臻攝陽聲韻字，今音都讀成–n尾。
	聲調	聲調四類。（陰平、陽平、上聲、去聲） 全濁上歸去聲。 沒有入聲。
皖南江淮官話	聲母	古全濁聲母清化，平聲送氣、仄聲不送氣。 f–、x–聲母分立。 n–、l–聲母相混。 見曉組聲母開口二等的常用字，白讀音爲牙喉音 k kʰ ŋ x，和開口呼韻母也讀洪音，文讀音聲母爲舌面前音tɕ tɕʰ ɕ和ø，韻母爲齊齒呼。
	韻母	–n韻尾與–ŋ韻尾不分。 古深臻攝陽聲韻與曾梗攝陽聲韻，今江淮話讀音混同。 山攝合口見系一等與二等陽聲韻母今讀一般有區別。
	聲調	聲調五類。（陰平、陽平、上聲、去聲、入聲） 全濁上去歸去聲。 有入聲並帶喉塞音。
皖南吳語宣州片	聲母	古全濁聲母存在，仍保持「幫滂並、端透定」三分的特徵。 古泥來母聲母，今音只有太平話的洪音韻字混同，其他各地話不混。 古見系開口二等韻字，今白讀音仍爲牙喉聲母和洪音韻母。 古疑母今開口細音韻前讀ȵ或n聲母。
	韻母	古曾梗攝陽聲韻，今音與深臻攝陽聲韻混同。 蟹攝開口一、二等韻，多讀作前半低不圓唇元音[–ɛ]。 流攝開口一等韻，多讀[–əu]，開口三等韻則有[–u]、[–ɔu]、[–iu]。 山攝合口一二等韻，舒入類字見系字一般讀[–uɛ]，其他讀[–õ]。

	聲調	聲調調類多少不一，一般爲五類。（陰平、陽平、上聲、去聲、入聲） 全濁上歸上去聲。 有入聲一般帶喉塞音尾，且陰陽入不分。
皖西贛語懷岳片	聲母	古全濁聲母清化，不分平仄都讀成送氣音。 n–、l–聲母分立。 部份古見系開口二等韻字，今音讀牙喉音聲母和洪音韻母。 古開口一、二等疑、影母字，今音爲洪音韻時，聲母是ŋ。
	韻母	古曾梗攝陽聲韻，今音與深臻攝陽聲韻混同。
	聲調	聲調多爲六類（陰平、陽平、上聲、陰去、陽去、入聲），平去聲分陰陽。 全濁上入都歸陽去聲。 古入聲韻已失去塞音韻尾，完全轉化爲陰聲韻。

二、《山門新語》的語音特徵

在前文的四、五、六章中，經由代表中古音音系的《廣韻》與《山門新語‧切音圖說》所收錄 2277 個例字作對照後，已大略得知本書的聲、韻、調語音特徵。下表 A 欄所列則爲前文曾論述過《山門新語》一書的聲母、韻母、聲調特點，〔註 11〕而聲母、韻母列中的虛線部分，雖未於前文中特別獨立論述，但仍可從前文探究整個聲母、韻母的過程中觀察出來（參見〔表 4-4〕與〔表 5-2〕）；B 欄所列則是以 A 欄爲基礎，再從中挑選出比對時能作爲區別方言音系的語音特徵項目，並也於所挑選的語音特徵右方註記原爲 A 欄何項。〔註 12〕

關於能區別方言音系的語音特徵，詹伯慧（1991：26～47）曾指出現代漢語方言在語音上的主要特點，可以歸納爲十個方面：「聲母中舌根發音部位的保留與變化、全濁聲母的保留與消失、f– xu–的分混、n– l–的分混、知照系聲母的不同發展、韻母中介音的分合、韻母中複元音與單元音相互轉化的現象、鼻音韻尾的演變、塞音韻尾的保留與消失、四聲的演變」。

因此，當 B 欄要挑選 A 欄語音項目時，也儘量配合詹氏所言的十項主要方言語音特點，以利於作爲下文比對基礎方言時的參照項目。

〔註 11〕 〔表 7-2〕A 欄聲調列中「入聲韻尾歸爲喉塞音」的特點，前文原在韻母特點處論述，這裡則將其調整爲聲調的特點，藉此作爲觀察入聲變化的情況。

〔註 12〕 如 B 欄聲母列特徵「② 疑、微、日三母變化：疑微母合流成零聲母、日母則另外獨立」，即觀察 A 欄「2、日母止攝開口字並未併入零聲母」與「6、以云影疑微母合流成零聲母」所得，故於 B 欄右方註記爲 A2、A6。

另外，在韻母部分則特別挑選能區別皖南各方言特徵的「蟹攝開口一、二等；流攝開口一、三等；山攝合口一、二等」三項，以利於瞭解《山門新語》的基礎音系與皖南各方言有多大的吻合性。

綜上所述，將《山門新語》的語音特徵列表如下：

表7-2：《山門新語》的聲、韻、調特徵

	《山門新語》的語音特徵項目		
	A、前文已得知的語音特徵	B、比對時所挑選的語音特徵	原特徵
聲 母	1、全濁聲母清化不論平仄多為送氣 2、日母止攝開口字並未併入零聲母 3、知、莊、章三系合流 4、非、敷、奉合流 5、尚未發生顎化	① 全濁聲母清化不論平仄多為送氣 ② 疑、微、日三母變化：疑微母合流成零聲母、日母則另外獨立 ③ 知章莊系合流與精系分立共兩組，未顎化無舌面音	A1 A2 A6 A3 A5
	6、以云影疑微母合流成零聲母 7、泥、來兩母分立；泥、娘合流 8、曉匣合流	④ f– 和 xu–分立 ⑤ n– 和 l–分立 ⑥ 見曉系字變化：見溪仍為牙音、疑為零聲母、曉匣仍為喉音	A4 A7 A5 A6 A8
韻 母	1、江攝與宕攝陽、唐韻開口字相混 2、–m 韻尾的消失 3、少數梗攝字與臻攝字相混 4、舌尖元音[ɿ]韻的產生 5、四等泯滅與四呼形成 6、少數開合口的變異情況	① –m 韻尾的失落 ② –n –ŋ韻尾分立 ③ 蟹攝開口一、二等相混 ④ 流攝開口一、三等分立 ⑤ 山攝合口一、二等相混	A2 A3 A7 A8 A9
	7、蟹攝開口一、二等相混 8、流攝開口一、三等分立 9、山攝合口一、二等相混		
聲 調	1、平分陰陽 2、濁上歸上 3、聲調六類、去聲分陰陽 （陰平、陽平、上、陰去、陽去、入） 4、入聲韻尾歸為喉塞音	① 平聲分陰陽 ② 濁上聲仍歸上聲 ③ 聲調六類、去聲分陰陽 （陰平、陽平、上、陰去、陽去、入） ④ 入聲韻尾–p –t –k 歸為喉塞音–ʔ	A1 A2 A3 A4

三、基礎音系的確立

以下則依據上文所歸納的語音特徵項目，先進行音系特徵的比對，再說明比對後的結果。

（一）音系特徵的比對

　　下表中橫列〔表 7-1〕所羅列五個皖南各方言的語音特徵，縱列〔表 7-2〕所挑選《山門新語》的語音特徵項目，將其互相對照如下：

表 7-3：音系特徵對照表

	山門新語	皖南徽語績歙片	皖南寧國湖北話	皖南江淮官話	皖南吳語宣州片	皖西贛語懷岳片
聲母	①	＋ 多讀送氣	－ 平聲送氣、仄聲不送氣	－ 平聲送氣、仄聲不送氣	－ 保留全濁音	＋
	②	－ 疑、微、日三分	－ 疑母有讀 ŋ ／ － 非完全獨立	－ 疑母有讀 ʐ ／ － 非完全獨立	－ 疑母有讀 ȵ ／ － 非完全獨立	－ 疑母有讀 ŋ ／ － 非完全獨立
	③	－ 相混 有舌面音兩組	－ 相混 有舌面音三組	－ 相混 有舌面音三組	－ 相混 有舌面音兩組	－ 相混 有舌面音三組
	④	＋－ 大多分立 績溪相混	＋ 大多分立	＋	± 分混不一	＋
	⑤	－＋ 大多相混 歙縣分立	－ 相混	－ 相混	± 分混不一	＋
	⑥	± 開二為牙音 ／ ＋ 疑母多讀 ø ／ ＋ 曉匣多讀 x	± 開二為牙音 ／ － 疑母有讀 ŋ ／ ＋ 曉匣多讀 x	± 開二為牙音 ／ － 疑母有讀 ʐ ／ ＋ 曉匣多讀 x	± 開二為牙音 ／ － 疑母有讀 ȵ ／ － 曉匣讀 x s	± 開二為牙音 ／ － 疑母有讀 ŋ ／ ＋ 曉匣多讀 x
韻母	①	＋	＋	＋	＋	＋
	②	－ 深臻攝與曾梗通攝陽聲韻韻字相混	－ 深臻攝與曾梗攝陽聲韻字相混	－ 深臻攝與曾梗攝陽聲韻字相混	－ 深臻攝與曾梗攝陽聲韻字相混	－ 深臻攝與曾梗攝陽聲韻字相混
	③	－ 有別	＋	＋	＋	＋
	④	－ 相混	－ 相混	－ 相混	＋ 大多分立	－ 相混
	⑤	＋	＋	－ 有別	＋	－ 有別
聲調	①	＋	＋	＋	＋	＋
	②	＋	－ 濁上歸去	－ 濁上歸去	－ 濁上歸去	－ 濁上歸陽去

③	+	聲調多六類 平去分陰陽	−	聲調四類 去聲無陰陽	−	聲調五類 去聲無陰陽	−	聲調多五類 去聲無陰陽	+	聲調多六類 平去分陰陽
④	+	多保留喉 塞音韻尾	+		+		+		−	無塞音韻尾 轉為陰聲韻

註 1：該表直列以數字「1～6」代表從《山門新語》聲母、韻母、聲調中所挑選的語音特徵；橫列則以皖南各方言的語音特徵作為觀察點比對。

註 2：以「＋、－、±」記號分別代表比對後的情況，「＋、－」記號表示特徵的絕對吻合（填滿斜線為標記）與絕對不吻合，「±」則代表該方言中有部分特徵吻合，部分已不吻合。

註 3：「＋」記號通常不再加以說明，若再說明者表示有僅少數的例外情況。

　　由上表比對的結果可以發現，推測的五種皖南方言中，以「皖南徽語績歙片」和「皖西贛語懷岳片」兩方言與《山門新語》的音系特徵最為相近。但是「贛語懷岳片」在聲調方面，雖有平去兩聲都各分陰陽的情況，但在「全濁上聲仍歸上」和「入聲韻尾歸為喉塞音」兩個特徵上，卻與《山門新語》的語音特徵迥然不同！贛語懷岳片的全濁上聲大多已併入陽去，而入聲塞音韻尾也多轉為陰聲韻。因此，《山門新語》的基礎音系應該是與今日的「皖南徽語」方言較為相近。

　　值得注意的是在上表的比對過程中，皖南徽語方言與《山門新語》一書雖有著高度的相似性，但語音項目中卻標示了許多「±」記號，也就是說在特徵吻合的同時，也產生了僅為少數的例外情況！筆者以為這或許與徽語的複雜性有關係，如羅莘田（1934）所云：

> 在我已經研究過的幾種方言裏，徽州話可算是夠複雜的了。……在
> 我沒到徽州以前，我總覺得各縣各鄉的差別不過是聲調的高低罷
> 了，但是實際的現象，非但縣與縣之間是截然兩個方音，就是一個
> 縣裏各鄉的音也有時候非分成兩個系統不可。

可知徽州方言雖有著對外一致性的共同語音特點，但其內部的語音系統卻有些許的差異性存在，其形成的原因應該是由於地處眾多方言的接觸所造成，因此若將徽語與周邊接觸的方言吳語、贛語等相互比較，不難發現會有部分的形式相似，如鄭張尚芳（1986：13～14）所云：

> 徽語是皖南最有特色的一種土著方言。它的聲母系統接近贛語，古
> 全濁聲母今全讀清音，其中塞音塞擦音聲母不分平仄大多數地方都
> 以讀送氣音為主；但它的韻母系統卻跟南部吳語較為接近（如吳語

的處衢片、甌江片）較爲接近，咸山一二等鼻音消失或轉化爲鼻化
音比較普遍，甚至連臻宕江曾梗通幾攝一些字也有這種現象，蟹攝
的[-i]尾、效攝的[-u]尾也大都消失；聲調方面古上聲通常分爲陰陽
上或合爲一調，古全濁上聲一般不歸陽去；部分方言上聲字帶喉塞
音，這也跟南部吳語的溫州等地相似。

這也說明了爲何在〔表 7-3〕音系的特徵的比對中，皖南吳語和贛語的部分語
音現象都在徽語當中呈顯出來。

（二）音系現象的反映

在上述比對音系的過程中，可得知《山門新語》的基礎音系，主要是反映
出皖南徽語的語音現象。不過仍可發現有三項語音特徵的觀察，似乎在皖南徽
語中無法完全顯現，而且即使在其他皖南方言裡，也僅有部分程度的吻合，這
些特徵分別爲：聲母「f- 和 xu-」、「n- 和 l-」的分立與韻母「-n -ŋ韻尾」的
分立。《山門新語》中的這三項特徵皆顯現出非常明確的分立情況，幾乎完全沒
有相混的情形產生，可見與前文「反映皖南徽語語音」的結論觀點相違！而若
是綜觀各大方言區當中，能呈顯出三項特徵分立不混的地區，應是與北方的官
話系統較爲接近才是。

筆者以爲在探究《山門新語》一書所反映的音系時，除了依據〈切音圖說〉
的韻圖例字尋找其基礎方言的語音反映外，關於周贇編撰本書的動機，也是必
須參考的要素之一。如前文第二章引其自序所言，周贇著書的最終目的，乃在
於創制出一種「音經聲緯皆有定序、總括天下一切音」的思想，當然也會有意、
無意地反映於韻圖的創制上！所以《山門新語》的音系反映，應是周贇所融合
創造的一種「新語」，當然應該會有一種主要的基礎方言特徵存在，但也會有因
主觀意念的因素而改動些許不同，故除了探求出基礎方言音系外，對於某些無
法符合基礎方言特徵的「突現」情況，也應該給予合理解釋才是。

綜上所述，《山門新語》的基礎音系，主要是先以皖南徽語的語音特徵作爲
基礎，如：「全濁聲母清化後送氣」、「全濁上聲仍歸上聲」、「去聲分陰陽」等；
其次則再增加北方官話的辨音特徵作爲準則，如：「f- 和 xu- 分立」、「n- 和 l-
分立」、「-n -ŋ韻尾分立」等，經過兩種方言的相互疊置後，於是就創造出作者
心目中的理想音系。

第八章　結　論

　　本章首先將主要的研究成果歸納簡述，藉以說明經過層層分析後所獲得的研究成果為何；其次對於研究主題的價值與意義進行評述；最後闡述論題的侷限與開展，作為全文的反思檢討與未來的展望。

第一節　本文的研究綜述

　　以下對於本文的研究進行概述，作為研究成果的最終展現，分作韻圖形制與音韻特徵兩方面進行說明。

一、韻圖形制的展現

　　下文分作內在概念與外在框架進行論述：

（一）概念的融合

　　《山門新語》韻圖形制的構想，主要是先以古琴樂器形制「七絃」、「十三徽位」作為藍圖基礎，並在藍圖的經緯縱橫處，分別添加律呂音階名（五音、十二律）、四時（春夏秋冬）與古琴樂器的三種取音方式（散按泛），於是就疊置合成出獨特的韻圖形制。其次，在這樣的概念成形後，接著就將此形制轉化成傳統韻圖的框架，於是才創制出〈琴律三十韻母分經緯生聲按序切音圖說〉，也就是韻圖蘊涵著音各有定序、定名的形制框架。

聲母方面主要以琴律「散按泛」的取音方式，構成「五正三分四變兩合」的十九經聲；韻母方面則以藉以「五音」、「六律」、「陰陽」、「五行」、「八卦」、「四時」等概念，作為闡發三十韻母相生、分合的運作模式，突顯三十韻母乃與各概念相互呼應所成，證成三十韻母是代表天地自然之音的主觀意念，最後則以「同聲相應、同氣相求」的模式，羅列三十韻母合為十四部的相互關係；聲調方面則將「易卦」與「樂律」的概念相互融合，經由論述易卦「乾坤生六子」演變的模式，作為聲調六聲說的來源。

（二）框架的承繼

《山門新語》韻圖框架與傳統的宋元韻圖的制作體例（縱列聲調、橫列聲母）相比，其實有著相當大的差異。就本文的瞭解，周贇儘管在《山門新語》全書當中，沒有論述任何有關模仿其他韻學著作的觀點，然其韻圖形制框架，恐怕並非作者單憑主觀意念獨自營造而成，應該是有所參考、承繼《韻法直圖》一系的等韻圖才是。

二、音韻特徵的觀察

下文分作聲母、韻母、聲調與音系確立進行論述：

（一）聲母的特色

《山門新語》聲母方面的特點，分別有：全濁聲母清化後不論平仄多為送氣；日母止攝開口字並未併入零聲母；知、莊、章三系合流；非、敷、奉合流；尚未發生顎化；f–和 xu–分立；n–和 l– 分立等。其中以「全濁聲母清化後不論平仄多為送氣」的特點，反映出《山門新語》一書應具有皖南方言徽語或贛語的特色，然而系統中卻又同時保存「f–和 xu–分立；n–和 l–分立」兩項特點，這又反映了北方官話的特色。因此，從聲母系統來看，是先以皖南徽語或贛語的特徵為主體，但在辨音和聲母數量方面則是以北方官話作為考量。

（二）韻母的特色

《山門新語》韻母的特點，分別有：江攝與宕攝陽、唐韻開口字相混；–m 韻尾的消失；梗、曾兩攝合流；少數梗攝字與臻攝字相混；舌尖元音[ɿ]韻的產生；四等泯滅與四呼形成等，主要呈現「–m 韻尾的失落；–n –ŋ韻尾分立」的特點，反映出北方官話的框架。而代表皖南徽語的三項韻母特徵（蟹攝開口一、

二等有別、流攝開口一、三等不分、山攝合口一、二等相混），也僅有「山攝合口一、二等相混」一項符合。

（三）聲調的特色

《山門新語》聲調的特點，分別有：平分陰陽；全濁上聲仍歸上聲；聲調六類、去聲分陰陽；入聲韻尾歸爲喉塞音等。以上特點幾乎都能反映出今日皖南徽語的聲調特色。另外，關於去聲分陰陽的問題，就本文的瞭解，周贇應僅將聲調分爲六類（陰平、陽平、上、陽去、陰去、入），與今日徽語聲調去聲分陰陽的音值概念（陰平、陽平、上、陰去、陽去、入）有一定的差異存在，故應僅能作爲聲調劃分的種類，而非實際音值的標示。

（四）基礎音系的確立

綜合上述對於《山門新語》聲母、韻母、聲調的瞭解，可得知其基礎音系，主要是反映出皖南徽語的語音現象，其中又以聲調系統的特徵最爲吻合。不過仍有幾項語音特徵，在皖南徽語中無法完全顯現，分別爲：聲母「f–和 xu–」、「n–和 l–」的分立與韻母「–n 和–ŋ韻尾的分立」、「蟹攝開口一、二等字相混」、「流攝開口一、三等字有別」。因此，本文認爲《山門新語》的基礎音系應是一種混合型的音系，由於受到周贇主觀意念的影響，再加上地處眾多方言交界處，所以形成「皖南徽語」與「北方官話」相互融合後，創造出雜糅南北方音的理想音系。

第二節　研究的價值與意義

以下將研究的成果與前人研究的議題相互比較，作爲研究完成後的評估，分作價值與意義兩方面進行說明。

一、本文的價值

關於本研究的價值，分作三方面來論述：

（一）研究議題的擴大

過去對《山門新語》一書的研究，雖然資料甚爲鮮少，但在一些明、清等韻著作中，都曾簡單著錄本書內容大要，大體來說已將本書的特點一一介紹；

而綜觀前人的研究成果，則會發現大多著力於探究書後韻圖所反映的實際語音現象，以作爲現代方言音系的參照。然而就《山門新語》一書本身的文獻語料來看，作者周贇爲了展現自己的音學思想，在書後韻圖和同音字譜前，則先有「十二圖說」、「十音論」等內容，大篇幅地闡述自己創制韻圖的原因和歷程，且也將「琴律切音」的模式展現於韻圖之中。不過在前賢的研究中，這些「主觀意念」的內容似乎都鮮少被提及甚至被摒棄排除，其原因在於此部分多被認爲僅是一些附會象數、樂律的主觀思想，與音韻學的探究不會有太大的聯繫。

本文則統整「十二圖說」、「十音論」附會象數、樂律的主觀思想，以作爲解析韻圖的橋樑。過程中都先闡述聲母、韻母、聲調系統的建構歷程，其次再對系統的語音特徵進行討論，以求達到較客觀的「作者 — 韻圖 — 音系」三要項相互參照的原則，這是本研究與前人研究較爲不同之處。

（二）負面評價的澄清

如前文所述，音韻學的研究者從事語料分析的研究時，並不太重視韻學著作中所雜糅易理象數或樂律的概念，甚而給予負面的評價與批駁。而本研究中，則梳理歸納該書援引易理象數或樂律等概念，進而分析討論此一現象對該書所形成的影響，且作爲解析該書語音材料的觀點。如以聲調系統爲例：雖有「平分陰陽」的特徵，但散聲處卻無陰陽之分；去聲調類的標示，應先列陽去再列陰去，與實際方音的陽去、陰去調值不同。這些特殊的情況，都必須先瞭解全書韻學思想後，才能進行較爲客觀的解析。因此，本文藉由瞭解過去負面評價的意義，作爲闡述語料內容的例證。

（三）複合音系的解析

《山門新語》一書距今只有一百多年，對於窺探這一百多年的語音變遷是一項重要的參考材料，而該書乃與今日的皖南徽州方言有著密切的關係，所以若能清楚釐清該書的語音特點，相信對於方言學中「徽州音系」的問題能有所助益。不過由於受到周贇主觀意念的影響，再加上地處眾多方言交界處，所以本書實爲「皖南徽語」與「北方官話」的融合。因此，透過本研究的音系解析，可知書中語音材料並非純粹反映單一語音的演變情況，故作爲瞭解近代音演變的材料時，則必須留意其中雜糅的成分。

二、本文的意義

關於本研究的意義，分作兩方面來論述：

（一）研究視野的深入

本文主旨在於全面探究出《山門新語》一書所反映的音系特徵，與前賢最大的不同，在於先融通該書中作者的主觀思想後，再對書中音系特徵進行探究。因此，主要的研究成果可分作兩個部分：一為解析韻圖形制的由來、二則為觀察全書的音系特徵，兩者雖在各章中分別逐一闡述，但其實是一個不可分割的整體關係，故皆以前者的論述成果，作為探究後者研究的基礎，其最終的目標仍是在於瞭解《山門新語》一書所反映的音系基礎為何。

（二）研究方向的轉變

綜觀前人研究的題材，那些確切反映出實際語音的文獻，多數都成為研究中較受矚目的部份，而剩餘摻雜其它思想的著作，則似乎並未受到重視，故本文的研究則是對此一不足之處進行補充。

因為本書摻雜許多附會思想，若是僅就所附韻圖、同音字表進行研究，必定會有所誤差，所以本文研究的方向，則將《山門新語》預設為不反映某一真實音系。因此，先進行書中「十二圖說」、「十音論」的瞭解，經釐清作者編撰動機與其它外部關聯後，其次再對韻圖、同音字進行音系解析，以利於對該書作較客觀的分析。

第三節　論題的侷限與開展

以下對於本研究的成果進行檢視，說明研究過程中所遭遇的困難及研究過後對於未來的展望，分作侷限與開展兩方面進行說明。

一、研究的侷限

關於本研究的侷限，分作三方面來論述：

（一）韻學思想的承繼

書中〈黃容保序〉曾言，周贇的韻學思想乃承繼於祖、父兩人，但經過查找方志中所記的生平事蹟後，並未發現有關韻學著作或韻學思想方面的記載論

述，所以並無法從其家學淵源方面進行瞭解。而本書聲母、韻母、聲調系統的建構歷程，主要經過轉化象數、樂律等概念後，展現天地自然之音的系統，這樣的概念是否有所承繼呢？綜觀明清等韻學當中，援引象數、樂律等概念作爲論述的基礎，其實是相當普遍的，當然也有一定的承繼關係。然而《山門新語》一書中，曾兩度引述宋代邵雍《皇極經世・聲音唱和圖》的觀點作爲佐證說明，這不禁令人猜想，作者建構應合天地自然之音的靈感來源，乃與《皇極經世・聲音唱和圖》有著相當大的關連性！但除此之外，筆者翻查全書內容，並也沒有找到明確陳述其思想的承繼淵源，所以研究過程中僅能從文獻的論述進行分析，無法將其韻學思想置於歷時的角度來作觀察。

（二）語音材料的取捨

本文音韻的研究主要是依據〈切音圖說〉韻圖所收的 2277 個例字作爲觀察，藉此作爲上溯中古音和下推今日方言的語料；其次，則再以〈合韻同聲譜〉中的同音字表所收例字作爲補充，並加以辨正。然而在構擬音值的過程中，雖然已經儘量列舉大量的同音字作爲參證，不過仍可發現僅少數特殊的讀音存在。

而同音字表所呈現的特色，應更可作爲代表周贇的鄉音特徵，故實爲研究《山門新語》音系所不可忽視的材料，所以對於同音字表所呈現的僅少數特殊的讀音現象，應進行全面性的研究才是。不過由於本文首要的目的在於探究音韻特徵的歸屬，所以暫將同音字的全面研究留於來日進行。

（三）多元學科的融合

《山門新語》援引象數、樂律……等概念作爲論述的基礎，所以若要深入瞭解其韻學著作，理當分別以各個學科的角度進行客觀的解析，進而融通、評估書中概念的內涵價值。然而囿於才力所限，筆者僅能概略引述各個學科的觀點，作爲研究過程中的輔助。

二、未來的開展

本文屬於單一文獻的研究，僅是針對《山門新語》一書的內容進行探究，並無法全面瞭解該書於音韻學史中的地位爲何，也無法追溯探究書中所援引的象數、樂律等概念的傳播情況。誠如前文所言，關於雜糅象數、樂律概念的韻學著作，其實在明清兩代的等韻學文獻中是相當普遍的，如：明代吳繼仕《音

聲紀元》（1611）、葛中選《太律》（1618）；清代都四德《黃鍾通韻》（1744）、龍爲霖《本韻一得》（1750）等書。因此，若要全面探求此概念的流傳情況，就必須逐一觀察各韻學著作中的描述，進而加以比對追尋，才能全面瞭解評述此概念對於明清等韻學的影響究竟爲何，當然也有助於瞭解該類型的韻學著作，都呈顯出什麼樣的音系特徵。

附　圖

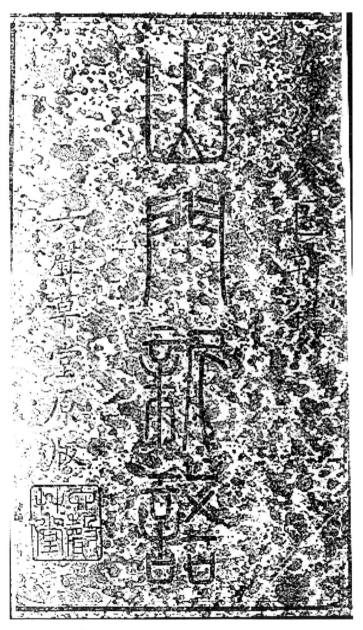

〔附圖 2-0〕《山門新語》封面書影

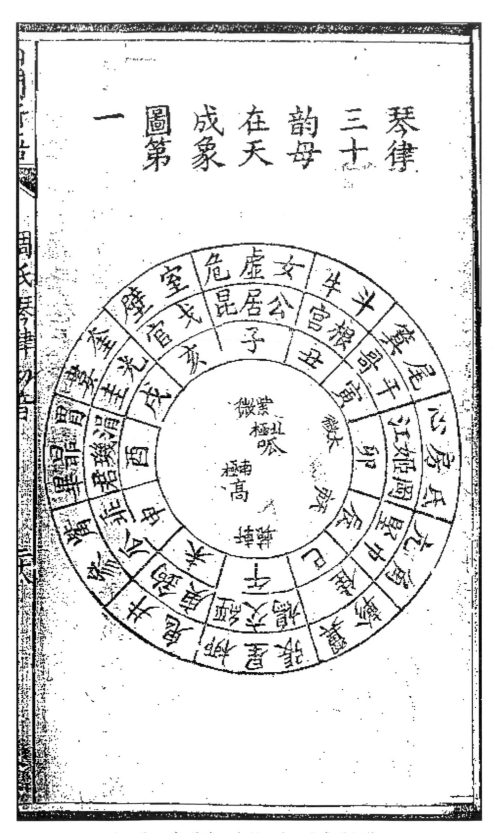

〔附圖 2-1〕琴律三十韻母在天成象圖説第一

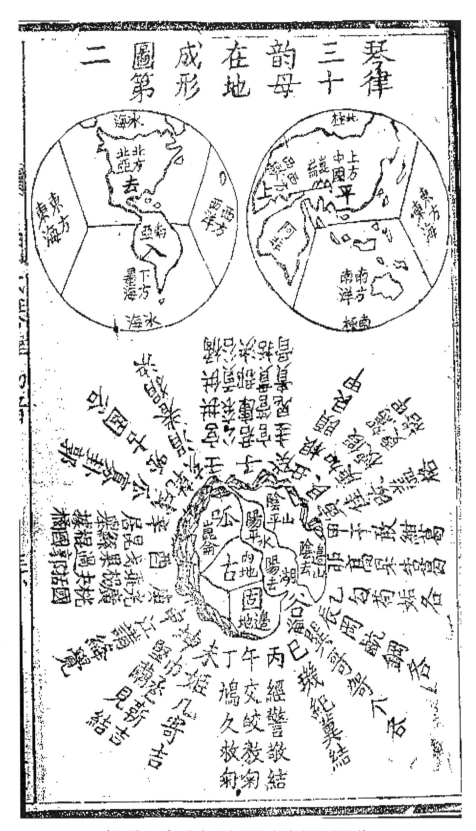

〔附圖 2-2〕琴律三十韻母在地成形圖說第二

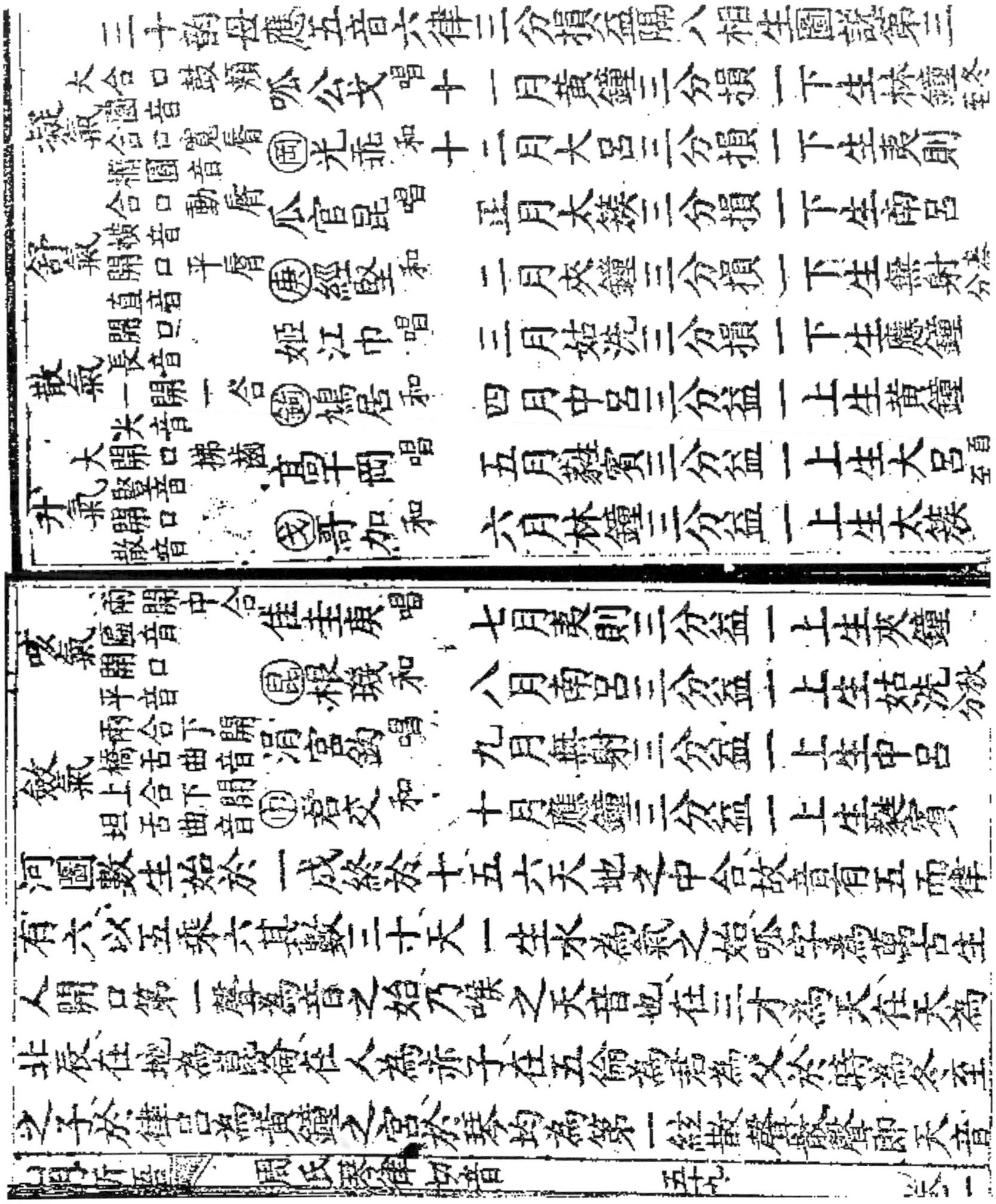
三十韻母應五音六律三分損益隔八相生圖說第三
十一月黃鐘三分損一下生林鐘
十二月大呂三分損一下生夷則
正月太簇三分損一下生南呂
二月夾鐘三分損一下生無射
三月姑洗三分損一下生應鐘
四月中呂三分益一上生黃鐘
五月蕤賓三分益一上生大呂
六月林鐘三分益一上生太簇
七月夷則三分益一上生夾鐘
八月南呂三分益一上生姑洗
九月無射三分益一上生中呂
十月應鐘三分益一上生蕤賓
河圖數生於一成於十五六天地之中合故音有五而律
有六以五乘六其數三十天一生水爲氣之始喉字爲音之生
人開口第一聲爲音之始乃喉之天音也在三才爲天在天爲
北辰在地爲崑崙在人爲赤子在五倫爲君爲父於時爲冬至
之子於律呂爲黃鐘之宮於琴均爲第一絃其聲爲喉即天音

〔附圖 2-3〕三十韻母應五音六律三分損益隔八相生圖說第三

三十韻母四聲一氣殊途同歸圖說第四

一平一入者一
開江講絳覺

平上去入

開音十七
闔音十三

二平一入者二十　　三平一入者九

闔　闔　闔　闔　闔
君涓　乖　官　戈　瓜　宮居　公咕
庫卷　拐　管　果　窊　寠矩　袞古固
郡狷　夬　貫　過　卦　拱據　貢谷
決　　括　　郭　　橘　　供

開　開　開　開　開
姬巾　臾　佳　干　高　交鳩　加根頣
几卷　梗　改　敢　杲　咬久　假艮
寄新　更　蓋　紺　告　教究　駕甲
吉　　格　　葛　　匊

口開　口闔　口開
經磬敬　光　岡港鋼
堅蘭見　昆錕棍　哥哿个各
璣紀冀　圭癸貴　鉤苟姤各
結　　國　　智

孟子謂不以六律不能正五音夫必有天然之五音而後有人

周氏琴律切結

開所益圖

卷一　六五

〔附圖 2-4〕三十韻母四聲一氣殊途同歸圖說第四

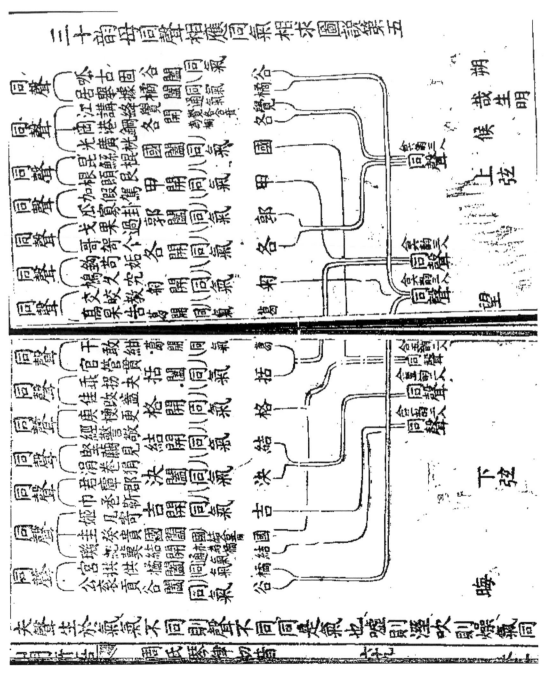

〔附圖 2-5〕三十韻母同聲相應同氣相求圖說第五

音母三聲圖說第六

江岡光　昆根加　加瓜戈　戈哥鈎　鈎鳩交　交高干

千官乖　乖佳庚　庚經堅　堅涓君　君巾姬

姬圭璣　宮公呱　呱居宮

人每疑三十韻母同聲同氣皆兩韻相偶而江姬以三聲合韻

為非例且姬璣同音與江之三聲又不相類而不能解其環續

謂琴律一聲自分散按泛三聲本三極之道出於氣之自然而

音在聲先則韻母亦皆具此三聲試按江音虛岡音實光音輕

與散按泛相應益驗散聲之相為三聲者也如右圖十四合韻互

〔附圖 2-6〕韻母三聲圖說第六

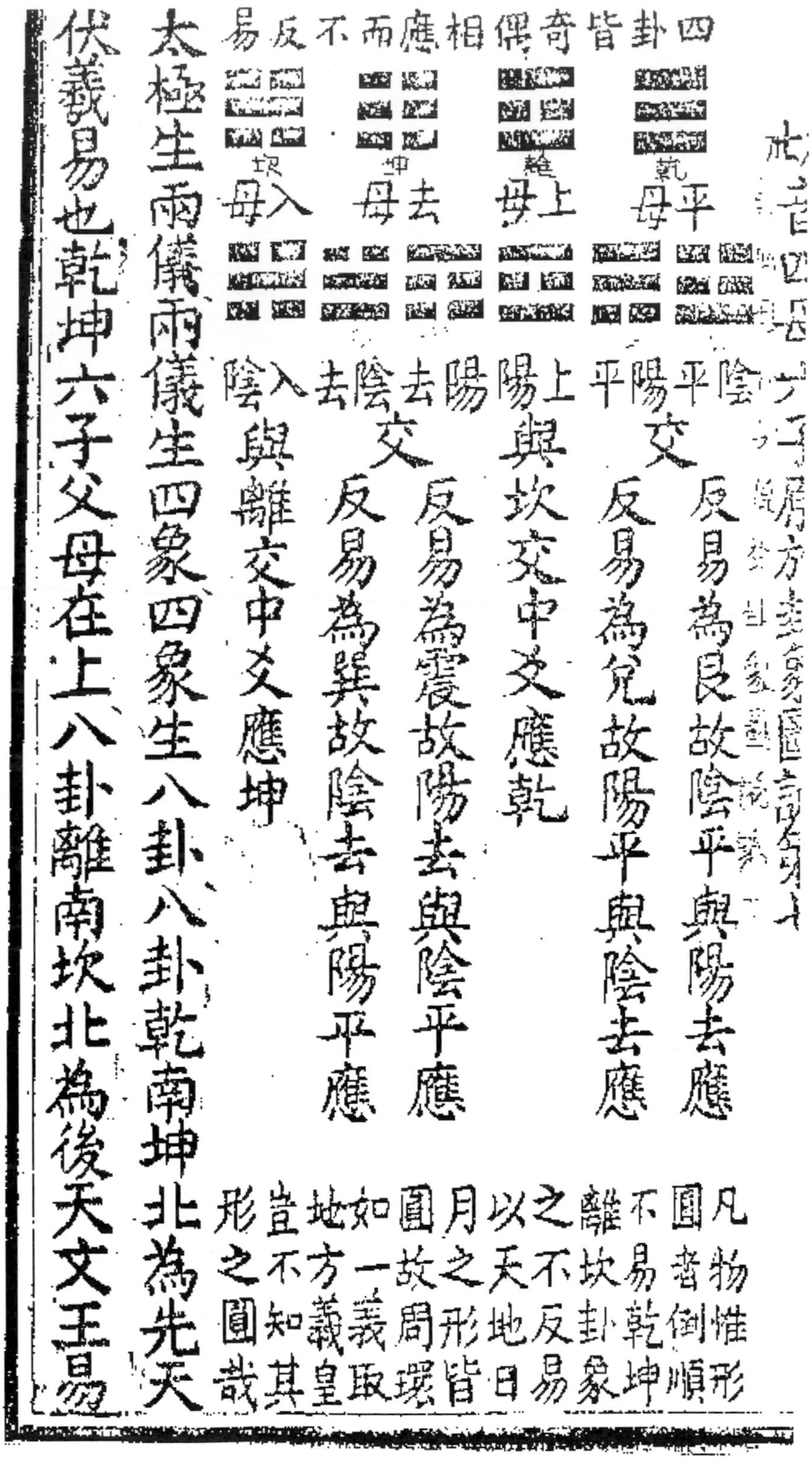

北音四母六子屬方卦圖高論說象

四　卦　皆　奇　偶　相　應　而　不　反　易

乾　母平　　離　母上　　坎　母去　　母入

平陽　交

陽上與坎交中爻應乾

反易為艮故陰平與陽去應

反易為兌故陽平與陰去應

反易為震故陽去與陰平應

反易為巽故陰去與陽平應

陰入與離交中爻應坤

凡物惟形音皆倒順形

圓易乾坤易象

不坎離不坎反易

離之天地日

以之形皆

圓月故形取周環

如一義

地方不知其

豈不知

形之圓哉皇

太極生兩儀、兩儀生四象、四象生八卦、八卦乾南坤北為先天

伏羲易也、乾坤六子父母在上、八卦離南坎北為後天文王易

〔附圖 2-7〕切音四母六子原於卦象圖說第七

四時卦氣生音有分合多寡圖說第八

震七木　日

乾九　巽八木　暮夜　陰平　平陽平　春之數一百三十三最多

離八　　火夏日至　上為陽　夏之數七十有二

坤六　　兌八金　秋夜分　去陽去　秋之數九十

艮七土　　　　　去陰去

坎七　水冬夜至　入為陰　冬之數四十二最少

或問伏羲太極生兩儀圖太陽居首太陰居末乾為太陽居首

坤為太陰居末今于以八卦分四時坤居第三則與先天卦象

〔附圖 2-8〕四時卦氣生音有分合多寡圖說第八

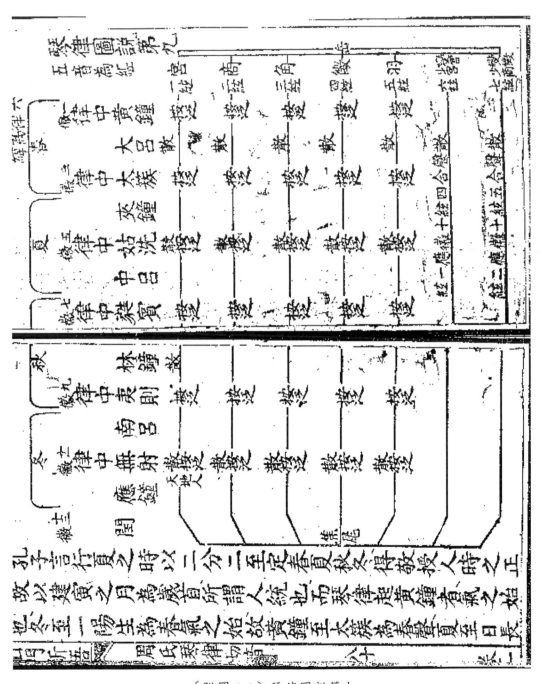

〔附圖 2-9〕琴律圖說第九

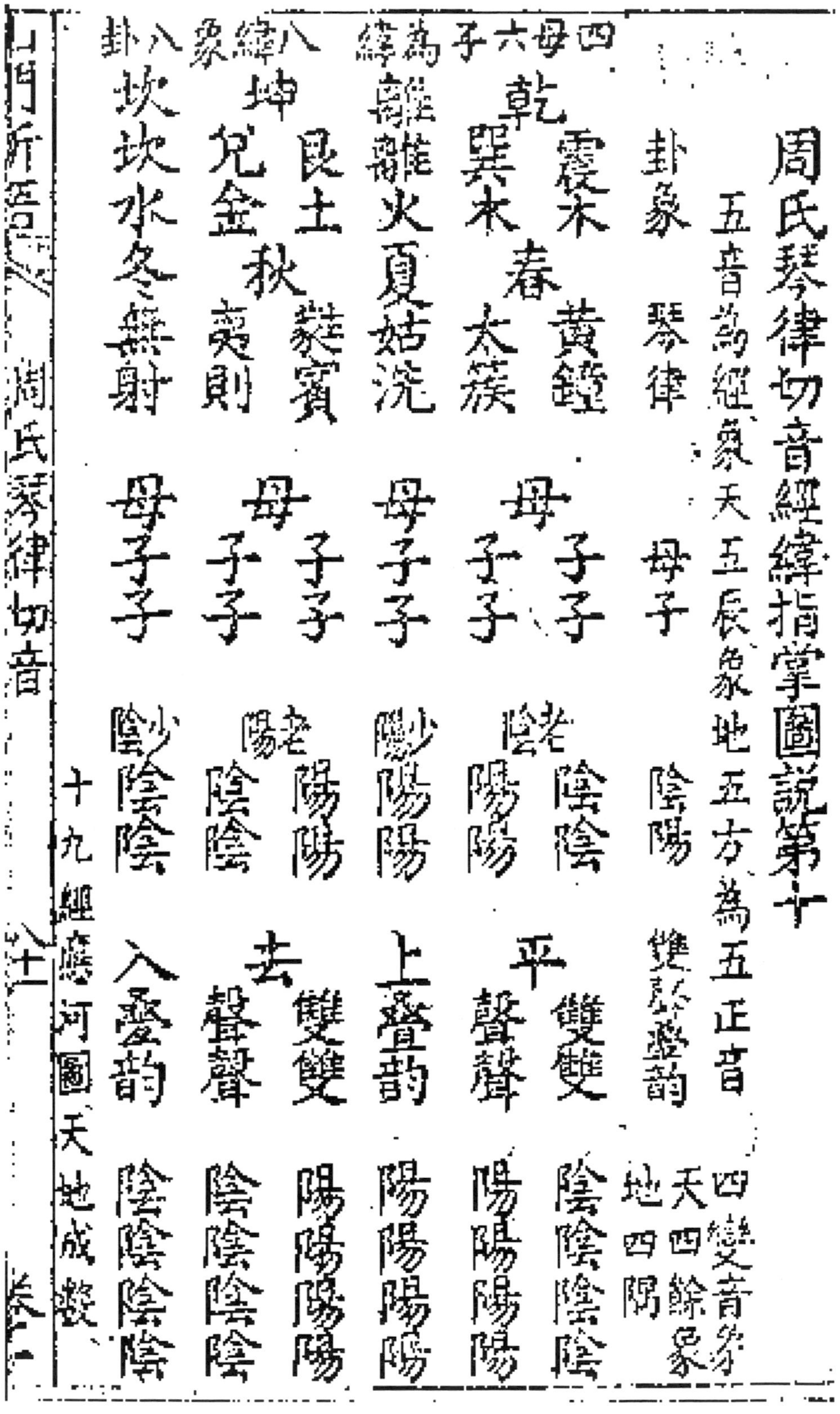

周氏琴律切音經緯指掌圖說第十

五音為經象天五辰名象地五方為五正音

四變變音象餘象
天四餘　地四陰

卦象　琴律　母子　陰陽　雙龢雙韵

四
母　子
霆木　春　黃鐘　子　陰陰　老陰　平聲　陽陽陽陽

乾

六
母　子
巽木　春　太簇　母　子　老陰　雙雙　陰陰陰陰

緯為
離離火夏姑洗　母子子　少陽陽陽　上聲　陽陽陽陽

艮土　　蕤賓　子子　老陽陽陽　雙雙　陽陽陽陽

八
象緯
坤土　秋　夷則　母子子　老陽陰陰　去聲　陰陰陰陰

兌金　秋　夷則　母子　陽陰陰

八卦
坎坎水冬無射　母子子　少陰陰陰　入聲韵　陰陰陰陰

〔附圖 2-10〕周氏琴律切音經緯指掌圖第十

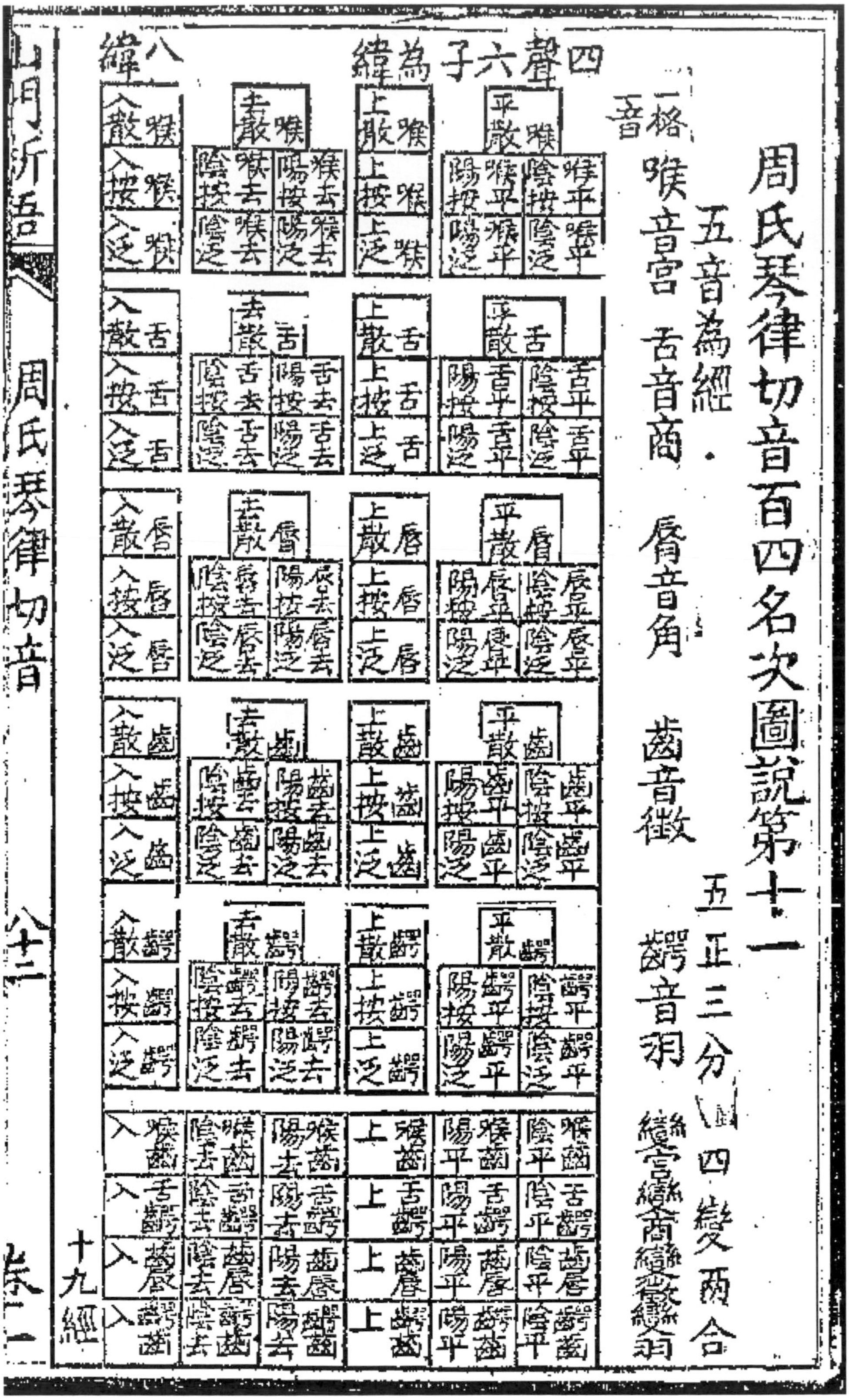

山門新語　周氏琴律切音

四聲六子為緯　八緯

周氏琴律切音百四名次圖說第十一

五音為經
喉音宮　舌音商　脣音角　齒音徵　齶音羽

五正三分　四變兩合
絲宮……變商變徵變羽

〔附圖 2-11〕周氏琴律切音百四名次圖說第十一

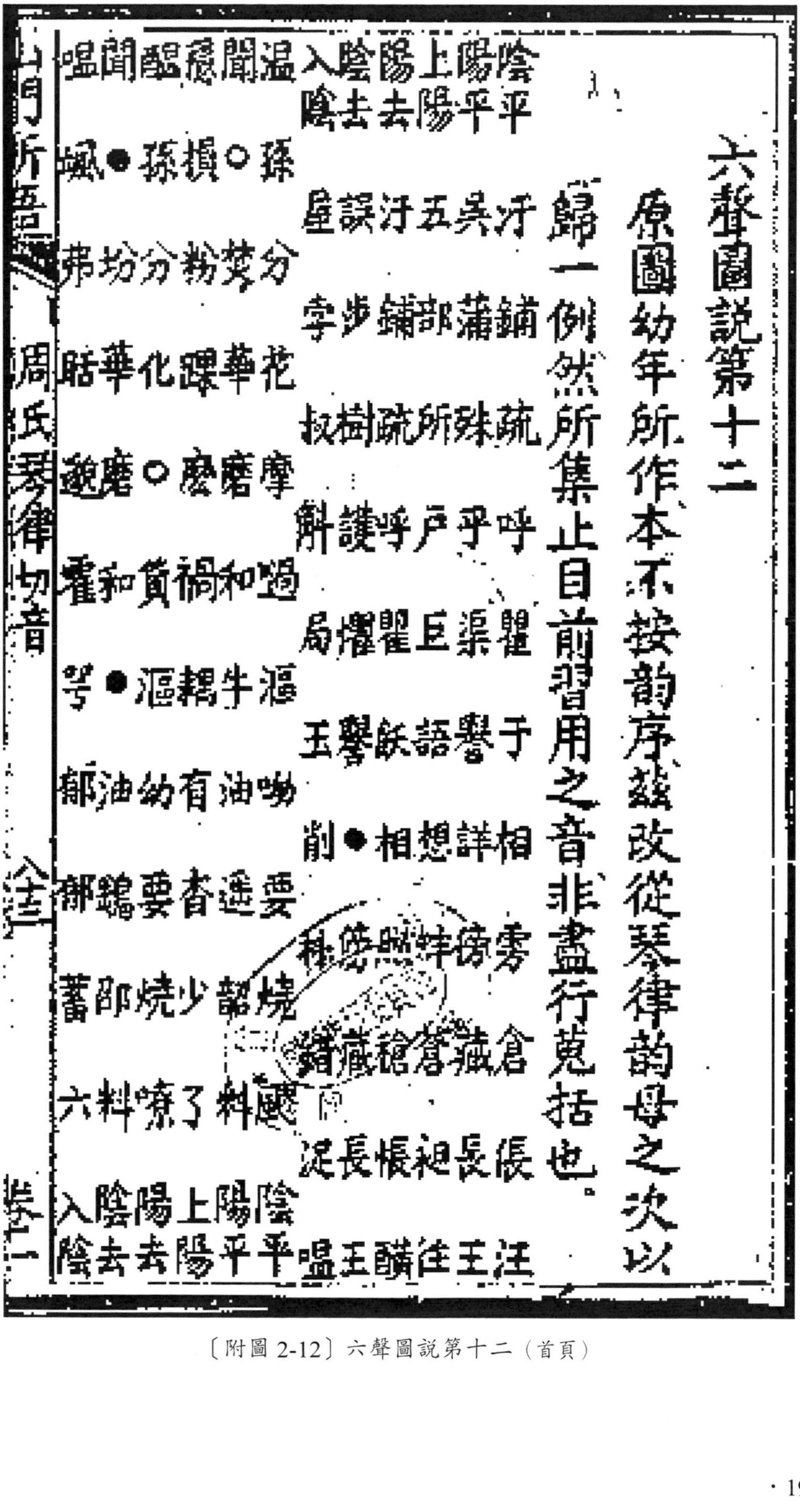

六聲圖說第十二

原圖幼年所作、本不按韻序、兹改從琴律韻母之次以歸一例、然所集止目前習用之音、非盡行蒐括也。

陰平　陽平　陽上　陽去　陰去　入

汙　吳　五　汙　誤　壓
鋪　蒲　部　鋪　步　孛
疏　殊　所　疏　樹　叔
呼　乎　戶　呼　護　斛
軀　渠　巨　瞿　爝　局
于　馨　語　飫　馨　玉
相　詳　想　相　●　削
雪　傍　烊　嘯　燒　秫
倉　藏　穡　醬　藏　蹧
候　長　昶　帳　長　泥
汪　王　醞　往　王　嘔

陰平　陽平　陽上　陽去　陰去　入

温　聞　緼　復　聞　颯
孫　●　損　孫　●　颯
分　焚　粉　分　坋　弗
花　華　踝　化　華　睊
摩　磨　麼　○　磨　趣
過　和　禍　貨　和　霍
渦　牛　耦　漚　●　号
油　有　幼　油　郁
要　遙　者　要　鷂　�
燒　少　鄀　邵　蕉
料　了　嘹　料　六

入　陰　陽　上　陽　陰
陰　去　去　陽　平　平

周氏琴律切音

〔附圖 2-12〕六聲圖說第十二（首頁）

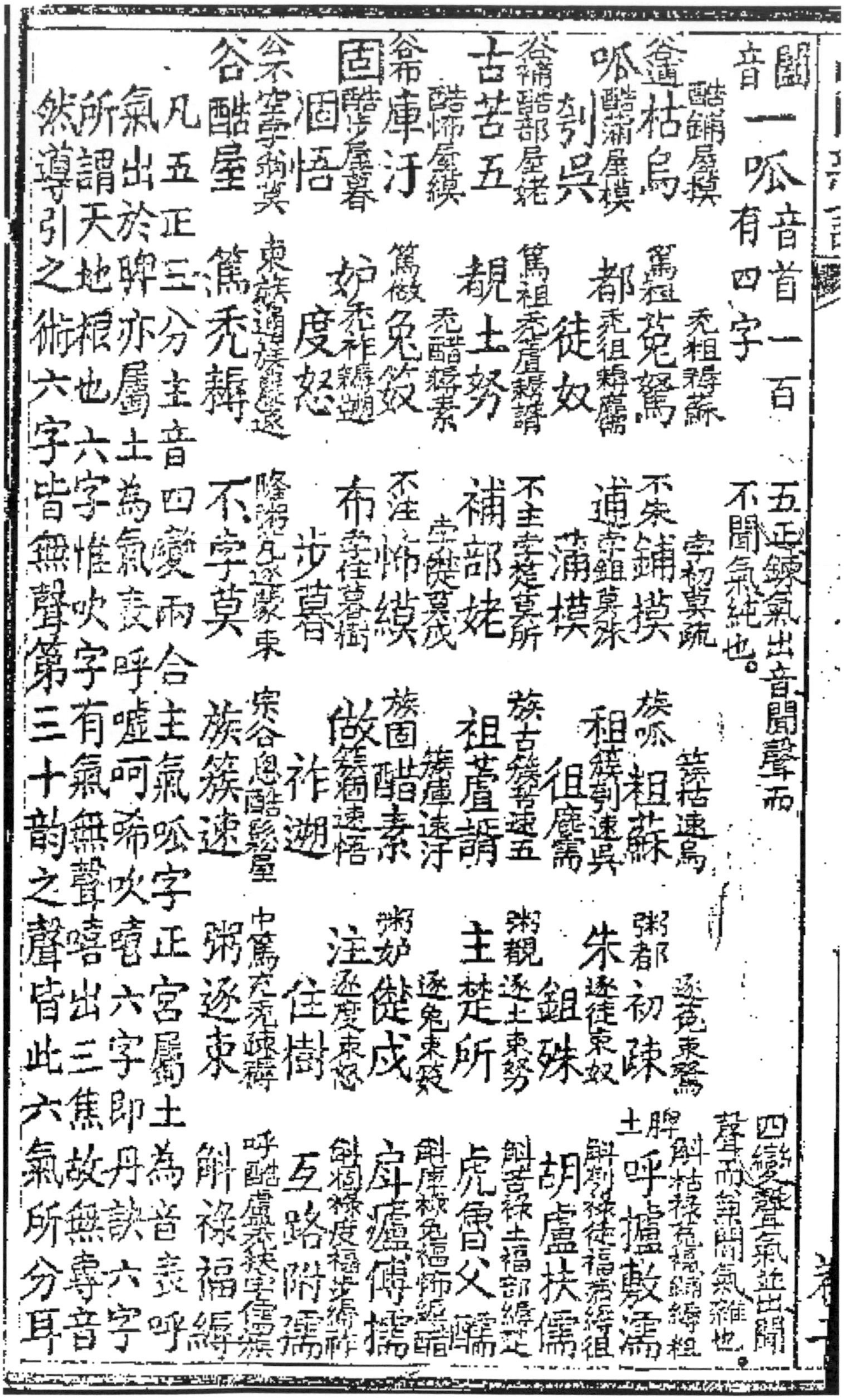

〔附圖 2-13〕琴律三十韻母分經緯生聲按序切音圖說（一呱韻）

琴律四聲分部合韻同聲譜

凡韻府所無之字而為廢韻所有之音則採補以備音次非妄增也

平聲

呱居合韻第一部　雨闉　前濁後清

孤菰箂觚軵眾沽姑酤鵠蛄韋棒鏵㹦鶏汙杇誣憮惡於
刳恗觥吳錤璖夌吾梧郚鋙麘無蕪膴廡巫毋陵誣閭䯀鸒鷖
餐徒途塗峹舍荼鵌鶼栾屠屠瘏圖數琴簸篸幣翬腈餔補鋪踾
痡攦膜蒲蒱蒱讙蓂媒母租誣藏姐酥蘇廲狙狙易姁娿驅
雛鷈鶤蛛茱株銖珠侏味跦趑誅鴠桷趨斸蔬梳
練正蹿𣂪珠沬瓶屪瓻歔歔惡夫瑛鐵膚琴㶴懦騰噓鷡橭拘

同氏琴律切音

三十

〔附圖2-14〕琴律四聲分部合韻同聲譜平聲呱居合韻第一部（首頁）

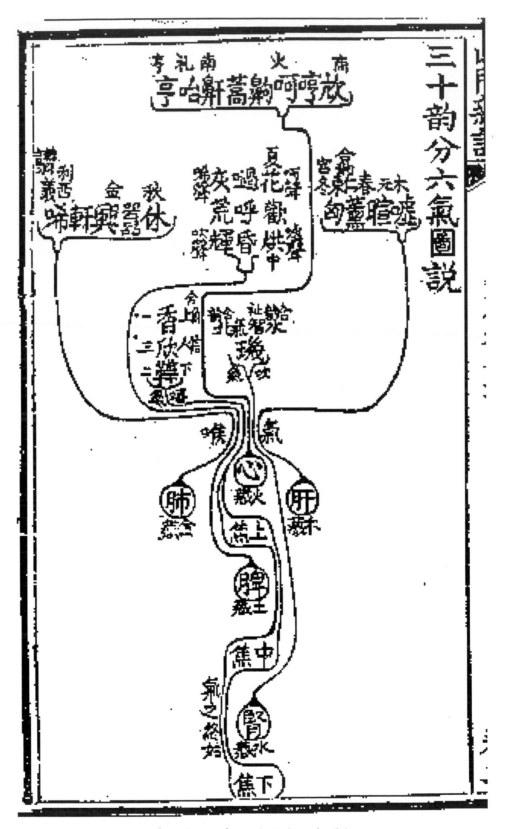

〔附圖 2-15〕三十韻分六氣圖說

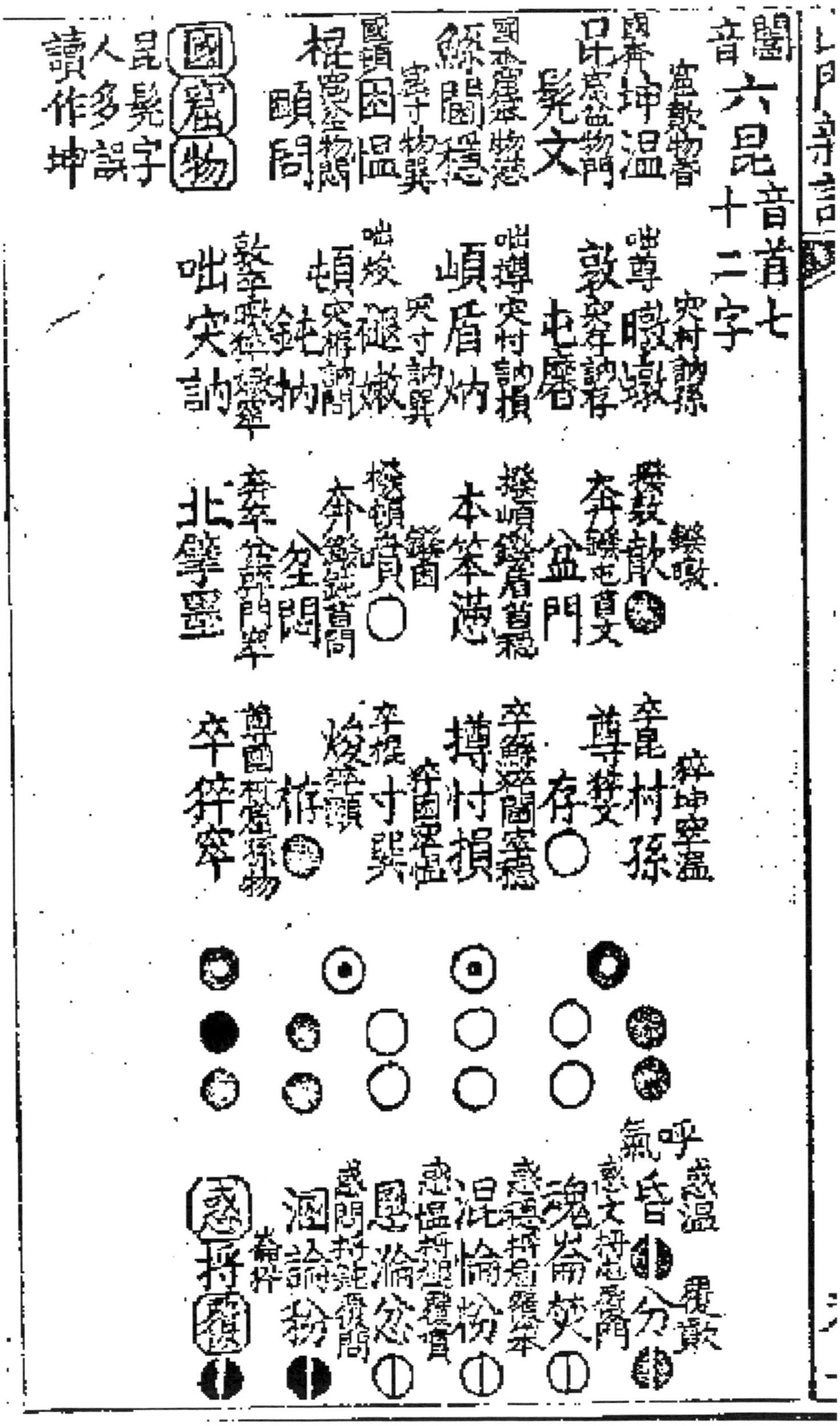

〔附圖 3-1〕琴律三十韻母分經緯生聲按序切音圖說（六昆韻）

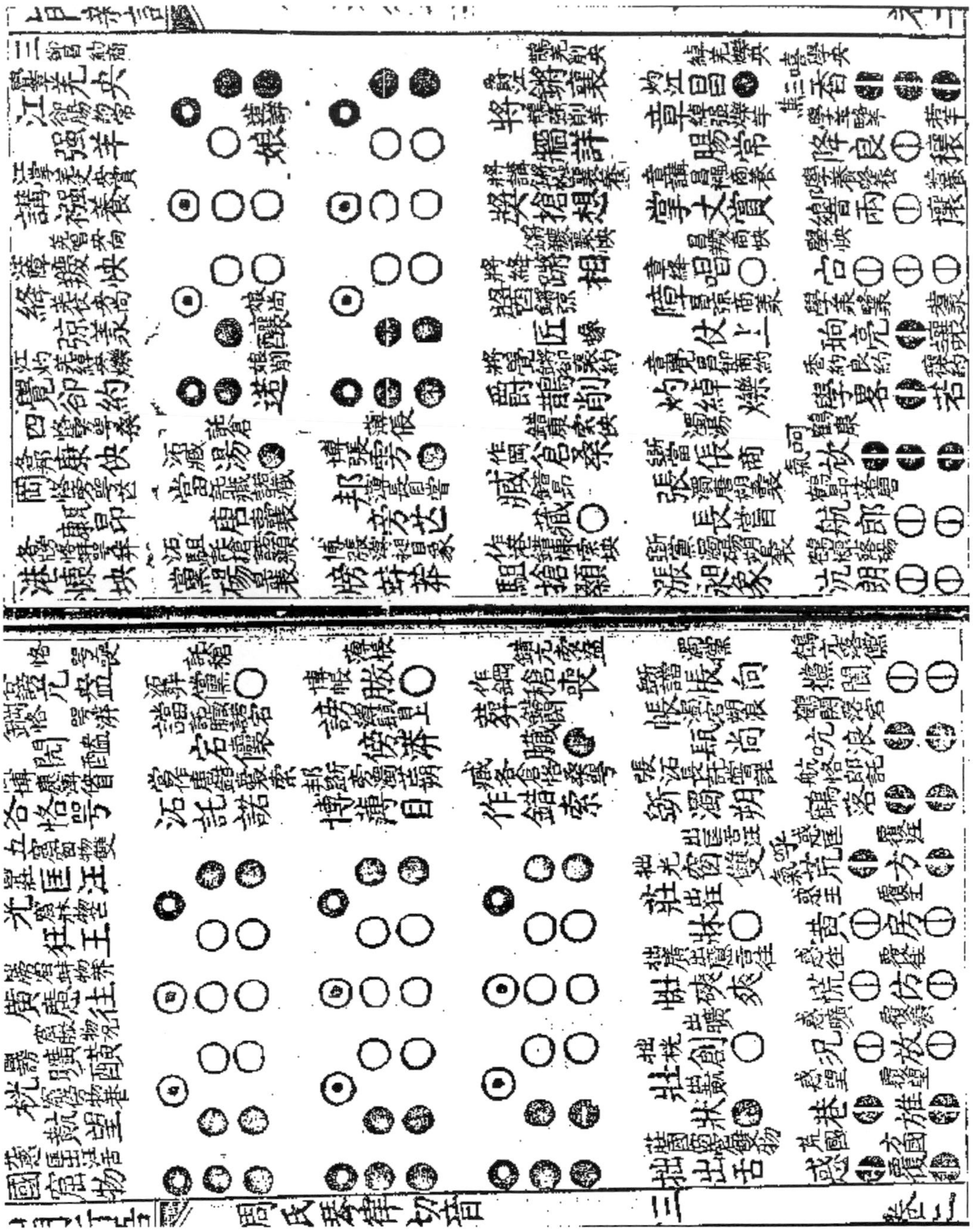

〔附圖 3-2〕琴律三十韻母分經緯生聲按序切音圖說（三江、四岡、五光韻）

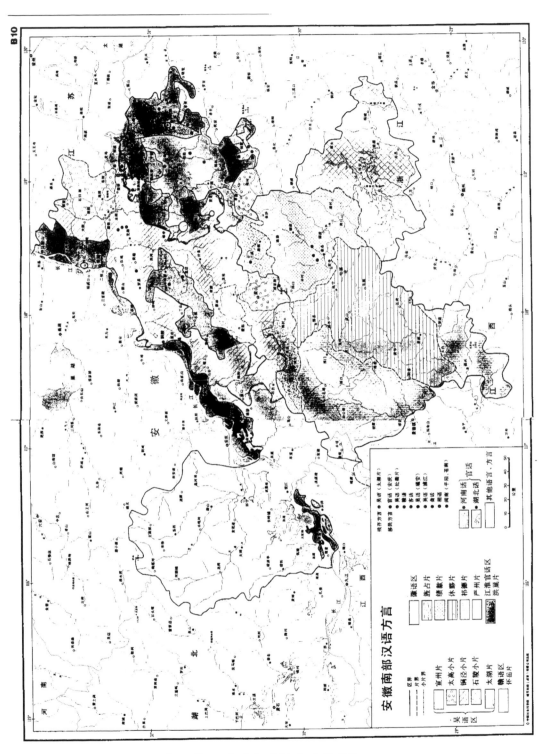

〔附圖 7-1〕《中國語言地圖集》B10
安徽南部的方言分布

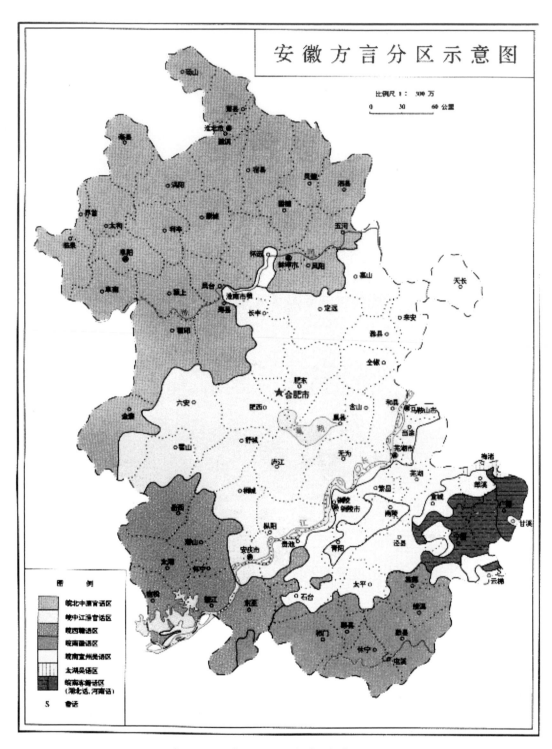

〔附圖 7-2〕安徽方言分區圖〔註1〕

〔註1〕本圖取自孟慶惠（1997）一書首頁，書中原圖圖例誤將「皖中江淮官話區」標示為「皖北江淮官話區」，〔附圖 7-2〕則已改正。

參考書目

一、古籍（依時代先後排列）

1. 宋‧陳彭年等，《新校互註宋本廣韻》，上海：上海辭書出版社，2000，據張氏澤存堂藏板影印。

2. 宋‧丁度等，《集韻》，臺北：學海出版社，1986，據上海圖書館藏述古堂宋鈔本影印。

3. 明‧不知撰人，《韻法直圖》，臺北：國家圖書館善本書室藏明江東梅氏刻本。

4. 明‧梅膺祚，《字彙‧字彙補》，上海：上海辭書出版社，1991，《字彙》據清康熙二十七年靈影寺刻本影印、《字彙補》據清康熙五年刻本影印。

5. 清‧吳烺，《五聲反切正均》，《續修四庫全書》經部小學類第 258 冊，上海：上海古籍出版社，1995。

6. 清‧周贇，《山門新語》，臺北：臺灣師範大學國文所藏光緒癸巳年新鐫六聲草堂原版刻本。

7. 清‧何紹基等，《安徽通志》，臺北：京華書局，1967。（書名頁誤題著者爲何治基）

8. 民國‧《中國地方志集成》編輯指導委員會，《民國寧國縣志》，南京：江蘇古籍出版社，1998。

二、專著（依作者筆畫排列）

1. 中國社會科學院、澳大利亞人文科學院，1987《中國語言地圖集》，香港：朗文出版社。

2. 王力，1980《漢語史稿》，北京：中華書局，2004。（第 2 版）

3. 王松木，2000「明代等韻之類型及其開展」，嘉義：中正大學中文所博士論文。

4. 王福堂，2005《漢語方言語音的演變和層次》，北京：語文出版社。（修訂本）

5. （美）史皓元、石汝杰、顧黔，2006《江淮官話與吳語邊界的方言地理學研究》，上海：上海教育出版社。

6. （日）平田昌司，1998《徽州方言研究》，東京：好文出版。（與趙日新、劉丹青、馮愛珍、木津祐子、溝口正人合著）

7. 吳聖雄，1985「康熙字典「字母切韻要法」探索」，臺北：臺灣師範大學國文所碩士論文。

8. 宋韻珊，1994「《韻法直圖》與《韻法橫圖》音系研究」，高雄：高雄師範大學國文所碩士論文。

9. 李昱穎，2001「《音聲紀元》音系研究」，臺北：臺灣師範大學國文所碩士論文。

10. 李新魁，1983《漢語等韻學》，北京：中華書局。

11. 李新魁、麥耘，1993《韻學古籍述要》，西安：陝西人民出版社。

12. 孟慶惠，1997《安徽省志·方言志》，北京：方志出版社。（安徽地方志編輯委員會編）

13. 孟慶惠，2005《徽州方言》，合肥：安徽人民出版社。

14. 林平和，1975「明代等韻學之研究」，臺北：政治大學中文所博士論文。

15. 林金枝，1994「《本韻一得》音系的研究」，臺南：成功大學中文所碩士論文。

16. 林慶勳、竺家寧，1989《古音學入門》，臺北：臺灣學生書局。

17. 林燾、王理嘉，1992《語音學教程》，北京：北京大學出版社。

18. 林燾、耿振生，1997《聲韻學》，臺北：三民書局。

19. 竺家寧，1991a《聲韻學》，臺北：五南圖書出版，2002。（二版）

20. 竺家寧，1994《近代音論集》，臺北：臺灣學生書局。

21. 侯精一主編，2002《現代漢語方言概論》，上海：上海教育出版社。（錢曾怡；侯精一、沈明；許寶華；鄭張尚芳；鮑厚星；顏森；黃雪貞；詹伯慧、甘甲才；李如龍合著）

22. 孫宜志，2006《安徽江淮官話語音研究》，合肥：黃山書社。

23. 孫殿起，1984《販書偶記》，臺北：漢京文化事業公司。

24. 殷偉，2001《中國琴史演義》，昆明：雲南人民出版社。

25. 耿振生，1992《明清等韻學通論》，北京：語文出版社。

26. 耿振生，2004《20世紀漢語音韻學方法論》，北京：北京大學出版社。

27. 高永安，2004a「明清皖南方音研究」，北京：北京大學中國漢語言文字學博士論文。

28. 馬希寧，1997「徽州方言語音現象初探」，新竹：清華大學語言所博士論文。

29. 張世祿，1965《中國音韻學史》，臺北：臺灣商務印書館。

30. 郭平，2006《古琴叢談》，濟南：山東書報出版社。

31. 陳保亞，1999《20世紀中國語言學方法論》，濟南：山東教育出版社。

32. 陳梅香，1993「《皇極經世解起數訣》之音學研究」，高雄：中山大學中文所碩士論文。

33. 陳應時，2004《中國樂律學探微——陳應時音樂文集》，上海：上海音樂學院出版社。

34. 游汝杰，1992《漢語方言學導論》，上海：上海教育出版社，2000。（第2版）

35. 童忠良、谷杰、周耘、孫曉輝，2004《中國傳統樂學》，福州：福建教育出版社。

36. 董同龢，1979《漢語音韻學》，臺北：文史哲出版社，2002。（十六版）

37. 詹伯慧，1991《現代漢語方言》，臺北：新學識文教出版中心。

38. 詹伯慧，2001《漢語方言及方言調查》，武漢：湖北教育出版社。（與李如龍、黃家教、許寶華合著）

39. 寧繼福，1985《中原音韻表稿》，吉林：吉林文史出版社。

40. 趙泉澄，1979《清代地理沿革表》，臺北：文海出版社。

41. 趙憩之（趙蔭棠） 1957《等韻源流》，臺北：文史哲出版社，1985。（再版）

42. 鄢良，1994《三才大觀—中國象數學源流》，臺北：明文書局。

43. 劉志成，2004《漢語音韻學研究導論》，成都：巴蜀書社。

44. 蔣冰冰，2003《吳語宣州片方言音韻研究》，上海：華東師範大學出版社。

45. 戴念祖，1994《中國聲學史》，石家莊：河北教育出版社。

46. 應裕康，1972《清代韻圖之研究》，臺北：弘道出版社。

47. 顏靜馨，2002「《太律》之音學研究」，嘉義：中正大學中文所碩士論文。

48. 羅常培，1956《漢語音韻學導論》，北京：中華書局。

三、期刊論文（依作者筆畫排列）

1. 丁邦新，1982〈漢語方言區分的條件〉，《清華學報》新14.1，2：257～273。

2. 丁邦新，1987〈論官話方言研究中的幾個問題〉，《中央研究院歷史語言研究所集刊》58.4：809～841。

3. 王松木，2003〈等韻研究的認知取向——以都四德《黃鍾通韻》為例〉，《漢學研究》21.2：337～365。

4. 王松木，2004〈等韻學研究的回顧與前瞻〉，《中國文學與通識教育兩岸學術研討會論文集》，臺北：私立實踐大學通識中心，2004.5.29，頁114～137。

5. 王松木，2005〈韻圖的理解與詮釋——吳烺《五聲反切正均》新詮〉，《漢學研究》23.2：257～288。

6. 王福堂，2004〈徽州方言的性質和歸屬〉，《中國語文研究》1：1～7。

7. （日）平田昌司，1979〈「審音」與「象數」——皖派音學史稿序說〉，《均社論叢》9：34～60。

8. （日）平田昌司，1984〈《皇極經世聲音唱和圖》與《切韻指掌圖》——試論語言神秘思想對宋代等韻學的影響〉，《東方學報》56：179～215。

9. （日）平田昌司，1982〈徽州方言古全濁聲母的演變〉，《均社論叢》12：33～51。

10. （日）平山久雄，2006〈漢語中產生語音演變規律例外的原因〉，《聲韻論叢》14：1～12，臺北：臺灣學生書局。

11. （日）平山久雄，1986〈談徽州方言的語音現象〉，《中央研究院歷史語言研究所集刊》57.1：1～36。

12. （日）平山久雄，2000〈徽州方言的知照系字〉，《方言》2：158～163。

13. （日）平山久雄，2004〈漢語語音史上的 ï 韻母〉，《音韻論叢》，濟南：齊魯書社，頁 19～47。

14. 伍巍，1988〈徽州方言和現代「吳語成份」〉，《吳語論叢》，上海：上海教育出版社，頁 329～335。

15. 江巧珍、孫承平，2003〈徽語區方言的特點與成因初探〉，《黃山學院學報》4：46～53。

16. 何大安，1988〈「濁上歸去」與現代方言〉，《中央研究院歷史語言研究所集刊》59.1：115～140。

17. 李榮，1965〈語音演變規律的例外〉，《中國語文》2：116～126。

18. 李榮，1985a〈官話方言的分區〉，《方言》1：2～5。

19. 李榮，1985b〈關於漢語方言分區的幾點意見〉，《方言》2：81～88。

20. 李榮，1985c〈關於漢語方言分區的幾點意見（二）〉，《方言》3：161～162。

21. 李新魁，1979〈論近代漢語照系聲母的音值〉，《學術研究》6：38～45。

22. 竺家寧，1991b〈近代音史上的舌尖韻母〉，《聲韻論叢》3：205～223，臺北：學生書局。

23. 竺家寧，1998a〈論《山門新語》的音系及濁上歸去問題〉，「中國音韻學第五屆國際研討會」，長春：中國音韻學研究會、吉林省社會科學院。

24. 竺家寧，1998b〈《山門新語》姬璣韻中反映的方言成分與類化音變〉，《李新魁教授紀念文集》，北京：中華書局，頁 190～195。

25. 竺家寧，1999a〈《山門新語》庚經韻所反映的語音變化〉，「第五屆近代中國學術研討會論文集」，桃園：中央大學，頁 232～250。

26. 竺家寧，1999b〈《山門新語》所反映的入聲演化〉，「第二屆國際暨第六屆全國清代學術研討會論文集」，高雄：中山大學，頁 915～932。

27. 竺家寧，2000a〈山門新語與江淮方言〉，「中國音韻學第十四次研討會暨漢語音韻學第六次國際研討會」，徐州：徐州師範大學。

28. 竺家寧，2000b〈論近代音研究的方法、現況與展望〉，《漢學研究》18：175～198。

29. 俞敏，1989〈方言區際的橫向聯繫〉，《俞敏語言學論文二集》，北京：北京師範大學，1992，頁 146～155。

30. 胡萍，2005〈徽語舌面前音形成原因分析──兼談徽語研究現況〉，《黃山學院學報》4：22～26。

31. 唐作藩、耿振生，1998〈二十世紀的漢語音韻學〉，《二十世紀的中國語言學》，北京：北京大學出版社，頁1～52。

32. 耿振生，1993〈論近代書面音系研究方法〉，《北京大學百年國學文粹·語言文獻卷》，北京：北京大學出版社，1998，頁355～364。

33. 高永安，2004b〈《山門新語》與清末寧國徽語音系〉，《語言學論叢》29：175～196，北京：商務印書館。

34. 馬希寧，1996〈再談徽州方言古全濁聲母〉，《清華學報》26.3：297～319。

35. 張琨，1975〈Tonal Development Among Chinese Dialects〉，《中央研究院歷史語言研究所集刊》46.4：636～709。

36. 張光宇，1994〈吳語在歷史上的擴散運動〉，《中國語文》6：409～417。

37. 張清常，1944〈中國聲韻學所借用的音樂術語〉，《語言學論文集》，北京：商務印書館，1993，頁209～228。

38. 張清常，1956〈李登《聲類》和「五音之家」的關係〉，《語言學論文集》，北京：商務印書館，1993，頁229～239。

39. 張清常，1982〈–m韻古今變遷一瞥〉，《語言學論文集》，北京：商務印書館，1993，頁96～102。

40. 許心傳，1988〈績溪方言詞和吳語方言詞的初步比較〉，《吳語論叢》，上海：上海教育出版社，頁322～328。

41. 麥耘，1991〈論近代漢語–m韻尾消變的時限〉，《音韻與方言研究》，廣東：人民出版社，1995，頁217～227。

42. 程俊源，2001〈徽州績溪方言的音韻歷史鍵移〉，《聲韻論叢》10：445～476，臺北：臺灣學生書局。

43. 馮蒸，1988〈論漢語音韻學的發展方向──爲紀念李方桂先生而作〉，《漢語音韻學論文集》，北京：首都師範大學，1997，頁1～12。

44. 馮蒸，1989〈漢語音韻研究方法論〉，《漢語音韻學論文集》，北京：首都師範大學，1997，頁13～33。

45. 馮蒸，1996〈趙蔭棠音韻學藏書臺北目睹記──兼論現存的等韻學古籍〉，《漢語音韻學論文集》，北京：首都師範大學，1997，頁405～436。

46. 楊秀芳，1989〈論漢語方言中全濁聲母的清化〉，《漢學研究》7.2：41～74。

47. 楊耐思，1981〈近代漢語–m的轉化〉，《近代漢語音論》，北京：商務印書館，1997，頁51～61。

48. 楊耐思，1993〈近代漢語語音研究中的三個問題〉，《中國語文研究四十年紀念文集》，北京：北京語言學院，頁251～256。

49. 趙元任，1962〈績溪嶺北音系〉，《中央研究院歷史語言研究所集刊》34：27～30。

50. 趙元任、楊時逢，1965〈績溪嶺北方言〉，《中央研究院歷史語言研究所集刊》36：11～113。

51. 趙日新，1989〈安徽績溪方言音系特點〉，《方言》2：125～130。

52. 趙日新，1999〈關於徽語的歷史層次〉，《開篇》18：40～53，東京：好文出版。

53. 趙日新，1997〈徽州民俗與徽州方言〉，《民俗研究》3：78～85。

54. 趙日新，1999a〈徽語的小稱音變和兒化音變〉，《方言》2：136～140。

55. 趙日新，1999b〈古清聲母上聲字徽語今讀短促調之考察〉，《中國語文》6：424～427。

56. 趙日新，2000a〈論官話對徽語的影響〉，《首屆官話方言國際學術討論會論文集》，青島：青島出版社，頁366～369。（錢曾怡、李行杰主編）

57. 趙日新，2000b〈徽州方言的形成〉，《98國際徽學學術討論會論文集》，合肥：安徽大學出版社，頁568～581。（周紹泉、趙華富主編）

58. 趙日新，2002〈徽語古全濁聲母今讀的幾種類型〉，《語言研究》4：106～110。

59. 趙日新，2003〈中古陽聲韻徽語今讀分析〉，《中國語文》5：444～448

60. 趙日新，2004〈方言接觸和徽語〉，《語言接觸論集》，上海：上海教育出版社，頁347～374。（鄒嘉彥、游汝傑主編）

61. 趙日新，2005a〈徽語中的長元音〉，《中國語文》1：75～78。

62. 趙日新，2005b〈徽語的特點和分區〉，《方言》3：279～286。

63. （日）樋口　靖，2002〈本学所蔵明清時代等韻書〉，《東京外国語大学附属図書館報》第4号，東京：東京外国語大学附属図書館，2002，頁1～20。（インターネット版）

64. 鄭再發，1966〈漢語音韻史的分期問題〉，《中央研究院歷史語言研究所集刊》36（下）：635～648。

65. 鄭錦全，1980〈明清韻書字母的介音與北音顎化源流的探討〉，《書目季刊》14.2：77～87。

66. 鄭張尚芳，1986〈皖南方言的分區〉，《方言》1：8～18。

67. 鄭張尚芳，1987〈安徽南部的方言分布〉，《中國語言地圖集》B10，香港：朗文出版社。（中國社會科學院、澳大利亞人文科學院合編）

68. 魯國堯，1994〈《盧宗邁切韻法》述論〉，《魯國堯語言學論文集》，南京：江蘇教育出版社，2003，頁326～379。

69. 魯國堯，2003〈論「歷史文獻考證法」與「歷史比較法」的結合——兼議漢語研究中的「犬馬——鬼魅法則」〉，《魯國堯語言學論文集》，南京：江蘇教育出版社，2003，頁181～192。

70. 鮑明煒，1993〈江淮方言的特點〉，《南京大學學報》4：71～76轉85。

71. 薛鳳生，1992〈傳統聲韻學與現代音韻學理論〉，《漢語音韻史十講》，北京：華語教學出版社，1999，頁10～23。

72. 羅常培，1934〈徽州方言的幾個要點〉，《國語週刊》第 152 期。（作者為羅莘田）

73. 羅常培，1935〈京劇中的幾個音韻問題〉，《羅常培語言學論文集》，北京：商務印書館，2004，頁 424～450。

74. 羅常培，1941〈四聲五聲六聲八聲皆為周氏所發現〉，《羅常培語言學論文集》，北京：商務印書館，2004，頁 485～486。

附　錄　《山門新語・切音圖說》音韻結構表

〈表例說明〉

1、以下各表是依據〈琴律三十韻母分經緯生聲按序切音圖說〉（簡稱〈切音圖說〉）三十張韻圖的格式、次序編列而成，而由於〈切音圖說〉的散音部分，並沒有歸為陰聲或陽聲，所以本表也依其原圖格式列字。表中的例字是以〈切音圖說〉所列為準，並參照書後所列〈琴律四聲分部合韻同聲譜〉（簡稱〈合韻同聲譜〉）的同音字表，加以校證。

2、各表縱列聲母，橫列韻目、聲調，將〈切音圖說〉的例字填入空格之中。

3、各表橫列聲調部分所標示的「陰平、陽平、上聲、陽去、陰去、入聲」，乃是依據〈切音百四名次圖說第十一〉。就本文的瞭解並非與實際聲調調類完全符合，其原因請參見正文第六章〈去聲分陰陽〉處的論述。

4、翻查《廣韻》、《韻鏡》，依序羅列出各例字的中古韻目、開合、等第、聲紐，若表中例字為《廣韻》未收錄的後起字，則更翻查《集韻》、《洪武正韻》、《字彙》……等，藉以推溯其韻目、開合、等第、聲紐。而關於各例字的中古韻攝，則於正文第五章第二節〔表5-2〕進行統整。

5、〈切音圖說〉的例字若有特殊音讀的、音韻地位不符的、收有兩切語的情況，則都依據〈合韻同聲譜〉的同音字表加以判斷，並於各韻下的〔附註〕進行說明。

6、三十韻母所配的入聲韻，則於各音韻結構表處的上端另行標示，如：闔音一呱韻標示「呱[u]／谷[uʔ]」，即代表舒聲韻為[u]、入聲韻為[uʔ]。

闔音 一呱 音韻結構表

	呱[u] / 谷[uʔ]					
	陰 平	陽 平	上 聲	陽 去	陰 去	入 聲
k	呱 模合一 / 見		古 姥合一 / 見	固 暮合一 / 見		谷 屋合一 / 見
kʰ	枯 模合一 / 溪	刳 模合一 / 溪	苦 姥合一 / 溪	庫 暮合一 / 溪	涸 暮合一 / 見	酷 沃合一 / 溪
ø	烏 模合一 / 影	吳 模合一 / 疑	五 姥合一 / 疑	汙 暮合一 / 影	悟 暮合一 / 疑	屋 屋合一 / 影
t	都 模合一 / 端		覩 姥合一 / 端	妒 暮合一 / 端		篤 沃合一 / 端
tʰ	菟 模合一 / 透	徒 模合一 / 定	土 姥合一 / 透	兔 暮合一 / 透	度 暮合一 / 定	禿 屋合一 / 透
n	駑 模合一 / 泥	奴 模合一 / 泥	努 姥合一 / 泥	笯 暮合一 / 泥	怒 暮合一 / 泥	褥 沃合一 / 泥
p	逋 模合一 / 幫		補 姥合一 / 幫	布 暮合一 / 幫		不 物合三 / 非
pʰ	鋪 模合一 / 滂	蒲 模合一 / 並	部 姥合一 / 並	怖 暮合一 / 滂	步 暮合一 / 並	孛 沒合一 / 並
m	摸 模合一 / 明	模 模合一 / 明	姆 姥合一 / 明	謨 暮合一 / 明	暮 暮合一 / 明	莫 鐸開一 / 明
ts	租 模合一 / 精		祖 姥合一 / 精	做 暮合一 / 精		族 屋合一 / 從
tsʰ	麤 模合一 / 清	徂 模合一 / 從	蘆 姥合一 / 清	醋 暮合一 / 清	祚 暮合一 / 從	簇 屋合一 / 清
s	蘇 模合一 / 心	續 虞合三 / 心	諝 語合三 / 心	素 暮合一 / 心	遡 暮合一 / 心	速 屋合一 / 心
tʂ	朱 虞合三 / 章		主 麌合三 / 章	注 遇合三 / 章		粥 屋合三 / 章
tʂʰ	初 魚合三 / 初	鉏 魚合三 / 從	楚 語合三 / 初	傶 御合三 / 初	住 遇合三 / 澄	逐 屋合三 / 澄
ʂ	疎 魚合三 / 生	殊 虞合三 / 禪	所 語合三 / 生	戍 遇合三 / 書	樹 遇合三 / 禪	束 燭合三 / 書
x	呼 模合一 / 曉	胡 模合一 / 匣	虎 姥合一 / 曉	冔 暮合一 / 曉	互 暮合一 / 匣	斛 屋合一 / 匣
l	攄 模合一 / 來	盧 模合一 / 來	魯 姥合一 / 來	癧 暮合一 / 來	路 暮合一 / 來	祿 屋合一 / 來
f	敷 虞合三 / 敷	扶 虞合三 / 奉	父 麌合三 / 奉	傅 遇合三 / 非	附 遇合三 / 奉	福 屋合三 / 非
ʑ	濡 虞合三 / 日	儒 虞合三 / 日	醹 麌合三 / 日	擩 遇合三 / 日	孺 遇合三 / 日	縟 燭合三 / 日

〔附註〕

1、〈切音圖說〉中去聲的「謨」字，該字《廣韻》未收錄，其〈合韻同聲譜〉中無同音字，《集韻》則標注為「末故切」。

闓音 二居　音韻結構表

	居[y] / 橘[yʔ]					
	陰　平	陽　平	上　聲	陽　去	陰　去	入　聲
k	居 魚合三／見		矩 麌合三／見	據 御合三／見		橘 術合三／見
kʰ	區 虞合三／溪	渠 魚合三／羣	巨 語合三／羣	去 御合三／羣	具 遇合三／羣	局 燭合三／羣
ø	迃 虞合三／影	魚 魚合三／疑	宇 麌合三／云	飫 御合三／影	遇 遇合三／疑	玉 燭合三／疑
t						啄 屋合一／端
tʰ						
n		袽 魚合三／娘	女 語合三／泥		女 御合三／娘	朒 屋合三／娘
p						卜 屋合一／幫
pʰ						朴 屋合一／滂
m						木 屋合一／明
ts	沮 魚合三／精		苴 語合三／精	怚 御合三／精		足 燭合三／精
tsʰ	蛆 魚合三／清	屦 魚合三／從	取 麌合三／清	趣 遇合三／清	聚 遇合三／從	促 燭合三／清
s	須 虞合三／心	徐 魚合三／邪	敘 語合三／邪	絮 御合三／心	屝 御合三／邪	粟 燭合三／心
tʂ	諸 魚合三／章		渚 語合三／章	著 御合三／知		燭 燭合三／章
tʂʰ	樞 虞合三／昌	除 魚合三／澄	杼 語合三／澄	處 御合三／昌	箸 御合三／澄	觸 燭合三／昌
ʂ	書 魚合三／書	蜍 魚合三／禪	豎 麌合三／禪	恕 御合三／書	薯 御合三／禪	術 術合三／船
x	噓 魚合三／曉	姁 魚合三／曉	許 語合三／曉	昫 遇合三／曉	軀 遇合三／曉	旭 燭合三／曉
l	蔞 虞合三／來	閭 魚合三／來	呂 語合三／來	鑢 御合三／來	慮 御合三／來	綠 燭合三／來
f						伏 屋合三／奉
z	袈 魚合三／日	如 魚合三／日	汝 語合三／日	茹 御合三／日	洳 御合三／日	肉 屋合三／日

〔附註〕

1、〈切音圖說〉中平聲的「沮」字，共有兩切語，分別為「子魚切」（魚韻精母）與「七余切」（魚韻清母），依據音韻演變的規律及音節位置來判斷，本文疑為前者讀音才是。

2、〈切音圖說〉中去聲的「屝」字，該字《廣韻》未收錄，其〈合韻同聲譜〉中無同音字，《字彙》（寅集尸部）則標注為：「才余切」。

3、〈切音圖說〉中平聲的「蜍」字，該字《廣韻》收錄兩讀，分別為「署魚切」（平聲魚韻禪母）與「以諸切」（平聲魚韻以母），依據音韻演變的規律及音節位置來判斷，本文疑為前者讀音才是。

4、〈切音圖說〉中入聲的「朒」字，與〈合韻同聲譜〉所列之字「胹」不同，進而查找《韻鏡》等書，可知此空格當填入「朒」字而非「胹」字，本文疑兩者因形近而訛誤。

開音 三江 音韻結構表

	江[iaŋ] / 覺[iɔʔ]					
	陰 平	陽 平	上 聲	陽 去	陰 去	入 聲
k	江 江開二/見		講 講開二/見	絳 絳開二/見		覺 覺開二/見
kʰ	羌 陽開三/見	強 陽開三/羣	襁 養開三/見	勥 漾開三/溪	弶 漾開三/羣	卻 藥開三/溪
ø	央 陽開三/影	羊 陽開三/以	養 養開三/以	怏 漾開三/影	恙 漾開三/以	約 藥開三/影
t						
tʰ						
n		娘 陽開三/娘			釀 漾開三/娘	逽 藥開三/娘
p						
pʰ						
m						
ts	將 陽開三/精		獎 養開三/精	醬 漾開三/精		爵 藥開三/精
tsʰ	鏘 陽開三/清	牆 陽開三/從	搶 養開三/清	蹌 漾開三/清	匠 漾開三/從	鵲 藥開三/清
s	襄 陽開三/心	詳 陽開三/邪	想 養開三/心	相 漾開三/心	蠁 漾開三/書	削 藥開三/心
tʂ	章 陽開三/章		掌 養開三/章	障 漾開三/章		灼 藥開三/章
tʂʰ	昌 陽開三/昌	腸 陽開三/澄	丈 養開三/澄	唱 漾開三/昌	仗 漾開三/澄	綽 藥開三/昌
ʂ		常 陽開三/禪	賞 養開三/書		上 漾開三/禪	爍 藥開三/書
x	香 陽開三/曉	降 江開二/匣	響 養開三/曉	亢 漾開三/曉	珦 漾開三/曉	學 覺開二/匣
l		良 陽開三/來	兩 養開三/來		亮 漾開三/來	畧 藥開三/來
f						
ʐ		穰 陽開三/日	攘 養開三/日		讓 漾開三/日	若 藥開三/日

〔附註〕

1、〈切音圖說〉中去聲的「亢」字，該字《廣韻》未收錄，其〈合韻同聲譜〉中則列有「姠」、「蠁」兩字，《廣韻》標注為:「許亮切」。

開音 四岡　音韻結構表

	岡[aŋ] / 各[ɔʔ]					
	陰　平	陽　平	上　聲	陽　去	陰　去	入　聲
k	岡 唐開一/見		港 講開二/見	鋼 宕開一/見		各 鐸開一/見
kʰ	康 唐開一/溪	甋 唐開一/溪	慷 蕩開一/溪	亢 宕開一/溪	閌 宕開一/溪	恪 鐸開一/溪
ø	佒 唐開一/影	昂 唐開一/疑	块 蕩開一/影	盎 宕開一/影	醠 宕開一/影	咢 鐸開一/疑
t	當 唐開一/端		黨 蕩開一/端	譡 宕開一/端		沰 鐸開一/端
tʰ	湯 唐開一/透	唐 唐開一/定	碭 蕩開一/定	儻 宕開一/透	宕 宕開一/定	託 鐸開一/透
n		囊 唐開一/泥	曩 蕩開一/泥		儾 宕開一/泥	諾 鐸開一/泥
p	邦 江開二/幫		榜 蕩開一/幫	謗 宕開一/幫		博 鐸開一/幫
pʰ	雱 唐開一/滂	旁 唐開一/並	蚌 講開二/並	胮 絳開二/滂	傍 宕開一/並	薄 鐸開一/並
m		芒 唐開一/明	莽 蕩開一/明		漭 宕開一/明	目 屋合三/明
ts	臧 唐開一/精		駔 蕩開一/精	葬 宕開一/精		作 鐸開一/精
tsʰ	倉 唐開一/清	藏 唐開一/從	搶 養開三/清	穄 宕開一/清	臓 宕開一/從	錯 鐸開一/清
s	桑 唐開一/心		顙 蕩開一/心	喪 宕開一/心		索 鐸開一/心
tʂ	張 陽開三/知		漲 養開三/知	帳 漾開三/知		斲 覺開二/知
tʂʰ	倀 陽開三/徹	長 陽開三/澄	昶 養開三/徹	悵 漾開三/徹	瓺 漾開三/澄	濁 覺開二/澄
ʂ	商 陽開三/書	嘗 陽開三/禪	象 養開三/邪	向 漾開三/書	尚 漾開三/禪	朔 覺開二/生
x	炴 唐開一/曉	航 唐開一/匣	沆 蕩開一/匣	攩 宕開一/匣	吭 宕開一/匣	鶴 鐸開一/匣
l		郎 唐開一/來	朗 蕩開一/來	閬 宕開一/來	浪 宕開一/來	落 鐸開一/來
f						
ʐ						

〔附註〕

1、〈切音圖說〉中上聲的「块」字，該字《廣韻》未收錄，其〈合韻同聲譜〉中無同音字，《集韻》標注爲「倚朗切」。

2、〈切音圖說〉中上聲的「碭」字，其音僅有平聲（唐韻、徒郎切）與去聲（宕韻、徒浪切）兩讀，而其〈合韻同聲譜〉中，則列有「蕩、簜、盪（徒朗切、上聲定母蕩韻）；曭、儻、帑（他朗切、上聲透母蕩韻）」等字，本文疑「碭」字應改作「崵」字才是，乃與「蕩、簜、盪（徒朗切、上聲定母蕩韻）」同音。

3、〈切音圖說〉中去聲的「胮」字，該字《廣韻》未收錄，其〈合韻同聲譜〉中，則列有「胖」字，《廣韻》標注爲：「匹絳切」。

4、〈切音圖說〉中入聲的「沰」字，該字《廣韻》未收錄，其〈合韻同聲譜〉中無同音字，《集韻》標注爲：「當各切」。

闔音 五光 音韻結構表

	光[uaŋ] / 國[uɛʔ]					
	陰 平	陽 平	上 聲	陽 去	陰 去	入 聲
k	光 唐合一 / 見		廣 蕩合一 / 見	桄 宕合一 / 見		國 德合一 / 見
kʰ	匡 陽合三 / 溪	狂 陽合三 / 羣	懬 蕩合一 / 溪	曠 宕合一 / 溪	尯 宕合一 / 溪	窟 沒合一 / 溪
ø	汪 唐合一 / 影	王 陽合三 / 云	往 養合三 / 云	醀 宕合一 / 影	望 漾合三 / 微	物 物合三 / 微
t						
tʰ						
n						
p						
pʰ						
m						
ts						
tsʰ						
s						
tʂ	莊 陽開三 / 莊		恾 養開三 / 章	壯 漾開三 / 莊		拙 薛合三 / 章
tʂʰ	窗 江開二 / 初	牀 陽開三 / 崇	磢 養開三 / 初	創 漾開三 / 初	狀 漾開三 / 崇	出 術合三 / 昌
ʂ	雙 江開二 / 生		爽 養開三 / 生			舌 薛開三 / 船
x	荒 唐合一 / 曉	黃 唐合一 / 匣	慌 蕩合一 / 曉	況 漾合三 / 曉	巷 絳開二 / 匣	惑 德合一 / 匣
l						
f	方 陽合三 / 非	房 陽合三 / 奉	仿 養合三 / 敷	放 漾合三 / 非	雄 漾合三 / 非	覆 屋合三 / 敷
ʐ						

〔附註〕

1、〈切音圖說〉中上聲的「恾」字，該字《廣韻》未收錄，其〈合韻同聲譜〉中無
　同音字，《字彙》（卯集心部）標注為：「之爽切」。

閩音 六昆　音韻結構表

	昆[uən] / 國[uɛʔ]					
	陰　平	陽　平	上　聲	陽　去	陰　去	入　聲
k	昆 魂合一 / 見		鯤 混合一 / 見	棍 慁合一 / 見		國 德合一 / 見
kʰ	坤 魂合一 / 溪	髡 魂合一 / 溪	閫 混合一 / 溪	困 慁合一 / 溪	頤 慁合一 / 溪	窟 沒合一 / 溪
ø	溫 魂合一 / 影	文 文合三 / 微	穩 混合一 / 影	慍 問合三 / 影	問 問合三 / 微	物 物合三 / 微
t	敦 魂合一 / 端		頋 混合一 / 端	頓 慁合一 / 端		咄 沒合一 / 端
tʰ	暾 魂合一 / 透	屯 魂合一 / 定	盾 混合一 / 定	褪 慁合一 / 透	鈍 慁合一 / 定	宊 沒合一 / 透
n	蝘 魂合一 / 透	臋 魂合一 / 泥	炳 混合一 / 泥	嫩 慁合一 / 泥	抐 慁合一 / 泥	訥 沒合一 / 泥
p	奔 魂合一 / 幫		本 混合一 / 幫	奔 慁合一 / 幫		北 德開一 / 幫
pʰ	歕 魂合一 / 滂	盆 魂合一 / 並	笨 混合一 / 並	噴 慁合一 / 滂	坋 慁合一 / 並	擘 麥開二 / 幫
m		門 魂合一 / 明	懣 混合一 / 明		悶 慁合一 / 明	墨 德開一 / 明
ts	尊 魂合一 / 精		撙 混合一 / 精	焌 慁合一 / 精		卒 術合三 / 精
tsʰ	村 魂合一 / 清	存 魂合一 / 從	忖 混合一 / 清	寸 慁合一 / 清	栫 慁合一 / 從	猝 沒合一 / 清
s	孫 魂合一 / 心		損 混合一 / 心	巽 慁合一 / 心		窣 沒合一 / 心
tʂ						
tʂʰ						
ʂ						
x	昏 魂合一 / 曉	魂 魂合一 / 匣	混 混合一 / 匣	慁 慁合一 / 匣	溷 慁合一 / 匣	惑 德合一 / 匣
l		崙 魂合一 / 來	惀 混合一 / 來	淪 慁合一 / 來	論 慁合一 / 來	捋 末合一 / 來
f	分 文合三 / 非	焚 文合三 / 奉	粉 吻合三 / 非	忿 問合三 / 敷	粉 問合三 / 奉	覆 屋合三 / 敷
ʐ						

〔附註〕

1、〈切音圖說〉中上聲的「頋」字，該字《廣韻》未收錄，其〈合韻同聲譜〉中無同音字，《字彙》（寅集山部）標注為：「丁本切」。

2、〈切音圖說〉中入聲的「咄」字，該字《廣韻》收錄兩讀，分別標注為：「當沒切」（入聲沒韻合一端母）與「丁括切」（入聲末韻合一端母），而〈合韻同聲譜〉列有：「㗇」字（當沒切、入聲端母沒韻），故本文疑為前者讀音才是。

開音 七根　音韻結構表

	陰　平	陽　平	上　聲	陽　去	陰　去	入　聲
	根[ən] / 甲[aʔ]					
k	根 痕開一 / 見		頣 很開一 / 見	艮 恨開一 / 見		甲 狎開二 / 見
kʰ	鞎 痕開一 / 溪		懇 很開一 / 溪	硍 恨開一 / 溪		恰 洽開二 / 溪
ø	恩 痕開一 / 影	垠 眞開三 / 疑	穩 很開一 / 影	龂 恨開一 / 疑	億 焮開一 / 影	鴨 狎開二 / 影
t						
tʰ	吞 痕開一 / 透		啍 很開一 / 透	痞 恨開一 / 定		
n						
p						
pʰ						
m						
ts			怎 寢開三 / 精			
tsʰ						
s						
tʂ	臻 臻開二 / 莊		䫌 軫開三 / 莊	縥 焮開三 / 莊		札 黠開二 / 莊
tʂʰ		榛 臻開二 / 崇	齔 軫開三 / 初			刹 鎋開二 / 初
ʂ	莘 眞開三 / 生				阠 震開三 / 書	刷 鎋合二 / 生
x	哼 痕開一 / 匣	痕 痕開一 / 匣	很 很開一 / 匣		恨 恨開一 / 匣	麧 沒開一 / 匣
l						
f						
ʑ						

〔附註〕

1、〈切音圖說〉中平聲的「鞎」字，該字《廣韻》未收錄，其〈合韻同聲譜〉中無同音字，《字彙》（戌集韋部）標注為：「口恩切」。

2、〈切音圖說〉中平聲的「哼」字，該字《廣韻》未收錄，其〈合韻同聲譜〉中則列有「根」字，《廣韻》標注為：「戶恩切」。

3、〈切音圖說〉中上聲的「啍」字，該字《廣韻》未收錄，其〈合韻同聲譜〉中無同音字，《字彙》標注為：「通墾切」。

4、〈切音圖說〉中上聲的「怎」字，該字《廣韻》未收錄，其〈合韻同聲譜〉中無同音字，《字彙》標注為：「子沈切」。

5、〈切音圖說〉中去聲的「硍」字，該字《廣韻》標注為：「胡簡切」（上聲產韻開二匣母），其〈合韻同聲譜〉中無同音字，而《集韻》則標注為：「苦恨切」（去聲恨韻開一溪母），依據音韻演變的規律及音節位置來判斷，本文疑為後者才是。

6、〈切音圖說〉中去聲的「痞」字，該字《廣韻》未收錄，其〈合韻同聲譜〉中無同音字，《集韻》標注為：「佗恨切」。

7、〈切音圖說〉中去聲的「縥」字，該字《廣韻》未收錄，其〈合韻同聲譜〉中無同音字，《字彙補》標注為：「阻近切」。

開音 八加　音韻結構表

	加[a] / 甲[aʔ]					
	陰　平	陽　平	上　聲	陽　去	陰　去	入　聲
k	加 麻開二/見		假 馬開二/見	駕 禡開二/見		甲 狎開二/見
kʰ	齣 麻開二/見	鞵 麻開二/見	跒 馬開二/溪	髂 禡開二/溪		恰 洽開二/溪
ø	丫 麻開二/影	牙 麻開二/疑	野 馬開三/以	亞 禡開二/影	夜 禡開三/以	鴨 狎開二/影
t	爹 麻開三/知		哆 馬開三/端			
tʰ						
n		膤 麻開三/泥				
p						
pʰ						
m		哶 麻開三/明	乜 馬開三/明			
ts	嗟 麻開三/精		姐 馬開三/精	借 禡開三/精		浹 帖開四/精
tsʰ	䃴 麻開二/莊	查 麻開三/從	且 馬開三/清	笡 禡開二/清	藉 禡開三/從	插 洽開二/清
s	些 麻開三/心	邪 麻開三/邪	寫 馬開三/心	卸 禡開三/心	謝 禡開三/邪	萐 洽開二/生
tʂ	遮 麻開三/章		者 馬開三/章	柘 禡開三/章		札 黠開二/莊
tʂʰ	車 麻開三/昌	槎 麻開二/崇	䎓 馬開三/昌	詫 禡開二/徹	蜡 禡開二/崇	刹 鎋開二/初
ʂ	奢 麻開三/書	闍 麻開三/禪	捨 馬開三/書	赦 禡開三/書	射 禡開三/船	刷 鎋合二/生
x	靴 麻開三/匣	遐 麻開二/匣	夏 馬開二/匣	下 禡開二/匣	暇 禡開二/匣	狎 狎開二/匣
l		儸 麻開三/來	跁 馬開二/來			拉 合開一/來
f						
ʐ	婼 麻開三/日	歃 麻開三/莊	惹 馬開三/日	偌 禡開三/日		㗩 鎋開二/日

〔附註〕

1、〈切音圖說〉中平聲的「䃴」字，該字《廣韻》未收錄，其〈合韻同聲譜〉中則列有「楂」字，《廣韻》標注爲：「側加切」。

2、〈切音圖說〉中平聲的「膤」字，該字《廣韻》未收錄，其〈合韻同聲譜〉中無同音字，《字彙》標注爲：「乃邪切」。

3、〈切音圖說〉中平聲的「哶」字，該字《廣韻》未收錄，其〈合韻同聲譜〉中無同音字，《集韻》標注爲：「彌嗟切」。

4、〈切音圖說〉中平聲的「靴」字，該字《廣韻》標注爲：「許胆切」（戈韻合三曉母），其〈合韻同聲譜〉中則列有「鰕」字（胡加切，麻韻開二匣母），依據音韻演變的規律及音節位置來判斷，應從後者讀音才是，可參見〈切音圖說・八加〉「靴」字之註語。

5、〈切音圖說〉中平聲的「儸」字，該字《廣韻》標注爲：「魯何切」，其〈合韻同聲譜〉中無同音字，《集韻》則標注爲：「利遮切」，依據音韻演變的規律及音節位置來判斷，應從後者讀音。

4、〈切音圖說〉中平聲的「戲」字，該字《廣韻》標注爲：「側加切」，依據音韻演
變的規律及音節位置來判斷，不應列於此處，然〈合韻同聲譜〉中又無同音字，
故無法了解原因。

5、〈切音圖說〉中上聲的「跒」字，該字《廣韻》未收錄，其〈合韻同聲譜〉中則
列有「槑」字，《廣韻》標注爲：「盧下切」。

6、〈切音圖說〉中入聲的「萐」字，該字《廣韻》收錄兩讀，分別標注爲：「山輒切」
（葉韻開三生母）與「山洽切」（洽韻開二生母），本文暫以後者讀音爲準。

7、〈切音圖說〉中入聲的「䊪」字，該字《廣韻》未收錄，其〈合韻同聲譜〉中則
列有「拉」字，《廣韻》標注爲：「盧合切」。

闔音 九瓜 音韻結構表

	瓜[ua] / 郭[uɔʔ]					
	陰　平	陽　平	上　聲	陽　去	陰　去	入　聲
k	瓜 麻合二/見		寡 馬合二/見	卦 卦合二/見		郭 鐸合一/見
kʰ	誇 麻合二/溪	荂 麻合二/溪	冎 馬合二/見	跨 禡合二/溪	胯 禡合二/溪	廓 鐸合一/溪
ø	窊 麻合二/影	吪 麻合二/疑	瓦 馬合二/疑	宭 禡合二/疑	踝 禡合二/影	惡 鐸開一/影
t			打 梗開二/端			穀 屋合一/端
tʰ						脫 末合一/透
n		拏 麻開二/娘	砢 馬開二/娘		胗 禡合二/娘	妠 鎋合二/娘
p	巴 麻開二/幫		把 馬開二/幫	霸 禡開二/幫		卜 屋合一/幫
pʰ	葩 麻開二/滂	琶 麻開二/並	帊 馬開二/滂	怕 禡開二/滂	罷 禡開二/並	朴 覺開二/滂
m	龐 麻開二/明	麻 麻開二/明	馬 馬開二/明	鬕 禡開二/明	禡 禡開二/明	木 屋合一/明
ts						
tsʰ						
s						
tʂ	撾 麻開二/知		鮓 馬開二/莊		詐 禡開二/莊	勺 藥開三/章
tʂʰ	叉 麻開二/初	茶 麻開二/澄	笿 馬開二/初	汊 禡開二/初	乍 禡開二/崇	濯 覺開二/澄
ʂ	沙 麻開二/生	蛇 麻開三/船	耍 馬合二/生	舍 禡開三/書	嗄 禡開二/生	芍 藥開三/禪
x	花 麻合二/曉	華 麻合二/匣	踝 馬合二/匣	化 禡合二/曉	摦 禡合二/匣	壑 鐸開一/曉
l		虇 麻合二/來				
f						
ʐ						

〔附註〕

1、〈切音圖說〉中平聲的「龐」字，該字《廣韻》未收錄，其〈合韻同聲譜〉中無同音字，《集韻》標注為：「謨加切」。

2、〈切音圖說〉中平聲的「撾」字，該字《廣韻》未收錄，其〈合韻同聲譜〉中無同音字，《集韻》標注為：「張瓜切」。

3、〈切音圖說〉中平聲的「荂」字，該字《廣韻》收錄兩讀，分別標注為：「況于切」（虞韻合三曉母）與「芳無切」（虞韻合三敷母）。另外，《集韻》標注為：「匈于切」（虞韻合三曉母）、《字彙》（申集艸部）標注為：「枯瓜切」，依據音韻演變的規律及音節位置來判斷，本文疑為《字彙》音讀才是。

4、〈切音圖說〉中平聲的「虇」字，該字《廣韻》未收錄，其〈合韻同聲譜〉中無同音字，《字彙》標注為：「力華切」。

5、〈切音圖說〉中上聲的「砢」字，該字《廣韻》未收錄，其〈合韻同聲譜〉中無同音字，《集韻》標注為：「女下切」。

6、〈切音圖說〉中上聲的「䶕」字，該字《廣韻》未收錄，其〈合韻同聲譜〉中無同音字，《字彙》（午集立部）標注爲：「匹馬切」。

7、〈切音圖說〉中上聲的「笈」字，該字《廣韻》未收錄，其〈合韻同聲譜〉中無同音字，《集韻》標注爲：「初雅切」。

8、〈切音圖說〉中去聲的「宺」字，該字《廣韻》未收錄，其〈合韻同聲譜〉中無同音字，《集韻》標注爲：「吾化切」。

9、〈切音圖說〉中去聲的「汊」字，該字《廣韻》未收錄，其〈合韻同聲譜〉中無同音字，《集韻》標注爲：「楚嫁切」。

10、〈切音圖說〉中入聲的「縠」字，本文疑爲「縠」字之訛誤，該字《廣韻》收錄兩讀，分別標注爲：「丁木切」（屋韻合一端母）與「蒲角切」（覺韻開二並母），依據音韻演變的規律及音節位置來判斷，疑爲前者才是。

11、〈切音圖說〉中入聲的「妠」字，該字《廣韻》收錄兩讀，分別標注爲：「女刮切」（鎋韻合二娘母）與「奴荅切」（合韻開一泥母），依據音韻演變的規律及音節位置來判斷，本文疑爲前者才是。

闔音　十戈　音韻結構表

| | 戈[uo] ／ 郭[uɔʔ] | | | | | |
	陰　平	陽　平	上　聲	陽　去	陰　去	入　聲
k	戈 戈合一／見		果 果合一／見	過 過合一／見		郭 鐸合一／見
kʰ	科 戈合一／溪		顆 果合一／溪	課 過合一／溪		廓 鐸合一／溪
ø	倭 戈合一／影	訛 戈合一／疑	婐 果合一／影	侉 箇開一／影	臥 過合一／疑	惡 鐸開一／影
t	陸 戈合一／端		朵 果合一／端	枓 過合一／端		穀 屋合一／端
tʰ	詑 戈合一／透	砣 戈合一／定	妥 果合一／透	唾 過合一／透	媠 過合一／定	脫 末合一／透
n	䓶 戈合一／泥	捼 戈合一／泥	姬 果合一／泥	愞 過合一／泥	穤 過合一／泥	吶 鎋合二／娘
p	波 戈合一／幫		跛 果合一／幫	播 過合一／幫		卜 屋合一／幫
pʰ	頗 戈合一／滂	婆 戈合一／並	叵 果合一／滂	破 過合一／滂	縛 過合一／並	朴 覺開二／滂
m	麼 戈合一／明	摩 戈合一／明	麼 果合一／明	塺 過合一／明	磨 過合一／明	木 屋合一／明
ts	侳 戈合一／精			挫 過合一／精		族 屋合一／從
tsʰ	蓌 戈合一／清	矬 戈合一／從	脞 果合一／清	剉 過合一／清	座 過合一／從	簇 屋合一／清
s	娑 歌開一／心		鎖 果合一／心	膜 過合一／心		速 屋合一／心
tʂ						
tʂʰ						
ʂ						
x	喎 戈合一／匣	禾 戈合一／匣	禍 果合一／匣	貨 過合一／曉	和 過合一／匣	壑 鐸開一／曉
l	擺 戈合一／來	騾 戈合一／來	裸 果合一／來	贏 過合一／來	儡 過合一／來	磥 鐸合一／來
f						
z						

〔附註〕

1、〈切音圖說〉中去聲的「贏」字，該字《廣韻》標注爲：「郎果切」（上聲果韻合一來母），依據音韻演變的規律及音節位置來判斷，不應放置此處，而〈合韻同聲譜〉中又無同音字。另有一「蠃」字，《廣韻》標注爲：「魯過切」（去聲過韻合一來母），本文疑爲「蠃」字的訛誤。

開音 十一哥 音韻結構表

	陰 平	陽 平	上 聲	陽 去	陰 去	入 聲
	哥[o] / 各[ɔʔ]					
k	哥 歌開一/見		哿 哿開一/見	个 箇開一/見		各 鐸開一/見
kʰ	珂 歌開一/溪	翗 歌開一/羣	可 哿開一/溪	坷 箇開一/溪	觻 箇開一/溪	恪 鐸開一/溪
ø	阿 歌開一/影	莪 歌開一/疑	我 哿開一/疑	涴 過合一/影	餓 箇開一/疑	咢 鐸開一/疑
t	多 歌開一/端		軃 哿開一/端	跢 箇開一/端		洰 鐸開一/端
tʰ	佗 歌開一/定	駝 歌開一/定	柁 哿開一/定	拖 箇開一/透	大 箇開一/定	託 鐸開一/透
n	戁 歌開一/泥	儺 歌開一/泥	娜 哿開一/泥	那 箇開一/泥	奈 箇開一/泥	諾 鐸開一/泥
p						博 鐸開一/幫
pʰ						薄 鐸開一/並
m						目 屋合三/明
ts			左 哿開一/精	佐 箇開一/精		作 鐸開一/精
tsʰ	蹉 歌開一/清	醝 歌開一/從	瑳 哿開一/清			錯 鐸開一/清
s	蓑 戈合一/心		縒 哿開一/心	呰 箇開一/心		索 鐸開一/心
tʂ						
tʂʰ						
ʂ						
x	呵 歌開一/曉	河 歌開一/匣	火 果合一/曉	濔 箇開一/匣	賀 箇開一/匣	鶴 鐸開一/匣
l	覶 戈合一/來	羅 歌開一/來	櫑 哿開一/來	襤 箇開一/來	邏 箇開一/來	落 鐸開一/來
f						
ʐ						

〔附註〕

1、〈切音圖說〉中去聲的「呰」字，該字《廣韻》標注為：「將此切」（上聲紙韻開三精母），依據音韻演變的規律及音節位置來判斷，不應放置此處。查找〈合韻同聲譜〉（頁51）可知「呰」應為「些」字之訛誤，該字《廣韻》收錄三讀，分別標注為：「寫邪切」（平聲麻韻開三心母）、「蘇計切」（去聲霽韻開四心母）與「蘇箇切」（去聲箇韻開一心母），依據音節位置來判斷，本文疑為第三種讀音。

2、〈切音圖說〉中入聲的「洰」字，該字《廣韻》標注為：「他各切」，為「託」字的同音字，然查找〈合韻同聲譜〉（頁58）時，卻發現「洰」、「託」兩字則列為不同音，故「洰」字的音讀應為《集韻》所標注：「當各切」才是。

開音 十二鉤　音韻結構表

	鉤[ou] / 各[ɔʔ]					
	陰　平	陽　平	上　聲	陽　去	陰　去	入　聲
k	鉤 侯開一 / 見		苟 厚開一 / 見	姤 候開一 / 見		各 鐸開一 / 見
kʰ	彄 侯開一 / 溪	蚯 幽開三 / 羣	口 厚開一 / 溪	寇 候開一 / 溪	趴 幼開三 / 羣	恪 鐸開一 / 溪
ø	謳 侯開一 / 影	牛 尤開三 / 疑	耦 厚開一 / 疑	漚 候開一 / 影	齵 宥開三 / 疑	咢 鐸開一 / 疑
t	兜 侯開一 / 端		斗 厚開一 / 端	鬭 候開一 / 端		沰 鐸開一 / 端
tʰ	偷 侯開一 / 透	頭 侯開一 / 定	麰 厚開一 / 透	逗 候開一 / 定	豆 候開一 / 定	託 鐸開一 / 透
n		羺 侯開一 / 泥	穀 厚開一 / 泥		檽 候開一 / 泥	諾 鐸開一 / 泥
p			掊 厚開一 / 幫			博 鐸開一 / 幫
pʰ	婄 尤開三 / 並	裒 侯開一 / 並	剖 厚開一 / 滂	踣 候開一 / 並	蜅 候開一 / 滂	薄 鐸開一 / 並
m	繆 尤開三 / 明	牟 尤開三 / 明	母 厚開一 / 明	姆 候開一 / 明	戊 候開一 / 明	目 屋合三 / 明
ts	緅 侯開一 / 精		走 厚開一 / 精	奏 候開一 / 精		作 鐸開一 / 精
tsʰ	掫 侯開一 / 清	鯫 侯開一 / 從	掫 厚開一 / 清	輳 候開一 / 清	蔟 候開一 / 從	錯 鐸開一 / 清
s	鎪 侯開一 / 心	涑 侯開一 / 心	叟 厚開一 / 心	瘦 宥開三 / 生	漱 宥開三 / 生	索 鐸開一 / 心
tʂ	舟 尤開三 / 章		肘 有開三 / 知	晝 宥開三 / 知		灼 藥開三 / 章
tʂʰ	瘳 尤開三 / 徹	犨 尤開三 / 昌	紂 有開三 / 澄	臭 宥開三 / 昌	酎 宥開三 / 澄	綽 藥開三 / 昌
ʂ	廋 尤開三 / 生	售 尤開三 / 禪	受 有開三 / 禪	狩 宥開三 / 書	授 宥開三 / 禪	爍 藥開三 / 書
x	齁 侯開一 / 曉	侯 侯開一 / 匣	厚 厚開一 / 匣	吼 候開一 / 曉	候 候開一 / 匣	鶴 鐸開一 / 匣
l	剅 侯開一 / 來	樓 侯開一 / 來	塿 厚開一 / 來	鏤 候開一 / 來	陋 候開一 / 來	落 鐸開一 / 來
f	䃤 尤開三 / 非	浮 尤開三 / 奉	缶 有開三 / 非	富 宥開三 / 非	覆 宥開三 / 敷	紱 物合三 / 非
ʐ	揉 尤開三 / 日	柔 尤開三 / 日	蹂 有開三 / 日	煣 宥開三 / 日	輮 宥開三 / 日	若 藥開三 / 日

〔附註〕

1、〈切音圖說〉中平聲的「鎪」，該字《廣韻》未收錄，《集韻》標注爲：「先侯切」，其〈合韻同聲譜〉中列有「叟」字，《廣韻》標注爲：「蘇后切」（去聲厚韻開一心母），依據音韻演變的規律及音節位置來判斷，本文疑爲前者讀音才是。

2、〈切音圖說〉中平聲的「售」字，該字《廣韻》標注爲：「承呪切」（去聲宥韻開三禪母），依據音韻演變的規律及音節位置來判斷，不應放置此處，而其〈合韻同聲譜〉中列有「讎」字，《廣韻》標注爲：「市流切」（平聲尤韻開三禪母），本文疑爲後者讀音才是。

開音 十三鳩 音韻結構表

	陰 平	陽 平	上 聲	陽 去	陰 去	入 聲
	\u3000\u3000\u3000\u3000\u3000\u3000\u3000\u3000\u3000\u3000\u3000鳩[iou] / 㓲[iu?]					
k	鳩 尤開三／見		久 有開三／見	救 宥開三／見		㓲 屋合三／見
kʰ	邱 尤開三／溪	求 尤開三／羣	糗 有開三／溪	舅 宥開三／溪	舊 宥開三／羣	曲 燭合三／溪
ø	憂 尤開三／影	遊 尤開三／以	有 有開三／云	幼 幼開三／影	又 宥開三／云	郁 屋合三／影
t	丟 幽開三／端		抖 厚開一／端	噣 候開一／端		㗲 職開三／端
tʰ	鍮 侯開一／透	投 侯開一／定	䗇 厚開一／透	透 候開一／透	酘 候開一／定	迪 錫開四／定
n			狃 有開三／娘	鈕 宥開三／娘	槈 候開一／泥	衄 屋合三／娘
p	彪 幽開三／幫					
pʰ	瀌 幽開三／並	淲 幽開三／並				
m		繆 幽開三／明			茂 候開一／明	
ts	遒 尤開三／精		酒 有開三／精	皺 宥開三／莊		蹙 屋合三／精
tsʰ	秋 尤開三／清	酋 尤開三／從	瞅 厚開一／心	簉 宥開三／莊	就 宥開三／從	蹴 屋合三／清
s	修 尤開三／心	囚 尤開三／邪	滫 有開三／心	秀 宥開三／心	袖 宥開三／邪	宿 屋合三／心
tʂ	周 尤開三／章		帚 有開三／章	咒 宥開三／章		竹 屋合三／知
tʂʰ	抽 尤開三／徹	綢 尤開三／澄	丑 有開三／徹	箱 宥開三／初	宙 宥開三／澄	軸 屋合三／澄
ʂ	收 尤開三／書	讎 尤開三／禪	首 有開三／書	獸 宥開三／書	壽 宥開三／禪	茜 屋合三／生
x	休 尤開三／曉	烋 尤開三／曉	朽 有開三／曉	齅 宥開三／曉	趌 幼開三／曉	蓄 屋合三／曉
l	飀 尤開三／曉	劉 尤開三／來	柳 有開三／來	溜 宥開三／來	漏 候開一／來	蓼 屋合三／來
f						
ʐ						

〔附註〕

1、〈切音圖說〉中去聲的「趌」字，該字《廣韻》收錄兩讀，分別標注為：「香仲切」（去聲送韻合三曉母）與「丘謬切」（去聲幼韻開三溪母），依據音韻演變的規律及音節位置來判斷，本文疑聲母應從前者讀音、韻母則從後者讀音才是。

開音 十四交　音韻結構表

	交[iau] / 菊[iuʔ]					
	陰　平	陽　平	上　聲	陽　去	陰　去	入　聲
k	交 看開二／見		皎 筱開四／見	教 效開二／見		菊 屋合三／見
kʰ	趫 宵開三／羣	喬 宵開三／羣	巧 巧開二／溪	竅 嘯開四／溪	嶠 笑開三／羣	曲 燭合三／溪
ø	夭 宵開三／影	遙 宵開三／以	杳 筱開四／影	要 笑開三／影	鷂 笑開三／以	郁 屋合三／影
t	貂 蕭開四／端		朳 筱開四／端	釣 嘯開四／端		魦 職開三／端
tʰ	挑 蕭開四／透	迢 蕭開四／定	窕 筱開四／定	眺 嘯開四／透	調 嘯開四／定	頔 錫開四／定
n		鐃 看開二／泥	鳥 筱開四／端		溺 嘯開四／泥	衄 屋合三／娘
p	標 宵開三／幫		表 小開三／幫	裱 笑開三／幫		
pʰ	飄 宵開三／滂	瓢 宵開三／並	縹 小開三／滂	剽 笑開三／滂	摽 笑開四／滂	
m	猫 看開二／明	苗 宵開三／明	渺 小開三／明	貓 效開二／明	妙 笑開三／明	
ts	焦 宵開三／精		湫 筱開四／精	醮 笑開三／精		蹙 屋合三／精
tsʰ	鍫 宵開三／清	樵 宵開三／從	悄 小開三／清	俏 笑開三／清	筊 笑開三／清	蹴 屋合三／清
s	宵 宵開三／心		小 小開三／心	笑 笑開三／心		宿 屋合三／心
tʂ	昭 宵開三／章		沼 小開三／章	照 笑開三／章		竹 屋合三／知
tʂʰ	超 宵開三／徹	潮 宵開三／澄	趙 小開三／澄	鈔 效開二／初	召 笑開三／澄	軸 屋合三／澄
ʂ	燒 宵開三／書	韶 宵開三／禪	紹 小開三／禪	少 笑開三／書	邵 笑開三／禪	茜 屋合三／生
x	囂 宵開三／曉	爻 看開二／匣	曉 筱開四／曉	孝 效開二／曉	效 效開二／匣	蓄 屋合三／曉
l	飈 蕭開四／來	敹 蕭開四／來	了 筱開四／來	燎 笑開三／來	料 嘯開四／來	蓼 屋合三／來
f						
ʐ	橈 宵開三／日	饒 宵開三／日	擾 小開三／日	嬈 嘯開四／曉	繞 笑開三／日	辱 燭合三／日

〔附註〕

1、〈切音圖說〉中平聲的「敹」字，該字《廣韻》未收錄，經查找〈合韻同聲譜〉後，本文疑爲「敹」字的訛誤，《廣韻》標注爲：「落蕭切」（平聲蕭韻開四來母）。

2、〈切音圖說〉中去聲的「嬈」字，該字《廣韻》收錄三讀，分別標注爲：「火弔切」（去聲嘯韻開四曉母）、「奴鳥切」（上聲篠韻開四泥母）與「而沼切」（上聲小韻開三日母），依據聲調來判斷，本文疑爲第一個讀音才是，但若依據音韻演變的規律及音節位置來判斷，該處應爲日母才是，不知原因爲何。

開音 十五高　音韻結構表

	高[au] / 葛[aʔ]					
	陰　平	陽　平	上　聲	陽　去	陰　去	入　聲
k	高 豪開一/見		杲 皓開一/見	告 號開一/見		葛 曷開一/見
kʰ	尻 豪開一/溪	破 肴開二/溪	考 皓開一/溪	犒 號開一/溪	恔 號開一/見	渴 曷開一/溪
ø	坳 肴開二/影	螯 豪開一/疑	襖 皓開一/影	拗 號開一/見	傲 號開一/疑	遏 曷開一/影
t	刀 豪開一/端		禱 皓開一/端	到 號開一/端		答 合開一/端
tʰ	叨 豪開一/透	桃 豪開一/定	道 皓開一/定	套 號開一/透	導 號開一/定	塔 盍開一/透
n	臑 豪開一/泥	猱 豪開一/泥	惱 皓開一/泥	刌 號開一/泥	鬧 效開二/泥	納 合開一/泥
p	包 肴開二/幫		保 皓開一/幫	報 號開一/幫		八 黠開二/幫
pʰ	橐 豪開一/滂	袍 豪開一/並	抱 皓開一/並	礟 效開二/滂	暴 號開一/並	拔 黠開二/並
m	貓 肴開二/明	毛 豪開一/明	卯 巧開二/明	芼 號開一/明	冒 號開一/明	末 末合一/明
ts	遭 豪開一/精		早 皓開一/精	竈 號開一/精		帀 合開一/精
tsʰ	操 豪開一/清	曹 豪開一/從	草 皓開一/清	躁 號開一/精	造 號開一/清	雜 合開一/從
s	騷 豪開一/心		嫂 皓開一/心	燥 號開一/心		趿 合開一/心
tʂ	聱 肴開二/莊		爪 巧開二/莊	罩 效開一/知		札 黠開二/莊
tʂʰ	勦 肴開二/崇	巢 肴開二/崇	炒 巧開二/初	櫂 效開二/澄	踔 效開二/徹	刹 鎋開二/初
ʂ	梢 肴開二/生		數 巧開二/生	稍 效開二/生		刷 鎋合二/生
x	蒿 豪開一/曉	豪 豪開一/匣	浩 皓開一/匣	耗 號開一/曉	號 號開一/匣	曷 曷開一/匣
l	撈 豪開一/來	牢 豪開一/來	老 皓開一/來	勞 號開一/來	勞 號開一/來	剌 曷開一/來
f						
ʐ						

〔附註〕

1、〈切音圖說〉中平聲的「坳」字，該字《廣韻》未收錄，查找〈合韻同聲譜〉（頁34）則列有「軥、顤」等字，而《廣韻》肴韻中則將「坳、軥、顤」等三字列為同音字，故本文疑「坳」字應作「坳」才是。而去聲「拗」字，經查找〈合韻同聲譜〉（頁52）後，則為「拗」字的訛誤。

2、〈切音圖說〉中平聲的「臑」字，該字《廣韻》標注為：「人朱切」（平聲虞韻合三日母），其〈合韻同聲譜〉收錄「㺒」、「㼀」兩同音字，《廣韻》分別標注為：「於求切」（平聲尤韻開三影母）與「敕交切」（平聲肴開二韻徹母），而該字《集韻》則標注為：「奴刀切」（平聲豪韻開一泥母），依據音韻演變的規律及音節位置來判斷，本文疑為《集韻》音讀才是。

3、〈切音圖說〉中平聲的「橐」字，該字《廣韻》未收錄，查找〈合韻同聲譜〉（頁34）後，本文疑「橐」為「橐」字的訛誤。

4、〈切音圖說〉中去聲的「刌」字，該字《廣韻》標注為：「奴皓切」（上聲皓韻開一泥母），依據音韻演變的規律及音節位置來判斷，不應放置此處，而〈合韻同

聲譜〉中又無同音字。在《廣韻》同音字之中，腦字另有「那到切」（去聲號韻開一泥母）一音讀，本文疑應從此音讀。

5、〈切音圖說〉中去聲的「勞」字，該字《廣韻》未收錄，其〈合韻同聲譜〉中無同音字，《集韻》標注為：「郎到切」。

開音 十六干　音韻結構表

	干[an] / 葛[aʔ]					
	陰　平	陽　平	上　聲	陽　去	陰　去	入　聲
k	干 寒開一/見		感 感開一/見	紺 勘開一/見		葛 曷開一/見
kʰ	刊 寒開一/溪	衍 衍開二/匣	侃 旱開一/溪	看 翰開一/溪	瞰 闞開一/溪	渴 曷開一/溪
ø	安 寒開一/影	顏 刪開二/疑	罨 琰開三/影	按 翰開一/影	岸 翰開一/疑	遏 曷開一/影
t	丹 寒開一/端		亶 旱開一/端	旦 翰開一/端		答 合開一/端
tʰ	貪 覃開一/透	壇 寒開一/定	坦 旱開一/透	炭 翰開一/透	但 翰開一/定	塔 盍開一/透
n	㜺 山開二/娘	南 覃開一/泥	湳 感開一/泥		難 翰開一/泥	納 合開一/泥
p	班 刪開二/幫		版 潸開二/幫	扮 襇開二/並		八 黠開二/幫
pʰ	攀 刪開二/滂	般 桓合一/並	販 潸開二/滂	攀 諫開二/滂	辨 襇開二/並	拔 黠開二/並
m		蠻 刪開二/明	姏 敢開一/明		慢 諫開二/明	末 末合一/明
ts	簪 覃開一/精		趲 旱開一/從	贊 翰開一/精		帀 合開一/精
tsʰ	餐 寒開一/清	殘 寒開一/從	慘 感開一/清	粲 翰開一/清	棧 諫開二/崇	雜 合開一/從
s	三 談開一/心		繖 旱開一/心	散 翰開一/心		跋 合開一/心
tʂ	䉊 談開一/精		醆 產開二/莊	蘸 陷開二/莊		札 黠開二/莊
tʂʰ	𤞵 山開二/昌	讒 咸開二/崇	剗 產開二/初	懺 鑑開二/初	儳 鑑開二/初	刹 黠開二/初
ʂ	山 山開二/生		產 產開二/生	訕 諫開二/生		刷 黠合二/生
x	鼾 寒開一/曉	寒 寒開一/匣	罕 旱開一/曉	漢 翰開一/曉	汗 翰開一/匣	曷 曷開一/匣
l	婪 覃開一/來	蘭 寒開一/來	懶 旱開一/來		爛 翰開一/來	剌 曷開一/來
f	帆 凡合三/奉	凡 凡合三/奉	反 阮合三/非	販 願合三/非	飯 願合三/奉	伐 月合三/奉
ʑ						

〔附註〕

1、〈切音圖說〉中上聲的「販」字，該字《廣韻》未收錄，其〈合韻同聲譜〉中，則列有「昄」字，《廣韻》標注為：「普板切」。

闔音 十七官 音韻結構表

	官[uan] / 括[uaʔ]					
	陰 平	陽 平	上 聲	陽 去	陰 去	入 聲
k	官 桓合一 / 見		管 緩合一 / 見	貫 換合一 / 見		括 末合一 / 見
kʰ	寬 桓合一 / 溪	髖 桓合一 / 溪	款 緩合一 / 溪	鐉 換合一 / 溪	縮 諫合二 / 影	闊 末合一 / 溪
ø	彎 刪合二 / 影	頑 刪合二 / 疑	宛 阮合三 / 影	愩 換合一 / 影	玩 換合一 / 疑	沃 沃合一 / 影
t	端 桓合一 / 端		短 緩合一 / 端	鍛 換合一 / 端		掇 末合一 / 端
tʰ	湍 桓合一 / 透	團 桓合一 / 定	斷 緩合一 / 定	彖 換合一 / 透	段 換合一 / 定	奪 末合一 / 定
n		奻 桓合一 / 泥	煖 緩合一 / 泥		偄 換合一 / 泥	㧱 覺開二 / 娘
p	䯾 桓合一 / 幫		粄 緩合一 / 幫	半 換合一 / 幫		博 鐸開一 / 幫
pʰ	胖 桓合一 / 滂	蟠 桓合一 / 並	坢 緩合一 / 滂	泮 換合一 / 滂	叛 換合一 / 並	薄 鐸開一 / 並
m		瞞 桓合一 / 明	滿 緩合一 / 明		幔 換合一 / 明	目 屋合三 / 明
ts	鑽 桓合一 / 精		纂 緩合一 / 精	欑 換合一 / 精		作 鐸開一 / 精
tsʰ	夋 桓合一 / 從	𪕭 覃開一 / 從	歜 感開一 / 從	竄 換合一 / 清	鏨 闞開一 / 從	錯 鐸開一 / 清
s	酸 桓合一 / 心		匴 緩合一 / 心	算 換合一 / 心		索 鐸開一 / 心
tʂ	跧 仙合三 / 莊		㬹 獮合三 / 莊	孨 線合三 / 莊		斮 覺開二 / 知
tʂʰ	誗 鹽開三 / 澄	𪗮 銜開二 / 崇	𢤱 產開二 / 初	篡 諫合二 / 初	𡪤 襉開二 / 初	濁 覺開二 / 澄
ʂ	栓 仙合三 / 生		㳻 產開二 / 生	纂 線合三 / 書		朔 覺開二 / 生
x	歡 桓合一 / 曉	桓 桓合一 / 匣	緩 緩合一 / 匣	喚 換合一 / 曉	宦 諫合二 / 匣	豁 末合一 / 曉
l		欒 桓合一 / 來	卵 緩合一 / 來		亂 換合一 / 來	䃜 陌合二 / 來
f						
ʐ						

〔附註〕

1、〈切音圖說〉中平聲的「胖」字，該字《廣韻》標注為：「普半切」（去聲諫韻開三滂母），其〈合韻同聲譜〉則有拌、潘等同音字，《廣韻》標注為：「普官切」（平聲桓韻合一滂母），依據音韻演變的規律及音節位置來判斷，本文疑為後者讀音才是。

2、〈切音圖說〉中平聲的「夋」字，該字《廣韻》未收錄，其〈合韻同聲譜〉中，則列有「欑、巑、穳」三字，《廣韻》標注為：「在丸切」。

3、〈切音圖說〉中平聲的「誗」字，該字《廣韻》收錄兩讀，分別為「直廉切」（平聲鹽韻澄母）與「徒甘切」（平聲談韻定母），依據音韻演變的規律及音節位置來判斷，本文疑為前者讀音才是。

4、〈切音圖說〉中平聲的「奻」字，該字《廣韻》收錄兩讀，分別為「乃管切」（上聲緩韻泥母）與「奴亂切」（去聲換韻泥母），其〈合韻同聲譜〉無同音字。又《集韻》收錄兩讀，分別為「奴昆切」（平聲魂韻泥母）與「奴官切」（平聲桓韻泥母），依據音韻演變的規律及音節位置來判斷，本文疑為《集韻》後者音讀才是。

5、〈切音圖說〉中上聲的「蹼」字，該字《廣韻》標注爲：「莊緣切」（平聲仙韻合三莊母），其〈合韻同聲譜〉無同音字。又《集韻》標注爲：「茁撰切」（上聲獮韻合三莊母），依據音韻演變的規律及音節位置來判斷，本文疑爲後者讀音才是。

闔音 十八乖　音韻結構表

	乖[uai] / 括[uaʔ]					
	陰　平	陽　平	上　聲	陽　去	陰　去	入　聲
k	乖 皆合二／見		拐 蟹合二／見	夬 夬合二／見		括 末合一／見
kʰ	詼 灰合一／溪		胯 賄合一／溪	快 夬合二／溪	蒉 怪合二／溪	濶 末合一／溪
ø	偎 灰合一／影	峗 灰合一／疑	嵬 賄合一／影	黵 泰合一／影	外 泰合一／疑	沃 沃合一／影
t						
tʰ						
n						
p						
pʰ						
m						
ts						
tsʰ						
s						
tʂ						
tʂʰ						
ʂ						
x	灰 灰合一／曉	懷 皆合二／匣	裏 賄合一／曉	繪 泰合一／匣	會 泰合一／匣	豁 末合一／曉
l		朦 皆合二／來			酹 泰合一／來	
f						
ʐ						

〔附註〕

1、〈切音圖說〉中上聲的「詭」字，該字《廣韻》未收錄，其〈合韻同聲譜〉中，則列有「嵬」字，《廣韻》標注爲：「五灰切」。

開音 十九佳 音韻結構表

	陰 平		陽 平		上 聲		陽 去		陰 去		入 聲	
												佳[ai]／格[ɛʔ]
k	佳	佳開二／見			改	海開一／見	介	怪開二／見			格	陌開二／見
kʰ	開	哈開一／溪	牷	皆開二／溪	愷	海開一／溪	慨	代開一／溪	喝	夬開二／影	客	陌開二／溪
ø	挨	皆開二／影	埃	哈開一／影	優	尾開三／影	愛	代開一／影	艾	泰開一／疑	額	陌開二／疑
t	堆	灰合一／端			歹	海開一／端	帶	泰開一／端			德	德開一／端
tʰ	胎	哈開一／透	台	哈開一／定	待	海開一／定	泰	泰開一／透	兌	泰合一／定	忒	德開一／透
n	髤	哈開一／泥	能	哈開一／泥	乃	海開一／泥	褹	怪開二／娘	佘	泰開一／泥	䏧	德開一／泥
p	杯	灰合一／幫			擺	蟹開二／幫	拜	怪開二／幫			百	陌開二／幫
pʰ	肧	灰合一／滂	牌	佳開二／並	倍	海開一／並	派	卦開二／滂	敗	夬開二／並	白	陌開二／並
m			梅	灰合一／明	買	蟹開二／明			賣	卦開二／明	陌	陌開二／明
ts	哉	哈開一／精			宰	海開一／精	再	代開一／精			則	德開一／精
tsʰ	猜	哈開一／清	才	哈開一／從	采	海開一／清	菜	代開一／清	在	代開一／從	測	職開三／初
s	顋	哈開一／心			諰	止開三／心	賽	代開一／心			塞	德開一／心
tʂ	齋	皆開二／莊			㧗	紙開三／章	債	卦開二／莊			責	麥開二／莊
tʂʰ	釵	佳開二／初	豺	皆開二／從	蹛	蟹開二／澄	薑	夬開二／徹	㘩	卦開二／崇	宅	陌開二／澄
ʂ	篩	佳開二／生			灑	蟹開二／生	曬	卦開二／生			色	職開三／生
x	咍	哈開一／曉	孩	哈開一／匣	亥	海開一／匣	械	怪開二／匣	害	泰開一／匣	赫	陌開二／曉
l	崍	皆開二／來	來	哈開一／來	鈶	海開一／來	賚	代開一／來	萊	代開一／來	勒	德開一／來
f												
ʐ												

〔附註〕

1、〈切音圖說〉中平聲的「髤」字，該字《廣韻》未收錄，《集韻》則收錄兩讀，分別為「囊來切」（平聲哈韻泥母）與「奴登切」（平聲登韻泥母），依據音韻演變的規律及音節位置來判斷，兩者皆可放置此處，而〈合韻同聲譜〉中又無同音字，故無法了解原因。

2、〈切音圖說〉中上聲的「歹」字，該字《廣韻》未收錄，其〈合韻同聲譜〉中無同音字，《字彙》（辰集、歹部）則標注為：「多改切」。

3、〈切音圖說〉中上聲的「佘」字，該字《廣韻》未收錄，經查找〈合韻同聲譜〉後，實為「奈」字的訛誤，《廣韻》則標注為：「奴帶切」（去聲泰韻開一泥母）。

開音 二十庚　音韻結構表

	庚[əŋ]／格[ɛʔ]					
	陰　平	陽　平	上　聲	陽　去	陰　去	入　聲
k	庚 庚開二／見		梗 梗開二／見	更 映開二／見		格 陌開二／見
kʰ	硜 耕開二／溪		肯 等開一／溪	窒 徑開四／溪		客 陌開二／溪
ø	嬰 清開三／影	榮 庚合三／云	永 梗合三／云	濚 映開二／影	硬 映開二／疑	額 陌開二／疑
t	登 登開一／端		等 等開一／端	嶝 嶝開一／端		德 德開一／端
tʰ	鼟 登開一／透	騰 登開一／定	鼟 等開一／透	澄 嶝開一／透	鄧 嶝開一／定	忒 德開一／透
n		能 登開一／泥	抴 寢開三／娘		僜 嶝開一／定	蠹 德開一／泥
p	崩 登開一／幫		浜 梗開二／幫	榜 映開二／幫		百 陌開二／幫
pʰ	烹 庚開二／滂	朋 登開一／並	姘 耿開二／滂	膨 映開二／並	鰟 映開二／滂	白 陌開二／並
m	甍 耕開二／明	萌 耕開二／明	猛 梗開二／明	眳 映開二／明	孟 映開二／明	陌 陌開二／明
ts	增 登開一／精		矰 等開一／精	甑 證開三／精		則 德開一／精
tsʰ	曾 蒸開三／從	層 登開一／從	蕈 寢開三／從	蹭 嶝開一／清	贈 嶝開一／從	測 職開三／初
s	鬙 登開一／心	佷 侵開三／邪	省 梗開二／生	瘿 嶝開一／心		塞 德開一／心
tʂ	爭 耕開二／莊		竫 梗開二／莊	諍 諍開二／莊		責 麥開二／莊
tʂʰ	琤 耕開二／初	根 庚開二／澄	朕 寢開三／澄	鴆 沁開三／澄	瞪 證開三／澄	宅 陌開二／澄
ʂ	生 庚開二／生	繩 蒸開三／船	甚 寢開三／禪	勝 證開三／書	乘 證開三／船	色 職開三／生
x	亨 庚開二／曉	宏 耕合二／匣	荇 梗開二／匣	脛 徑開四／匣	絎 映開二／匣	赫 陌開二／曉
l		陵 蒸開三／來		錂 證開三／來	凌 證開三／來	勒 德開一／來
f						弗 物合三／非
ʐ	芿 蒸開三／日	仍 蒸開三／日	稔 寢開三／日	芿 證開三／日	扔 證開三／日	入 緝開三／日

〔附註〕

1、〈切音圖說〉中平聲的「佷」字，該字《廣韻》標注為：「褚羊切」（平聲陽韻開三徹母），其〈合韻同聲譜〉則有「鐔」字，《廣韻》標注為：「徐林切」（平聲侵韻開三邪母），依據音韻演變的規律及音節位置來判斷，本文疑為後者讀音才是。

2、〈切音圖說〉中上聲的「鼟」字，該字《廣韻》標注為：「他登切」（平聲登韻透母），經查找〈合韻同聲譜〉後，本文疑為「鼟」字的訛誤，《集韻》標注為：「他等切」（上聲等韻開一透母）。

3、〈切音圖說〉中上聲的「竫」字，該字《廣韻》未收錄，其〈合韻同聲譜〉中無同音字，《集韻》標注為：「側杏切」。

4、〈切音圖說〉中去聲的「窒」字，該字《廣韻》未收錄，本文疑為「窒」字的訛誤，《廣韻》標注為：「苦定切」。

5、〈切音圖說〉中去聲的「鰟」字，該字《廣韻》未收錄，《字彙》（亥集魚部）標注為：「匹互切」。

6、〈切音圖說〉中去聲的「錂」字，該字《廣韻》未收錄，經查找〈合韻同聲譜〉後，本文疑爲「餕」字的訛誤，《廣韻》標注爲：「里甑切」。

7、〈切音圖說〉中去聲的「淩」字，該字《廣韻》標注爲：「力膺切」（平聲蒸韻來母），經查找〈合韻同聲譜〉後，本文疑爲「凌」字的訛誤，《集韻》標注爲：「里甑切」。

開音 二十一經　音韻結構表

	陰 平	陽 平	上 聲	陽 去	陰 去	入 聲
k	經 青開四/見		景 梗開三/見	敬 映開三/見		結 屑開四/見
kʰ	輕 清開三/溪	琴 侵開三/羣	頃 靜合三/溪	慶 映開三/溪	競 映開三/羣	竭 月開三/羣
ø	英 庚開三/影	盈 清開三/以	影 梗開三/影	映 映開三/影	迎 映開三/疑	葉 葉開三/以
t	丁 青開四/端		頂 迥開四/端	錠 徑開四/端		疊 帖開四/定
tʰ	汀 青開四/透	廷 青開四/定	挺 迥開四/定	聽 徑開四/透	定 徑開四/定	鐵 屑開四/透
n	蘫 耕開二/娘	儜 耕開二/娘	薴 迥開四/泥	濘 徑開四/泥	甯 徑開四/泥	涅 屑開四/泥
p	冰 蒸開三/幫		丙 梗開三/幫	柄 映開三/幫		別 薛開三/幫
pʰ	娉 清開三/滂	平 庚開三/並	並 迥開四/並	聘 勁開三/滂	病 映開三/並	擎 屑開四/滂
m		明 庚開三/明	皿 梗開三/明		命 映開三/明	蔑 屑開四/明
ts	精 清開三/精		井 靜開三/精	浸 沁開三/精		節 屑開四/精
tsʰ	清 清開三/清	情 清開三/從	靜 靜開三/從	倩 勁開三/清	淨 勁開三/從	切 屑開四/清
s	心 侵開三/心	餳 清開三/邪	醒 迥開四/心	性 勁開三/心		屑 屑開四/心
tʂ	征 清開三/章		整 靜開三/章	正 勁開三/章		哲 薛開三/知
tʂʰ	青 青開四/清	呈 清開三/澄	逞 靜開三/徹	秤 證開三/昌	鄭 勁開三/澄	掣 薛開三/昌
ʂ	聲 清開三/書	成 清開三/禪	沈 寢開三/書	聖 勁開三/書	盛 勁開三/禪	設 薛開三/書
x	興 蒸開三/曉	刑 青開四/匣	幸 耿開二/匣	夐 勁合三/曉	哼 映開二/曉	檄 錫開四/匣
l		苓 青開四/來	領 靜開三/來	櫺 徑開四/來	令 勁開三/來	列 薛開三/來
f	泝 蒸開三/奉	馮 蒸開三/奉		佣 嶝開一/奉	堋 嶝開一/非	
ʐ	陝 蒸開三/日	任 侵開三/日	餁 寢開三/日	妊 沁開三/日	衽 沁開三/日	熱 薛開三/日

〔附註〕

1、〈切音圖說〉中去聲的「哼」字，該字《廣韻》未收錄，其〈合韻同聲譜〉中無同音字，《集韻》標注爲：「亨孟切」。

開音 二十二堅　音韻結構表

	堅[ien] / 結[ie?]					
	陰　平	陽　平	上　聲	陽　去	陰　去	入　聲
k	堅 先開四 / 見		繭 銑開四 / 見	見 霰開四 / 見		結 屑開四 / 見
kʰ	愆 仙開三 / 溪	乾 仙開三 / 羣	儉 琰開三 / 羣	譴 線開三 / 溪	健 願開三 / 羣	竭 月開三 / 羣
ø	煙 先開四 / 影	沿 仙合三 / 以	弇 琰開三 / 影	宴 霰開四 / 影	研 霰開四 / 疑	葉 葉開三 / 以
t	顛 先開四 / 端		典 銑開四 / 端	店 标開四 / 端		疊 帖開四 / 定
tʰ	天 先開四 / 透	田 先開四 / 定	忝 忝開四 / 透	電 霰開四 / 定	佃 霰開四 / 定	鐵 屑開四 / 透
n	黏 鹽開三 / 娘	年 先開四 / 娘	撚 銑開四 / 泥	晛 霰開四 / 泥	念 标開四 / 泥	涅 屑開四 / 泥
p	邊 先開四 / 幫		褊 獮開三 / 幫	徧 霰開四 / 幫		別 薛開三 / 幫
pʰ	篇 仙開三 / 滂	便 仙開三 / 並	辨 獮開三 / 並	片 霰開四 / 滂	卞 線開三 / 並	擎 屑開四 / 滂
m	鬗 仙開三 / 明	眠 先開四 / 明	勉 獮開三 / 明	眄 霰開四 / 明	面 線開三 / 明	蔑 屑開四 / 明
ts	箋 先開四 / 精		翦 獮開三 / 精	箭 線開三 / 精		節 屑開四 / 精
tsʰ	千 先開四 / 清	前 先開四 / 從	淺 獮開三 / 清	蒨 霰開四 / 清	賤 線開三 / 從	切 屑開四 / 清
s	先 先開四 / 心	次 仙開三 / 邪	獮 獮開三 / 心	霰 霰開四 / 心	羨 線開三 / 邪	屑 屑開四 / 心
tʂ	邅 仙開三 / 知		展 獮開三 / 知	戰 線開三 / 章		哲 薛開三 / 知
tʂʰ	脡 仙開三 / 徹	廛 仙開三 / 澄	闡 獮開三 / 昌	硟 線開三 / 昌	纏 線開三 / 澄	掣 薛開三 / 昌
ʂ	羶 仙開三 / 書	蟬 仙開三 / 禪	善 獮開三 / 禪	扇 線開三 / 書	禪 線開三 / 禪	設 薛開三 / 書
x	軒 元開三 / 曉	賢 先開四 / 匣	顯 銑開四 / 曉	莧 襇開二 / 匣	縣 霰開四 / 匣	橄 錫開四 / 匣
l	薕 鹽開三 / 來	連 仙開三 / 來	輦 獮開三 / 來	霝 豔開三 / 來	練 霰開四 / 來	列 薛開三 / 來
f						
ʐ	髯 鹽開三 / 日	然 仙開三 / 日	冉 琰開三 / 日			熱 薛開三 / 日

〔附註〕

1、〈切音圖說〉中平聲的「脡」字，該字《廣韻》收錄兩讀，分別標注爲：「丑延切」（平聲仙韻開三徹母）與「式連切」（平聲仙韻開三書母），其〈合韻同聲譜〉中則列有「梴」字，故應讀爲前者才是。

2、〈切音圖說〉中入聲的「蔑」字，應與〈二十一經〉所收錄入聲字相同，故本文疑爲「蔑」字之訛誤。

閩音 二十三涓 音韻結構表

| | 涓[yen] / 決[ye?] | | | | | |
	陰 平	陽 平	上 聲	陽 去	陰 去	入 聲
k	涓 先合四／見		卷 獮合三／見	眷 線合三／見		決 屑合四／見
kʰ	圈 仙合三／溪	權 仙合三／羣	犬 銑合四／溪	勸 願合三／溪	倦 線合三／羣	缺 屑合四／溪
ø	鴛 元合三／影	原 元合三／疑	遠 阮合三／云	怨 願合三／影	願 願合三／疑	月 月合三／疑
t						
tʰ						
n						
p						
pʰ						
m						
ts	鐫 仙合三／精		䚕 獮合三／精	薦 霰開四／精		蕝 薛合三／精
tsʰ	詮 仙合三／精	全 仙合三／從	漸 琰開三／從	洊 霰開四／從	撰 線合三／崇	膬 薛合三／清
s	宣 仙合三／心	旋 仙合三／邪	選 獮合三／心	渲 線合三／心	鏇 線合三／邪	雪 薛合三／心
tʂ	專 仙合三／章		轉 獮合三／知	占 豔開三／章		茁 薛合三／莊
tʂʰ	川 仙合三／昌	傳 仙合三／澄	篆 獮合三／澄	釧 線合三／昌	猭 線合三／徹	啜 薛合三／昌
ʂ	揎 仙合三／心	遄 仙合三／禪	膞 獮合三／禪	篡 線合三／書	贍 豔開三／禪	說 薛合三／書
x	暄 元合三／曉	絃 先合四／匣	泫 銑合四／匣	絢 霰合四／曉	眩 霰合四／匣	血 屑合四／曉
l		攣 仙合三／來	孿 獮合三／來	帘 豔開三／來	戀 線合三／來	劣 薛合三／來
f						
ʐ		堧 仙合三／日	輭 獮合三／日		瓀 線合三／日	焫 薛合三／日

〔附註〕

1、〈切音圖說〉中去聲的「撰」字，該字《廣韻》標注為：「雛鯇切」（上聲潸韻合二崇母），其〈合韻同聲譜〉則有「饌」字，《廣韻》標注為：「士戀切」（去聲線韻合三崇母），依據音韻演變的規律及音節位置來判斷，本文疑為後者讀音才是。

闔音 二十四君　音韻結構表

	君[yn] / 決[yeʔ]					
	陰　平	陽　平	上　聲	陽　去	陰　去	入　聲
k	君 文合三/見		庫 吻合三/見	郡 問合三/羣		玦 屑合四/見
kʰ	困 諄合三/溪	羣 文合三/羣	窘 準合三/羣	趣 問合三/溪	菣 震開三/溪	缺 屑合四/溪
ø	贇 諄合三/影	雲 文合三/云	尹 準合三/以	韻 問合三/云	運 問合三/云	月 月合三/疑
t						
tʰ						
n						
p						
pʰ						
m						
ts	遵 諄合三/精			俊 稕合三/精		蕝 薛合三/精
tsʰ	皴 諄合三/清	鷷 諄合三/從	蹲 準合三/清	𠝹 沁開三/清		膬 薛合三/清
s	荀 諄合三/心	旬 諄合三/邪	笋 準合三/心	徇 稕合三/邪	濬 稕合三/心	雪 薛合三/心
tʂ	諄 諄合三/章		準 準合三/章	稕 稕合三/章		茁 薛合三/莊
tʂʰ	春 諄合三/昌	脣 諄合三/船	蠢 準合三/昌	疢 震開三/徹		啜 薛合三/昌
ʂ		馴 諄合三/邪	盾 準合三/船	舜 稕合三/書	順 稕合三/船	說 薛合三/書
x	薰 文合三/曉	獯 文合三/曉	迥 迥合四/匣	訓 問合三/曉		血 屑合四/曉
l						劣 薛合三/來
f						
ʐ		犉 諄合三/日	𦧉 準合三/日		閏 稕合三/日	焫 薛合三/日

〔附註〕

1、〈切音圖說〉中上聲的「庫」字，該字《廣韻》未收錄，其〈合韻同聲譜〉中無同音字，《集韻》則標注爲：「舉蘊切」。

2、〈切音圖說〉中上聲的「蹲」字，該字《廣韻》標注爲：「徂尊切」（平聲魂韻合一從母），其〈合韻同聲譜〉無同音字。該字《集韻》收錄三讀，分別標注爲：「粗本切」（上聲混韻合一從母）、「祖本切」（上聲混韻合一精母）與「趣允切」（上聲準韻合三清母），依據音韻演變的規律及音節位置來判斷，本文疑爲《集韻》第三音讀才是。

3、〈切音圖說〉中去聲的「趣」字，該字《廣韻》標注爲：「丘粉切」（上聲魂韻合三溪母），其〈合韻同聲譜〉中無同音字。又《集韻》標注爲：「丘運切」，依據音韻演變的規律及音節位置來判斷，本文疑後者讀音才是。

4、〈切音圖說〉中去聲的「𠝹」字，該字《廣韻》未收錄，其〈合韻同聲譜〉中無同音字，《集韻》則標注爲：「七鴆切」。

開音 二十五巾　音韻結構表

| | 巾[in] / 吉[iʔ] | | | | | |
	陰　平	陽　平	上　聲	陽　去	陰　去	入　聲
k	巾 眞開三/見		卺 隱三/見	靳 焮開三/見		吉 質開三/見
kʰ	炊 眞開三/羣	勤 欣開三/羣	近 隱開三/羣	掀 焮開三/溪	僅 震開三/羣	乞 迄開三/溪
ø	因 眞開三/影	人 眞開三/日	引 軫開三/以	印 震開三/影	憖 震開三/疑	一 質開三/影
t						的 錫開四/端
tʰ						剔 錫開四/透
n					佞 徑開四/泥	匿 職開三/泥
p	賓 眞開三/幫		臏 軫開三/並	儐 震開三/幫		必 質開三/幫
pʰ	繽 眞開三/滂	貧 眞開三/並	品 軫開三/並	偋 徑開四/並	平 映開三/並	匹 質開三/滂
m	泯 眞開三/明	民 眞開三/明	敏 軫開三/明	瞑 徑開四/明		密 質開三/明
ts	津 眞開三/精		盡 軫開三/從	晉 震開三/精		即 職開三/精
tsʰ	親 眞開三/清	秦 眞開三/從	笉 軫開三/清	襯 震開三/初	蕳 震開三/邪	七 質開三/清
s	新 眞開三/心	巡 諄合三/邪	囟 軫開三/心	迅 稕合三/心	燼 震開三/邪	錫 錫開四/心
tʂ	眞 眞開三/章		軫 軫開三/章	震 震開三/章		積 昔開三/精
tʂʰ	嗔 眞開三/昌	陳 眞開三/澄	辴 軫開三/徹	趁 震開三/徹	陣 震開三/澄	叱 質開三/昌
ʂ	申 眞開三/書	辰 眞開三/禪	哂 軫開三/書	信 震開三/心	愼 震開三/禪	失 質開三/書
x	欣 欣開三/曉	礥 眞開三/匣	遪 隱開三/曉	焮 焮開三/曉	釁 震開三/曉	迄 迄開三/曉
l	燐 眞開三/來	麟 眞開三/來	嶙 軫開三/來	鄰 震開三/來	吝 震開三/來	力 職開三/來
f						
ʑ		紉 眞開三/娘	忍 軫開三/日	牣 震開三/日	刃 震開三/日	日 質開三/日

〔附註〕

1、〈切音圖說〉中平聲的「炊」字，該字《廣韻》未收錄，其〈合韻同聲譜〉中，則列有「穜」字，《廣韻》收錄兩讀，分別標注爲：「巨巾切」（平聲眞韻開三羣母）與「巨斤切」（平欣韻開三羣母），依據音韻演變的規律及音節位置來判斷，本文疑爲前者讀音才是。

2、〈切音圖說〉中上聲的「品」字，該字《廣韻》標注爲：「丕飲切」（上聲寢韻開三滂母），其〈合韻同聲譜〉則有「牝」字，《廣韻》標注爲：「毗忍切」（上聲軫韻開三並母），依據音韻演變的規律及音節位置來判斷，本文疑爲後者讀音才是。

3、〈切音圖說〉中上聲的「囟」字，該字《廣韻》標注爲：「息晉切」（去聲震韻開三從母），其〈合韻同聲譜〉中無同音字。又《集韻》標注爲：「思忍切」，依據音韻演變的規律及音節位置來判斷，本文疑爲後者讀音才是。

4、〈切音圖說〉中去聲的「掀」字，該字《廣韻》未收錄，其〈合韻同聲譜〉中無同音字，《集韻》則標注爲：「丘近切」。

開音 二十六姬　音韻結構表

| | 姬[i] / 吉[iʔ] | | | | | |
	陰　平	陽　平	上　聲	陽　去	陰　去	入　聲
k	姬 之開三／見		几 旨開三／見	寄 寘開三／見		吉 質開三／見
kʰ	溪 齊開四／溪	奇 支開三／羣	啓 薺開四／溪	器 至開三／溪	掎 寘開三／溪	乞 迄開三／溪
ø	衣 微開三／影	儀 支開三／疑	扆 尾開三／影	易 寘開三／以	義 寘開三／疑	一 質開三／影
t	低 齊開四／端		底 薺開四／端	帝 霽開四／端		的 錫開四／端
tʰ	梯 齊開四／透	啼 齊開四／定	弟 薺開四／定	替 薺開四／透	地 至開三／定	剔 錫開四／透
n	呢 脂開三／泥	尼 脂開三／泥	禰 薺開四／泥	膩 至開三／泥	泥 霽開四／泥	匿 職開三／泥
p	陂 支開三／幫		比 旨開四／幫	祕 至開三／幫		必 質開四／幫
pʰ	披 支開三／滂	皮 支開三／並	仳 紙開三／滂	髲 至開三／並	媲 至開三／滂	匹 質開三／滂
m	彌 支開四／明	迷 齊開四／明	米 薺開四／明	哶	謎 霽開四／明	密 質開三／明
ts	齏 齊開四／精		濟 薺開四／精	霽 霽開四／精		即 職開三／精
tsʰ	妻 齊開四／清	齊 齊開四／從	礬 薺開四／從	砌 霽開四／清	漬 寘開三／從	七 質開三／清
s	西 齊開四／心		洗 薺開四／心	細 霽開四／心		錫 錫開四／心
tʂ	攴 支開三／章		咫 紙開三／章	制 祭開三／章		積 昔開三／精
tʂʰ	螭 支開三／徹	遲 脂開三／澄	眵 止開三／崇	滯 祭開三／澄	稺 寘開三／澄	叱 質開三／昌
ʂ	絺 支開三／生	釃 支開三／生	璽 紙開三／心	世 祭開三／書	逝 祭開三／禪	失 質開三／書
x	晞 微開三／曉	奚 齊開四／匣	喜 止開三／曉	戲 寘開三／曉	嬀 寘合四／曉	迄 迄開三／曉
l		離 支開三／來	里 止開三／來		利 至開三／來	力 職開三／來
f						
ʑ	袻 之開三／日	而 之開三／日	耳 止開三／日	餌 志開三／日	二 至開三／日	日 質開三／日

〔附註〕

1、〈切音圖說〉中上聲的「礬」字，該字《廣韻》標注為：「康禮切」（上聲薺韻開四溪母），而其〈合韻同聲譜〉中則列有：「薺、癠」兩字，《廣韻》標注為：「徂禮切」（上聲薺韻開四從母），依據音韻演變的規律及音節位置來判斷，本文疑為後者讀音才是。

2、〈切音圖說〉中去聲的「哶」字，該字《廣韻》未收錄，其〈合韻同聲譜〉中無同音字，《集韻》則標注為：「綿批切」（平聲齊韻開四明母）或「母婢切」（上聲紙韻開三明母），依據音韻演變的規律及音節位置來判斷，不應放置此處，故暫時無法了解原因。

3、〈切音圖說〉中去聲的「嬀」字，該字《廣韻》收錄兩讀，分別標注為：「呼恚切」（去聲寘韻合四曉母）與「胡卦切」（去聲卦韻合二匣母），依據音韻演變的規律及音節位置來判斷，本文疑為前者讀音才是。

闔音 二十七圭 音韻結構表

	圭[ui] / 國[uɛʔ]										
	陰 平		陽 平		上 聲		陽 去		陰 去		入 聲
k	圭	齊合四/見			癸 旨合三/見		貴 未合三/見				國 德合一/見
kʰ	奎 齊合四/溪		葵 脂合三/羣		揆 旨合三/羣		愧 至合三/見		匱 至合三/羣		窟 沒合一/溪
ø	威 微合三/影		幃 微合三/云		委 紙合三/影		畏 未合三/影		胃 未合三/云		物 物合三/微
t	頧 灰合一/端				膇 賄合一/端		對 隊合一/端				咄 沒合一/端
tʰ	推 灰合一/透		穨 灰合一/定		腿 賄合一/透		退 隊合一/透		隊 隊合一/定		宊 沒合一/透
n	捼 灰合一/泥		醅 灰合一/泥		餒 賄合一/泥		㨂 眞合三/娘		內 隊合一/泥		訥 沒合一/泥
p	卑 支開三/幫				被 紙開三/並		臂 寘開三/幫				北 德開一/幫
pʰ	丕 脂開三/滂		紳 支開三/奉		陛 薺開四/並		譬 寘開三/滂		備 至開三/並		擘 麥開二/幫
m			眉 脂開三/明		美 旨開三/明				媚 至開三/明		墨 德開一/明
ts	嗺 灰合一/精				觜 紙合三/精		醉 至合三/精				卒 術合三/精
tsʰ	崔 灰合一/清				漼 賄合一/清		萃 至合三/從		罪 至合三/從		猝 沒合一/清
s	綏 脂合三/心		隨 支合三/邪		髓 紙合三/心		歲 祭合三/心		邃 至合三/心		颯 合開一/心
tʂ	追 脂合三/知				捶 紙合三/章		贅 祭合三/章				拙 薛合三/章
tʂʰ	吹 支合三/昌		鎚 脂合三/澄		揣 紙合三/初		毳 祭合三/清		縋 寘合三/澄		出 術合三/昌
ʂ	衰 脂合三/生		誰 脂合三/禪		水 旨合三/書		稅 祭合三/書		瑞 寘合三/禪		舌 薛開三/船
x	輝 微合三/曉		回 灰合一/匣		賄 賄合一/曉		諱 未合三/曉		惠 霽合四/匣		惑 德合一/匣
l	擂 灰合一/來		雷 灰合一/來		絫 紙合三/來		累 寘合三/來		類 至合三/來		捋 末合一/來
f	非 微合三/非		肥 微合三/奉		匪 尾合三/非		茀 未合三/非		沸 未合三/非		弗 物合三/非
ʐ	緌 脂合三/日		蕤 脂合三/日		蕊 旨合三/日		蚋 祭合三/日		芮 祭合三/日		呭 葉開三/日

〔附註〕

1、〈切音圖說〉中上聲的「蕊」字，該字《廣韻》收錄兩讀，分別標注為：「如壘切」（上聲旨韻合三日母）與「如累切」（上聲紙韻合三日母）。

2、〈切音圖說〉中去聲的「罪」字，該字《廣韻》標注為：「徂賄切」（上聲賄韻合一從母），而其〈合韻同聲譜〉中，則列有：「墜」字，《廣韻》標注為：「直類切」（去聲至韻合三澄母），依據音韻演變的規律及音節位置來判斷，本文疑聲母為前者讀音，韻母為後者讀音才是。

開音 二十八璣　音韻結構表

	璣[i] / 質[iʔ]					
	陰　平	**陽　平**	**上　聲**	**陽　去**	**陰　去**	**入　聲**
k	璣　微開三／見		紀　止開三／見	冀　至開三／見		結　屑開四／見
kʰ	欺　之開三／溪	其　之開三／羣	技　紙開三／羣	氣　未開三／溪	企　寘開三／溪	竭　月開三／羣
ø	伊　脂開三／影	貽　之開三／以	以　止開三／以	異　志開三／以	懿　至開三／影	葉　葉開三／以
t						
tʰ						
n						
p						
pʰ						
m						
ts	孜　之開三／精		紫　紙開三／精	恣　至開三／精		則　德開一／精
tsʰ	雌　支開三／清	慈　之開三／從	此　紙開三／清	次　至開三／清	字　志開三／從	測　職開三／初
s	思　之開三／心	祠　之開三／邪	死　旨開三／心	四　至開三／心	祀　志開三／邪	塞　德開一／心
tʂ	之　之開三／章		止　止開三／章	智　寘開三／知		質　質開三／章
tʂʰ	蚩　之開三／昌	池　支開三／澄	恥　止開三／徹	熾　志開三／昌	治　志開三／澄	尺　昔開三／昌
ʂ	詩　之開三／書	時　之開三／禪	士　止開三／崇	試　志開三／書	示　至開三／船	十　緝開三／禪
x						
l						
f						
ʑ						

〔附註〕

1、〈切音圖説〉中去聲的「祀」字，該字《廣韻》標注爲：「詳里切」（上聲止韻開三邪母），而其〈合韻同聲譜〉中，則列有：「嗣」字，《廣韻》標注爲：「祥吏切」（去聲志韻開三邪母），依據音韻演變的規律及音節位置來判斷，本文疑爲後者讀音才是。

闔音 二十九宮 音韻結構表

	陰平	陽平	上聲	陽去	陰去	入聲
	宮[yuŋ] / 橘[yʔ]					
k	宮 東合三/見		拱 腫合三/見	供 用合三/見		橘 術合三/見
kʰ	穹 東合三/溪	窮 東合三/羣	恐 腫合三/溪	焪 送合三/溪	共 用合三/羣	局 燭合三/羣
ø	邕 鍾合三/影	容 鍾合三/以	勇 腫合三/以	雍 用合三/影	用 用合三/以	玉 燭合三/疑
t	多 多合一/端		湩 董合一/端			啄 覺開二/知
tʰ	佟 多合一/定	彤 多合一/定	動 董合一/定			
n		儂 多合一/泥			拔 用合三/娘	朒 屋合三/娘
p			葊 董合一/幫			卜 屋合一/幫
pʰ			覂 腫合三/非			朴 覺開二/滂
m			鷭 腫合三/明			木 屋合一/明
ts	蹤 鍾合三/精		從 董合一/精	縱 用合三/精		足 燭合三/精
tsʰ	璁 鍾合三/清	樅 鍾合三/清	悚 腫合三/清		從 用合三/從	促 燭合三/清
s	松 鍾合三/心	鬆 鍾合三/心	竦 腫合三/心	宋 宋合一/心	訟 鍾合三/邪	粟 燭合三/心
tṣ	鍾 鍾合三/章		踵 腫合三/章	種 用合三/章		燭 燭合三/章
tṣʰ	衝 鍾合三/昌	重 鍾合三/澄	寵 腫合三/昌	蹱 用合三/徹	歱 用合三/澄	觸 燭合三/昌
ṣ	春 鍾合三/書	鱅 鍾合三/禪	腫 腫合三/禪	惷 用合三/徹		術 術合三/船
x	匈 鍾合三/曉	雄 東合三/云	洶 腫合三/曉	趐 送合三/曉	韗 用合三/日	旭 燭合三/曉
l	朧 東合一/來	龍 鍾合三/來	隴 腫合三/來	曨 用合三/來	襱 用合三/來	騄 燭合三/來
f	峯 鍾合三/敷	逢 鍾合三/奉	菶 腫合三/奉	俸 用合三/奉		伏 屋合三/奉
z	栿 東合三/日	戎 東合三/日	氄 腫合三/日			肉 屋合三/日

〔附註〕

1、〈切音圖說〉中上聲的「葊」字，該字《廣韻》收錄兩讀，分別標注爲：「蒲蠓切」（上聲董韻合一並母）與「邊孔切」（上聲董韻合一幫母），而前者音讀同音字有「唪」字，該字又音「扶隴切」（上聲腫韻合三奉母），依據音韻演變的規律及音節位置來判斷，應爲此音讀才是。

2、〈切音圖說〉中去聲的「韗」字，該字《廣韻》標注爲：「而用切」（去聲用韻合三日母），依據音韻演變的規律及音節位置來判斷，不應放置此處，而其〈合韻同聲譜〉中無同音字，故無法了解原因。

3、〈切音圖說〉中入聲的「啄」字，該字《廣韻》收錄兩讀，分別標注爲：「丁木切」（入聲屋韻合一端母）與「竹角切」（入聲覺韻開一知母），，而其〈合韻同聲譜〉中，則列有：「噣」字，故本文疑爲後者讀音才是。

閩音 三十公　音韻結構表

	公[uŋ] / 谷[uʔ]					
	陰　平	陽　平	上　聲	陽　去	陰　去	入　聲
k	公　東合一／見		衮　腫合三／見	貢　送合一／見		谷　屋合一／見
k^h	空　東合一／溪	邛　鍾合三／羣	孔　董合一／溪	控　送合一／溪	葱　用合三／溪	酷　沃合一／溪
ø	翁　東合一／影	喁　鍾合三／疑	滃　董合一／影	瓮　送合一／影	碚　宋合一／匣	屋　屋合一／影
t	東　東合一／端		董　董合一／端	棟　送合一／端		篤　沃合一／端
t^h	通　東合一／透	同　東合一／定	桶　董合一／透	痛　送合一／透	洞　送合一／定	禿　屋合一／透
n		農　冬合一／泥	穠　董合一／泥		濃　送合一／泥	耨　沃合一／泥
p	韸　東合一／並		琫　董合一／幫	蔷　送合一／明		不　物合三／非
p^h	芃　東合一／並	蓬　東合一／並	菶　董合一／並	葑　用合三／非	檧　送合一／並	孛　沒合一／並
m	濛　東合一／明	蒙　東合一／明	蠓　董合一／明	雺　宋合一／明	夢　送合三／明	莫　鐸開一／明
ts	宗　冬合一／精		總　董合一／精	糉　送合一／精		族　屋合一／從
ts^h	悤　東合一／清	叢　東合一／從	傯　董合一／精	謥　送合一／清	敠　送合一／從	簇　屋合一／清
s	嵩　東合三／心	娀　東合三／心	悚　腫合三／心	送　送合一／心	誦　用合三／邪	速　屋合一／心
tʂ	中　東合三／知		冢　腫合三／知	眾　送合三／章		粥　屋合三／章
$tʂ^h$	充　東合三／昌	崇　東合三／崇	寵　腫合三／徹	銃　送合三／昌	仲　送合三／澄	逐　屋合三／澄
ʂ						束　燭合三／書
x	烘　東合一／曉	紅　東合一／匣	汞　董合一／匣	哄　送合一／匣	鬨　送合一／匣	斛　屋合一／匣
l	癃　東合三／來	隆　東合三／來	籠　董合一／來	梇　送合一／來	弄　送合一／來	祿　屋合一／來
f	風　東合三／非	馮　東合三／奉	奉　腫合三／奉	諷　送合三／非	鳳　送合三／奉	福　屋合三／非
ʐ						

〔附註〕

1、〈切音圖說〉中上聲的「衮」字，該字《廣韻》標注爲：「古本切」（上聲混韻合一見母），其〈合韻同聲譜〉則有「鞏」字，《廣韻》標注爲：「居悚切」（上聲腫韻合三見母），依據音韻演變的規律及音節位置來判斷，本文疑爲後者讀音才是。

2、〈切音圖說〉中去聲的「濃」字，該字《廣韻》未收錄，其〈合韻同聲譜〉中無同音字，《集韻》則標注爲：「奴涷切」。

3、〈切音圖說〉中去聲的「檧」字，該字《廣韻》未收錄，其〈合韻同聲譜〉中無同音字，《集韻》則標注爲：「菩貢切」。